DOMNITA
GEORGESCO-MOLDOVEANU

LES ADOLESCENTS
(CŒUR D'OR)

Agora Books · Livres Agora

Couverture : Photo par Lorin Niculae

Description de la photo de couverture : Galerie romaine de la mine d'or de Transylvanie (Orlea Massif)

Mise en page : Josée Meunier, Llama Communications

Les Adolescents (Cœur d'Or) – 2ᵉ édition
© 2015 par Éditions de l'Agora Cosmopolite.

Catalogage avant publication de Bibliothèque et Archives Canada

Georgescu-Moldoveanu, Domnita
[Coeur d'or]
    Les adolescents / Domnita Georgescu-Moldoveanu.
Publié à l'origine sous le titre : Coeur d'or.
ISBN 978-1-927538-03-6 (couverture souple)

    I. Titre. II. Titre: Coeur d'or.

PQ2667.E55C64 2015   843'.914   C2015-905220-3

Editions de l'Agora Cosmopolite
B.P. 24191
300, chemin Eagleson
Kanata (Ontario)
Canada K2M 2C3

Livres Agora est une agence d'auto-édition pour les auteurs, lancée par Les Éditions de l'Agora Cosmopolite qui est enregistrée comme une société à buts non-lucratifs.

Domnita Georgesco-Moldoveanu

LES ADOLESCENTS (CŒUR D'OR)

avec une préface signée par
Natalia Moldoveanu, la sœur de l'auteur

2e édition révisée par l'auteur

LE MÊME AUTEUR:

❖ **Le puits de Floriette** - prose, 77 pages
Bucarest, 1955 (en roumain)

❖ **Le petit grillon** - conte en vers, 32 pages
Bucarest, 1956, 1959, 1965, 1967, 1970, 1997, 2009 (en roumain
Canada, 2007 (traduction en anglais)

❖ **Quatre enfants dans la grande forêt** - roman d'aventures, 216 pages
Bucarest, 1961 (en roumain)

❖ **Sofia**, 1964 (traduction en bulgare)

❖ **La lyre aux étoiles** (Chants des berceaux vides) - poèmes, 125 pages
Bucarest, 1973, 1997 (en roumain)

❖ **Cœur d'or** - roman, 275 pages
Paris, 1987 (en français)

❖ **Il y aurait une fois (Les contes des étoiles)** - contes, 274 pages
Bucarest, 2001 (en roumain)
Bucarest, 2009 (en roumain)

❖ **Quatorze nouvelles** - 220 pages
Canada, 2007 (en français)

❖ **Adieu rêve?** – roman, 413 pages
Brasov, 2007 (en français)
Canada, 2011 (en français)

❖ **Contes** - 354 pages
Canada, 2013 (en français)

ŒUVRES EN ROUMAIN

♣2015 - **Quatre enfants dans la grande forêt** – roman d'aventures en roumain

♣1955 - **Le puits de Floriette** - prose, 77 pages (nouvelles pour les enfants de 9 à 13 ans). Premier grand succès, vendu dès qu'il est apparu sur le marché. Neuf petites histoires: des drames, parfois imprégnés d'humour, où les enfants sont de vrais héros.

♣1956 – **Le petit grillon** - un best-seller, conte en vers de 32 pages, avec des belles illustrations. Sept éditions (1956, 1959, 1965, 1967, 1970, 1997, 2009), tirées en 30 000 exemplaire chacune. Sa traduction en allemande a été commandée à la Foire internationale du livre de Leipzig après sa première édition. Souhaitant offrir un sourire aussi aux enfants qui parlent l'anglais, l'auteur a rendu possible que Le petit grillon soit aussi traduit en anglais. Il s'agit des péripéties d'un petit grillon violoniste qui, par orgueil, refuse l'invitation de petites « bêtes » et se retrouve seul face au grand vent qui lui vole son unique bien, le violon. Ce sont les amis qu'il avait méprisé qui l'aideront à le récupérer. Le poème est un message au sujet de l'amitié et l'harmonie sociale.

♣1961 - **Quatre enfants dans la grande forêt** – roman d'aventures, 216 pages, qui a attiré non seulement des enfants, mais aussi les adultes et les amoureux de chevaux. Paru en Roumain, puis traduit en Bulgare; épuisé dès le premier mois de sa parution. Dans un grand élevage de chevaux de course, des voleurs s'emparent d'un groupe de pur-sang et s'enfuient dans la forêt proche. Au cours de nombreux rebondissements, quatre enfants feront preuve d'initiative, de courage et d'humanité, et sortiront victorieux de l'aventure, ramenant avec eux les chevaux, sains et saufs.

♣1973 - **La lyre aux étoiles (Chants des berceaux vides)** - poésie; 125 pages; Poèmes préfacés à la deuxième édition (1997) par El. Folea, professeur de littérature roumaine à Bucarest: Traduction:
« La création poétique de l'auteur est une marche majeure dans l'évolution de la poésie roumaine contemporaine: ses poèmes et son style marqueront la poésie de la 8e décennie, du siècle passé (1970-1980) à nos jours… L'art de Domnita est lumière, beauté et perfection. Par l'antithèse ombre-lumière exprimée dans des fantastiques images de relativité du temps et des distances abyssales, le poète-génie de ces poèmes devient elle-même un démiurge… Comme dans

toute grande poésie, Domnita Georgesco-Moldveanu a le don des métaphores uniques, des images complexes, picturales et à la fois musicales… Elle possède la dynamique intérieure du vocabulaire et réactualise des anciens mots, en créant des nouveaux aussi. » Première édition en 1973, avec la publication préalable de plusieurs de ses poèmes.

✤2001 – **Les contes des étoiles** ou « **Il y aurait une fois…** » - contes, 274 pages; (Contrat retiré auparavant par l'auteur en 1959 et remplacé par le roman d'aventures *Quatre enfants dans la grande forêt*, publié en 1961. Inscription au dos du recueil des contes:
Traduction:
« De vrais poèmes en prose enchanteurs, imprégnés de philosophie, d'éthique et d'esthétique, et d'une créativité débordante.
Ces contes s'adressent à un large public: enfants, adolescents, adultes… Imagination pleine de charme, personnages d'une fraicheur surprenante, noblesse du message, aspirations héroïques, humour, intelligence, sagesse, humanisme… Ces contes pousseront à la méditation parents, éducateurs, et professeurs… »
Ana-Maria Sireteanu, Directrice des émissions culturelles,
Radio Bucarest, Roumanie.

« L'auteur, par son grand talent de conteur, donne vie aux problèmes humains universels… Par de larges visions symboliques, elle sait nous rendre transparente une profonde sagesse nuancée d'aphorismes et de proverbes populaire. » Louis Kaiser, Paris, 1973, professeur à l'Université Perpignan, France

ŒUVRES EN FRANÇAIS

✤1987 - **Coeur d'or** (roman, 275 pages); retiré de la vente par l'auteur à cause des erreurs typographiques.
Traduction:
« Le roman convainc qu'à travers le sacrifice, on peut réaliser le beau et rendre l'homme meilleur… Tout ceci est un crescendo émotionnel de tourment et profonde sagesse, poésie et charme. »
Louis Kaiser, Paris, 1973

✤2006 – **Quatorze nouvelles (Les anciens du terroir m'ont raconté)** -
(nouvelles, 221 pages)
« Les histoires de ce volume se passent dans la campagne roumaine, aux alentours espacés de la première guerre mondiale. À travers les qualités morales des adolescents et des jeunes roumains de la

campagne, ces nouvelles mettent en valeurs les qualités universelles
de la jeunesse: la pureté du cœur, la bonté, le courage et le stoïcisme
qui vont jusqu'au sacrifice. Les nouvelles se présentent sous forme
des histoires contées par les anciens d'un village, étant d'un
dramatisme complexe, qui va du tragique jusqu'à l'humour, en
pouvant atteindre le sens héroïque, parfois ironique. Chaque histoire
courte présente un autre aspect de vie bouleversante, recouverte par
l'air de simplicité. C'est une éternité aux profondes résonances de
sanglot, même de rire; un portrait musical et à la fois pictural d'un
coin du monde. C'est l'offrande vive, le souffle de la force de l'âme
humaine, à rendre l'homme meilleur pour l'harmonie de la société. »
Liliana Hoton

❖2007 - **Adio rêves?** (roman, 361 pages, publié en Roumanie en 2007 et
au Canada en 2011); raconte la vie meurtrie d'une femme tourmentée
(la mère de l'auteur, mère de huit enfants), qui connaîtra le rêve,
l'espoir et l'amour grâce aux grandes valeurs d'humanité et au milieu
musical qui l'entourent. Raconté à la première personne, ce roman qui
se déroule en Roumanie nous fait vivre l'occupation durant la Grande
Guerre et la crise financière de 1930. Ce roman est une quintessence
musicale de beauté et de nobles réflexions.

❖2013 - **Contes** (354 pages); Enchanteurs poèmes en prose, aux
prégnantes nuances esthético philosophiques, d'une débordante
inventivité de l'action.

ŒUVRES EN ANGLAIS

❖2007 – **Little Criket** – poème épique, 34 pages. Liliana Mihai et
Miruna Nistor ont traduit Le Petit Grillon réussissant à rendre en
anglais son vers musical avec fidélité et charme.

ŒUVRES EN BULGARE

❖1964 - **Quatre enfants dans la grande forêt** – roman d'aventures,
216 pages, paru en Roumain en 1961 et puis traduit en Bulgare.

ŒUVRES EN COURS DE PARUTION

❖**Voyage à Lille** – collection de nouvelles en français

❖**Réflexions** – collection de réflexions en français

Préface

NATALIA MOLDOVEANU

Née en Roumanie, Domnita Georgesco-Moldoveanu a fait partie d'une famille nombreuse d'intellectuels. Ce milieu lui a favorisé une précoce culture et lui a stimulé la créativité.

À trois ans, elle invente des jeux; à quatre ans – son premier conte, et à six ans - son premier poème! Depuis, elle n'arrête plus d'imaginer des contes, et pendant l'école primaire elle commence véritablement à écrire. À treize ans, elle commence son premier roman, et écrit une pièce en deux actes, et ses premières réflexions.

À quinze ans, pendant l'école normale, Domnita publie sa première nouvelle. Après une brève période de travail avec les enfants de la campagne où elle organise des festivités artistiques et poétiques pour lesquelles elle écrit des pièces de théâtre, elle commence à écrire un livre pour les enfants. Elle fait ensuite des études de littérature à la faculté des lettres à l'Université de Bucarest. Elle est assistante dans l'enseignement universitaire à la chaire d'Esthétique du Conservatoire de musique de Bucarest et chargée de cours de littérature roumaine à la faculté de cinématographie de Bucarest.

En 1972, après avoir publié et republié plusieurs livres pour les enfants et un volume de poésie, elle devient membre de l'Union des écrivains de la Roumanie. La même année, elle s'établit en France.

Depuis, elle écrit uniquement en français (deux romans, des nouvelles, des réflexions, des notes, un journal, un roman en forme de journal, des scénarios de dessin animé.

Voilà ce que cette femme douée d'une grande sensibilité a écrit dans son journal au début de son émigration :

« Le merveilleux peuple français m'a reçu les bras ouverts. Mais moi, j'ai froid et j'ai peur. Je suis toute seule et toujours une étrangère. Mon cœur est comme le bouton à fleur qui ne peut pas s'épanouir sans le soleil de son pays. Toutes sortes de prévisions sinistres parle du futur de la planète, de changements géophysiques, de mutations – la peur et le froid s'empare de moi… Je veux chercher refuge au sein de ma mère, de ma langue, dans mon pays. Là-bas, avec mes sœurs et mes frères, avec mon peuple, avec mes aïeuls, avec les enfants de mon pays… En ce moment, là-bas, seulement là-bas, j'ai l'impression que je n'aurais plus peur de rien. Maudite soit la terreur, maudit soit tout le mal qui sépare et tue, qui brise le cœur des gens… Maudite soit l'hostilité entre les peuples, la haine entre les gens et la malhonnêteté…»

Après un bout de temps, elle écrit :

« Je n'ai plus écrit rien depuis longtemps. La misère, les soucis et l'inquiétude paralysent mes mains et cette humilité me pousse hors de moi le cri d'un désespoir sans trêve que personne n'entend… Je suis une étrangère, une étrangère… L'hostilité cachée sous des sourires aimables m'exaspère. Ma prière muette envers le ciel est mon seul ami, dans l'ardeur de mon âme… L'image de ma mère éloignée me déchire le cœur… Je sais que ma famille attend que je me réalise, pour leur donner la satisfaction d'avoir eu confiance en moi… Avec tout ce débattement épuisant, je dois quand même continuer à écrire… J'ai quelque chose à dire de cette expérience gagnée avec des bouts de mon existence… Je sens naître en moi l'offrande importante que je peux offrir à mon pays, à tout ce que je chéri là-bas et à tous que j'aime là-bas. Je me rappelle maman, presque toujours debout. Même à mon départ, elle a dû attendre debout dans le balcon afin que je tourne encore une fois vers elle… Oui, maman a dû attendre dans la nuit, en m'accompagnant de son regard quand je suis partie loin d'elle, pour toujours. Je le sais, même si je n'ai pas tourné…
Maman… debout à jamais, dans mon cœur en larme, dans mon cœur fendu… »

Et encore :

« Quel arbre fruitier, arraché pendant qu'il est en fleur et repiqué ailleurs, peut encore porter des fruits? Un autre longue peine et attente, un autre printemps sont nécessaires...

Depuis plus d'un an, je n'ai plus rien écrit...

« Viens-ici, penche-toi au dessus de moi, étale ta pensée sur mon blanc», me dit ma feuille blanche.... « Retourne toi! », bruisse-t-elle. Une mer blanche s'étend devant mes yeux. Il attend le mouvement de ma main et mon âme vibrantes, et mon souffle ardent pour lui faire vibrer l'onde de vie... Viens, Inspiration! Je te conjure, Lumière, envahit mon esprit! »

Après une autre période :

« Enfin, ma sœur arrive. Je sens une onde de joie dans mon cœur. La joie de pouvoir porter plaisir à ceux que j'aime dans mon pays et qui attendent de moi des importantes réalisations m'a redonné l'espérance et la confiance en moi. Depuis sept ans je n'ai plus senti une telle joie! Depuis sept ans je n'ai plus vu mes frères, mes sœurs et ma mère, pauvre Chérie! Oui, l'espérance peut renouveler une vie... C'est étrange comme l'homme peut changer dans des conjonctures particulières, lorsqu'il est forcé d'agir et se comporter d'une façon particulière, mis dans la situation d'aimer un autre monde, de réagir, de lutter contre les autres.... La vie s'anéantit entre les vies des autres, s'intègre plutôt d'après leur propre mesure que de la sienne, l'homme se transforme... Peu à peu, il perd l'habitude sa vieille vie et oublie beaucoup de ce qu'il a laissé en arrière... Le rêve ou le vieux cauchemar s'éteint en lui. Il ne se reconnait plus lui-même, il ne peut plus remémorer son soi antérieur. Et même si le bonheur était juste rêvé avant, elle ne revient plus ni même dans le rêve... »

À ce point-là, malgré sa solitude et le paysage de bouleversement continuel où elle doit se démêler, elle recommence à écrire :
son journal, des romans, des nouvelles, des réflexions, des notes pour d'autres romans commencés où envisagés.

En décembre 2004, elle a un accident à Lille, en France, où elle était allée se documenter pour son roman « Adieu rêve ? (Maman) ». Pendant qu'elle est hospitalisée là-bas, elle écrit une nouvelle qui va apparaître plus tard cette année dans le volume des nouvelles

« Voyage à Lille ».

Après l'accident, elle vient au Canada, chez moi, sa sœur, et reste ici sept ans avec des courtes visites en France. Au Canada, elle publie et republie des nouvelles, des livres pour les enfants et un roman, et continue à écrire son journal, des nouvelles et des réflexions. Vers la fin de 2011, elle retourne en France, à Neuilly-sur-Seine, où, étant de nationalité française, elle bénéficie d'assistance médicale gratuite. Je l'ai rejoint après un bout de temps et j'ai habité avec elle jusqu'à ce qu'elle soit passée dans l'éternité le 13 août 2013.

Avant qu'elle quitte ce monde, je lui ai promis de continuer à publier ce qu'elle a écrit et laissé derrière elle. C'est ce que je fais à présent.

Motto :

J'aimerais que ce livre unisse les enfants et la jeunesse du monde entier dans un pur élan d'humanité, de beauté, de sagesse… et d'harmonie.

J'ai entendu vos pleurs
et pleurs, et lamentations éteintes,
les mains levées, m'ont atteinte,
les plaies m'ont fait saigner.
Mais j'étais tenue de me taire,
comme dans la glèbe, les hurlements d'une ère …

… Combien de temps je demanderai un délai ?
Combien de temps l'impuissance me coince ?

Eh bien, j'irai renverser de mes vers, l'Univers !
Je bâtirai une autre Terre, après.
… Et je le jure d'amener Dieu y demeurer !

Il y a tant de temps !
… Les couleurs des lueurs se fanèrent.
Depuis combien de printemps ?
(sept fois trois ? Une centaine? Le millénaire?)
Je cherche la danse que je n'ai pas dansée,
La mère que je n'ai plus embrassée
La vie si peu vécue
et les enfants perdus.
Je cherche aux mains tendues,
sur les traces des parfums effacés,
à travers le halo de la lune,
les petits visages d'Aucun, d'Aucune.
Le Non, et Ni, et Ne, et Nul,
aux longs cils étoilés, qui bruinent,
à travers le brouillard sommeilleur comme un tulle
ployé sur les collines.
Je cherche aux mains tendues,
sous la pluie de suie, sous la nuit
silencieux cheveux des saules soyeux,
émeutes liquéfiées où sonne Personne
ces ondulations tombées aux yeux,
et sur le ne nié du Point et Rien.
Les mains, les mains tendues
et à genoux,
quand minuit s'effeuille de ses bruits.
Trouvez-le, recevez et l'acceptez,
Ouvrez les bras !
Ouvrir à cœur ouvert
à cet enfant Néant qui est mien,
remiroité dans le réel des vers !
Image prisonnière du Plus jamais,
réveil et veille de rêve que vais-je aimer !

Il y a tant de temps !
Les ailes désenvolées taillèrent en hier,
… combien de printemps ?

… Un cimetière ?…

Le cri de joie me lance de l'ombre :
- Sois !
Je ressuscite, l'idée de moi revit,
Emplie de rêve et assoiffée de vie.
Les chœurs des alouettes, l'écho, l'ivresse
aux chauds arômes et lumignons me tressent.
… Viens, fils de soleil, qu'une fois, estois,
Délie ma larme d'amour, d'entre les lois !
Dorénavant, le jeu est mon lieu.
Touche mon visage, trempant dans l'air tes doigts.
Si je me mire au ciel, je le constelle,
de mes yeux, fidèles et amoureux.
Je chante. Et je tressaute. Et ruisselle …
… Viens, fils de soleil, me regarder
quand mes cheveux, joueurs au vent, s'éventent
au loin lointain des blés et des vergers.
… Viens, fils de soleil, pour m'enlever
au vol à voile d'oiseaux qui se réveillent,
à l'harmonie des étincelles d'abeilles…

LES ADOLESCENTS (COEUR D'OR)

DOMNITA GEORGESCO-MOLDOVEANU

*

* *

Minuit froid et sombre se glissait de la montagne. L'air humide frémissait. Les cailloux se blottissaient contre la terre. Les buccins des bergers sonnèrent longuement, mélodieux, sur les sommets la chanson du commencement du monde. Les échos retentirent dans les vallées, s'éteignirent.

Et tout près, limpides, se distinguèrent quelques accords de piano, petits piaulements d'oisillons. Comme un rappel à la pureté première. Puis le village fut englouti dans une onde morne. Un cri perça le silence, et, par la porte violemment poussée, une fille nu-pieds, en longue chemise et toute échevelée, jaillit dans un éblouissement de lumière.

Sa mère accourut et l'entoura de ses bras. Sur leurs traces, une grêle de cruches et d'assiettes se brisaient. La fille esquissa un nouveau cri, aussitôt étouffé de la main de sa mère. Elles se précipitèrent dans un abri. Tâtonnèrent dans l'obscurité. À chaque pas bruissaient des pailles sèches. La femme se tendit dans un raidissement, l'ouïe aux aguets.

- Maman, gémit l'enfant.

Brûlante, la mère l'embrassa fort, sentit la tête brune s'enfoncer contre sa poitrine, et soupira. La fille tremblait. Le tremblement pénétrait le corps de la mère, se confondait dans son tourment. Un craquement se fit entendre. La femme tendit à nouveau l'oreille. Frissonna et se détacha doucement mais fermement de l'étreinte de son enfant.

- N'y va pas, maman. Ne va plus chez lui.

Ce chuchotement s'entrecoupait de claquement de dents. La femme impatiente se dégagea une fois de plus des mains qui s'accrochaient à elle, irrésistiblement attirée – par une force étrange – vers la maison.

Devant la porte, elle s'arrêta, hésitante, et murmura :

- Ma petite Anne… le méchant te hait si tu le dépasses, ou si tu lui résistes, ou si tu n'entres pas dans son calcul, ou tout simplement parce que tu existes. Puis la mère sortit. Anne resta immobile. Sur la tissure des ténèbres, l'enfant se dessinait, trop vite grandie, maladroite, clignant des yeux, comme si les longs cils nerveux avaient tourné de noires pages. Ses cheveux tombaient sur les épaules comme une suie versée. Les traits sévères de son visage s'accentuaient, la rendaient presque mature. Elle s'attardait, s'efforçait de comprendre quelque chose.

La grotesque ombre d'une vache remua dans un coin et se mit à souffler lourdement. Anne souleva le loquet. Voulut suivre sa mère. Se mit è pétrir ses doigts. On n'entendait rien.

« Mais qu'est-ce qui se passe avec Maman? » se demandait Anne. Elle ressentit inaccoutumée l'haleine renouvelée, de la bête. Le sentiment que sa mère était en danger la poussa dehors. Sur la pointe des pieds nus, Anne se hâtait vers la maison.

Des ombres fumantes reculaient en silence hostile. Pointu, le toit de la maison se dressait taciturne. Les vitres noires la regardèrent de travers. Une voix brutale d'homme résonna dehors. Anne contourna les murs, pressée, vers le jardin, et à l'unique fenêtre illuminée, s'accrocha aux châssis. Un coin de rideau était levé, à l'intérieur. Voilà maman debout. Pâle, suppliante. Lui, on ne peut pas le voir. Mais de l'autre côté de la chambre, sa voix s'emporte. Maman chuchote, le visage tourmenté, comme si elle voulait le calmer un peu.

Mais qu'est-ce qu'il y a ? Pourquoi maman se retire-t-elle en panique ?

Elle s'assied au bout du lit, les mains jointes, emmurée. Dehors, Anne se cramponne. Tremble. Se sent tomber en pâmoison. Dedans, maman, muette, suit des yeux celui qui probablement s'approche. Les prunelles noires de maman s'agrandissent de frayeur. Sa respiration s'arrête. Ses lèvres pétrifiées s'efforcent de remuer.

- Où est le Cœur d'Or de la mine ? rudoie l'homme. Où est la carte au Cœur d'Or ? !

Un poignard éclate vers maman.

- Maman ! ! crie dehors Anne d'une voix aigüe.

La lame s'arrête en l'air, la main de l'homme sur la poignée. Mais son bras gauche frappe à côté, où brusquement la lampe s'éteint avec fracas.

- Maman ! Maman ! Au secours ! À moi ! Aaah … !

Anne criait, hurlait, tapait dans la fenêtre. Heurtait la porte de ses épaules, de ses pieds, sans pouvoir l'ouvrir. Le cœur battant, elle enjamba la clôture, se jeta sur l'autre bord de la route et appela de toute la force de sa voix, dans la direction d'une villa rustique.

- Auréline ! Tante Marie !

Et dans une déchirante lamentation de mort :

- Taaante ! Madame le Professeur ! ! …

Les chiens de garde se mirent à aboyer.

- Qui est-ce ? demanda une voix saisie par la crainte.

- Vite ! … la tue ! …

- Qui ?

- Lui ! …

La femme professeur arriva en vitesse.

Dans le voisinage, des gens s'agitèrent. Tous les chiens du village aboyaient. Anne retrouva une lampe allumée. La porte entrouverte. Et debout – lui – les mains sur les côtes.

- Maman !

- Seigneur ! Qu'est-ce qu'il y a eu, voisin Crocard ?

- Ma petite maman !

- Léonore s'est tuée! clama-t-il.

La chambre était bondée. Une multitude de gens habillés en hâte. Rumeurs. Questions. Exclamations plaintives.

En face, penchée, le visage enlaidi, la bouche comme une plaie béante, Anne regardait fixement.

- Un cierge, un cierge répétait quelqu'un en se signant.

Les gens se bousculèrent

- Qui peut prendre soin d'Anne? Demanda Marie Dona, le professeur d'en face.

La confusion s'assourdit. Ce fut le grand silence.

Marie rencontra les yeux de ces gens rassemblés. De profonds yeux, d'où jaillissaient des siècles de souffrance. Des yeux à travers lesquels Marie pénétrait jusqu'au tréfonds de leur cœur blessé. Jusqu'à l'abime des temps.

… « C'est à vous d'en prendre soin »…

Quelqu'un avait parlé ? Ou c'était leur regard ? Ou sa propre pensée ?

La femme prit Anne par les épaules et se fit de la place pour l'emmener. Seulement, sur le pas de la porte, Marie sentit un frisson froid.

… Les mouvements d'Anne s'enveloppaient de brouillard.

À la villa, plantée sur le versant de la montagne, Anne resta pendant des semaines, dans ce brouillard. Marie lui donnait la becquée.

Sa petite Auréline touchait le piano comme une brise caressante. Son frère ainé sut compatir en lisant parfois ses vers sur le seuil. Mais entre leurs murs s'était retranchée, avec Anne, l'âpre expiation de Léonore. Sanglante.

« Comment les Hommes, qui ont tant peiné pour soumettre l'entour hostile, n'ont-ils pas encore vaincu le crime ? » pensa Marie.

« Pourquoi s'y prennent-ils si mal avec l'existence humaine ? Comprennent-ils à tort le miracle de la vie ? Ou même pire : ils n'en apprennent que faire mourir… »

Marie se tint chaque nuit vigile. Et chaque nuit, toujours la nuit, voyait-elle par la fenêtre, ou croyait voir, des ombres se faufiler dans la cour du malheur.

À ce moment-là, ses chiens de garde jappaient obstinément, tantôt devant la maison, tantôt derrière, vers le jardin. Toutes les nuits, les chiens aboyèrent, acharnés, jusqu'à ce qu'ils se turent. Tués.

*
* *

Matin aux yeux bleus. Dans ces montagnes, depuis que l'Homme est Homme, les Roumains sont plutôt mineurs d'or. Chassés de leurs petits puits aurifères, ces villageois du Pays d'Or entrèrent en partie dans une exploitation de métaux ferreux et non ferreux.

Tous l'appelèrent « La bouche de cendre ». Ils eurent vite l'apparence de cendre. Pour finir leurs jours avec le cœur en cendre. C'étaient des gens doux. Secrets, méditatifs.

Dans les résonnantes galeries on ne parle pas. Dans les maussades profondeurs on ne sourit pas. Ceux qui sont souvent écrasés par le roc ne se fâchent pas pour rien. Et après avoir lutté contre la pierre, jusqu'à ce qu'ils soient pétrifiés par dedans, ils réfléchissent avant de bouger. Mais en ce matin aux yeux bleus, un accablement, comme la poudre de pierre, avait couvert leurs visages, avant de descendre pour piocher. Un accablement qui suintait d'eux.

À l'aube, les gendarmes avaient arrêté Crocard. D'après les recherches, la mort de sa femme s'avérait un assassinat. Ces mineurs intègres qui ne furent écrasés ni par le poids des montagnes, ni par l'ancienne occupation, avaient le cœur éteint sous le fardeau d'un crime accompli par quelqu'un de leur village.

Sans une parole, ils se regardaient les uns les autres. Comme dans les millénaires, après avoir subi des violations. Avec tous les millénaires de souffrance et de lutte dans leur regard.

*

Dans le village resté presque désert, Anne se montra sur le seuil de sa mère. Elle planta les ongles dans l'encadrement de la porte et appuya le front sur la planche comme si elle avait voulu s'y confondre. Ses mains serraient avec une telle force le bois, que la chaux se broyait sur le bord. Un meuglement désolé sortit de la grange. Une vieille femme envoyée par Marie s'empressait avec des seaux bruyants. Pour Anne, le meuglement ne fut qu'une réponse à son désespoir. Elle desserra les mains. Fit tomber la chaux des ongles bleuâtres. Son visage gardait un muet assombrissement. Dans cet assombrissement la vie acceptait de continuer. La bête, comme une géante sculpture à peine dégrossie d'un roc, balançait obéissante ses cornes embridées par Anne, quand la voix d'une voisine griffa l'air :

- Qu'as-tu fait ? T'as livré ton père?

« Ce n'est pas mon père » voulut répondre Anne.

Mais ses lèvres ne s'ouvrirent pas. Elle baissa le front.

- Va et change ce que t'as signé ! Il m'avait prévenue qu'elle voulait se tuer. Le regard d'Anne surgit en feu.

« C'est sa mère tout craché avec ses larges yeux noirs qui brûlent » se dit jalousement la voisine venue.

Anne tira la bride de sa vache et s'en alla prestement.

D'aucuns lui coupaient le chemin avec des mots attendris.

Elle ne voyait plus, n'entendait plus, jusqu'au bord de la forêt.

*

Il y avait là l'un de vastes prés des Carpates, avec les hautes herbes sauvages, et son foin libre qui bat la poitrine. Anne pénétra l'herbage emperlé d'eau. Les basses feuilles lui lavaient les pieds, pendant que les hautes coroles, aux mille petites lumières, aspergeaient son visage. Aussitôt elle entendit une sonnaille rauque et des clochettes.

Le foin bruissait orageux sillonné par les enfants du village avec leurs animaux. Anne maîtrisa la bride avec brusquerie pour se réfugier dans la forêt jusqu'au soir.

Tantôt comme un anachorète proscrit. Tantôt comme un bébé débile, dans les fantomatiques bras de sa mère. Quand l'haleine de la cornue la ramena en lisière, les arbres froufroutaient soyeux. Quelque part hululait une chouette. Un passereau fauchait l'air de ses rémiges.

Le bout du village apparut comme un âtre, devant lequel s'agenouillent les monts.Dans les nuances pastorales des buccins, allongés à l'infini, Anne rentrait apostate. C'est au milieu de la sombre cour silencieuse, que la peur s'empara d'elle. À l'instant, elle entendit une voix d'enfant qui découvre les étoiles et s'émerveille :

- Aa-anne !

Un rayon transperça la hideuse noirceur.

« C'est Auréline » se dit Anne. Et accourut à la porte.

Elle déchiffra dans l'obscur la petite Auréline comme une lueur mirée sur l'onde. Un long voile paysan à peine soupçonné sur des épaules éthériques, donnait l'impression que la fillette était ailée. Auréline prit la main d'Anne avec le mouvement du poussin frétillant qui se niche. Anne frissonnait encore.

- Tu as froid ? lui demanda sa petite voisine. Tiens ! mets mon écharpe sur ton dos…

Conduite par la main blottie dans sa paume, Anne franchit la route. Gravit un sentier parmi les fleurs et les jeunes silhouettes de sapins. Monta les marches de pierre.

Dans le grand hall campagnard, éclairé comme une chaumière, le visage d'Auréline capta tous les feux des luminaires :

- Dis-moi « petite sœur » !… Tu veux ?

À ce moment-même, la porte de l'entrée s'ouvrit. Anne recula.

- Papa ! se réjouit Auréline, avec fougue. Papa ! Papa !

L'homme fondait de ravissement, comme si dans ses bras palpitait un minuscule soleil reçu du ciel. Anne observa aussi la mère d'Auréline arrivée de ses fourneaux, modestement coiffée d'un chignon. Son délicat visage, au front allongé vers les tempes, rayonnait de douceur, une main appuyée sur le bras de son mari. Quand le fils entra, la mère l'attira de l'autre main. L'harmonie, la liberté de rire, le bonheur sans pareil étaient la vie de la famille.

Anne arrêta son souffle.

Elle but des yeux cet instant qui l'aveuglait jusqu'à sentir la douleur physique d'avoir fixé le soleil. Tant de joie pure lui faisait mal.
À petits pas, elle se glissa dehors. Descendit les marches et s'enfuit.

*

* *

La petite villa roumaine de la famille Dona aux fondations creusées dans la pente, avait la forme svelte. Et son toit, un iris renversé. Les géraniums vivaces comme les cris de joies, suspendus à ses balcons rustiques, lui donnaient la note gaie de toutes les maisons paysannes. La villa dominait d'en-haut une pelouse qui dévalait jusqu'à la route.

La musique du piano éclata par les fenêtres ouvertes, comme une pluie. Luxuriante, mélodieuse, dansante. Pluie de sons lumineux. L'herbe et le feuillage frémissait comme d'une pluie torrentielle d'été.

Le père s'approcha d'Auréline.

- Est-ce que ta nouvelle sœur fugitive t'a rendu au moins ton voile de fée ?

- Je lui ai permis de le garder… Je lui ai donné cette permission dans mon esprit. Avec mon voile, peut-être, Anne se sent-elle amadouée ! J'aimerais que mes affaires fassent des miracles.

Le père d'Auréline sortit et rangea la voiture de la grande mine d'or où il travaillait. Puis se mit à charger les corbeilles pleines de fruits préparés par Marie pour l'orphelinat de la ville proche.
Son visage blond paraissait plutôt serein. Peut-être indéchiffrable.

La vieille femme, qui veillait sur Anne, traversa la route et lui rendit le voile d'Auréline mis en charpie, avec les traces des chardons arrachés.

- Cette merveilleuse écharpe de collection qu'Auréline appelait voile de fée ! s'exclama le père. Montre-lui, Marie, pour ne plus partager en route, avec les enfants, ses crayons, ses rubans, son goûter.

- Je ne crois pas qu'elle doive l'apprendre, dit la mère avec amertume. Tu ne sais pas encore qu'elle veut rendre l'Homme meilleur ?...

Essayons mon chéri de sauver l'espoir de notre enfant. Car l'Homme pourrait devenir meilleur...

Ensuite, avec beaucoup de compassion :

- Comment allez-vous, tata ? Comment va la petite Anne ?

- Hein ?... la voisine d'Anne veut blanchir Crocard. Léonore lui aurait avoué qu'elle voulait en finir. À vrai dire, elle pense à se faire épouser par ce diable.

Et il y en avait encore une autre, qui faisait de l'œil à celui-là.

Toutes deux se porteront témoins.

- Témoins ? sursauta Marie.

La vieille déposa sur la terre sa besace, pour s'apitoyer :

- La pauvre Anne file un mauvais coton ! Le soir, à l'arrivée du pâturage, elle s'assied sur le lit, les mains croisées, ahurie. Je la secoue :

« Dis, Anne... »

« Oui », répond-elle d'un air hagard.

« À quoi songes-tu ? »

Elle laisse planer son regard comme s'il y avait des brumes sur ses yeux et se tait.

-Mais les frères de Léonore ?

- Dieu le sait !

Marie tourna vers son mari, Adrien, un sourire suppliant et ses yeux humectés de lumière.

-Je vais avertir ses oncles, lui accorda-t-il. Et démarra.

*
* *

La route de Rodna serpentait le long d'un ruisseau. Adrien apercevait les sapinières qui, à son passage, s'immobilisaient dans leur fuite sur les monts. Il s'engouffra dans une irruption de hêtraies, foins fleuris, coudraies chargées de noisettes. Et ronceraies aux géantes mures et framboises, orientées vers le chemin, pleins les bras, comme un symbole de la fertilité de Rodna.

Au tournant, il ralentit à l'encontre d'une file de chars aux chercheurs de blé. Les regards des hommes se consumaient sous leurs paupières chargées de poussière et de fatigue. Les chevaux avaient les regards des hommes.

Adrien Dona s'arrêta plein de sollicitude.

- Notre province, monsieur, expliquèrent les gens, est brûlée par la sécheresse. Tout le monde craint pour demain. On a même fini nos vivres…

- Allez ! Ici c'est Rodna, les encouragea Dona, ce qui signifie dans notre ancien roumain « fructueux », et aussi « notre souche ».

Les gens aiguillonnèrent les chevaux.

Dona descendit la vallée où le ruisseau en cascade réfléchissait les lumières précoces de l'automne. Soudain une jeune personne s'élança sur le paysage, comme une tige surgie de la nature.

L'homme freina et ouvrit la porte arrière. Avec une gracieuse inclinaison, la jeune fille monta, les paupières baissées.

Dona mesura l'ovale blanc aux égratignures. Un ovale avec la mélancolique pureté de grappes d'acacia. Les cheveux châtains-roux, épars, plutôt arrachés du chignon. La robe d'uniforme, ou de deuil, aux manches retroussées, en pièces.

La jeune fille leva vers Dona les yeux d'un bleu presque marin. Mais allongea vite ses cils. Et garda un air de martyre.

- Je viens de Soucéava. Parce que j'ai perdu mes parents, je me suis attachée au « Comité de Protection des enfants ». Mais on garde ici les moins de 14 ans. J'en ai seize. Un type m'a promis de me soutenir au lycée, de m'aider à suivre les cours de chant.

- Et alors ?

- …Je me suis enfuie !

Dona qui ne comptait que sur le salaire de la grande mine d'or et sur l'argent que sa femme touchait à l'école pour les heures de musique se demandait :

« Où guider cette pauvre enfant ? »

-Comment t'appelles-tu ?

- Ilèana.

Ils arrivèrent à Rodna. L'Église autour de laquelle se rassemblaient les vieilles maisons, gardait entre ses murailles les colonnades romaines. Adrien Dona déposa les fruits à l'orphelinat, fit la commande pour l'après-midi à l'atelier d'outils miniers, laissa une lettre aux frères de Léonore. Chaque fois Ilèana restait dans la voiture, les mains sous le menton.

« Elle doit avoir le ventre creux », pensa Dona qui l'invita dans un modeste restaurant.

À la vue de la jeune fille, le garçon qui s'avançait vers leur table, butta dans une chaise et renversa des assiettes.

Soudain Ilèana s'égaya, mais elle serrait les lèvres à cause d'une écorchure. Ses dents brillaient furtivement comme les têtes blanches d'agneaux qui se hissent de temps en temps derrière l'enclos.

« La jeunesse est optimiste. Un peu insouciante », commenta l'homme en soi.

- Attends-moi dans le jardin public, lui dit-il en sortant. La charge des outils casse les oreilles.

- Pas d'hôtel par là ?

- Hôtel ! s'exclama-t-il. Tu es bien émancipée, dis-moi. L'homme la conduisit près d'un banc, persuadé qu'il valait mieux agir de suite pour lui quérir un foyer.

« Dommage que Marie ne soit pas là pour conseiller cette enfant ».

Il tourna vers elle son regard aux transparences de lacs cernés de saules. Au même instant, Ilèana tomba sur son épaule en pleurs :

- Ne me quittez pas !

Ses bras lui entourèrent le cou. Ses joues humides se collaient contre les siennes. Elle s'appuyait sur lui, douillette et langoureuse. Et sentait la grappe d'acacia, la sève d'un sarment taillé, la vigne fleurie quand la pluie s'arrête.

« Marie » appela-t-il dans sa pensée. « Une enfant m'embrasse avec inconscience quand j'ai un fils presque de son âge. »

Demain, à l'impas, Auréline serait-elle comme cette jeune irréfléchie ? Auréline !

Devant la pureté de cette image, un froid torrent baigna l'homme de la tête aux pieds. Il écarta brusquement la fille. La foudroya d'une gifle. Puis d'une voix plus adoucie :

- Je vais t'amener chez ma femme. C'est un être merveilleux. Je suis sûr qu'elle va t'aider à refaire ton existence. Attends-moi ici.

Puis, en lui-même : « Voilà que je m'engage maintenant ! »

Mais à son retour, il ne retrouva plus Ilèana.

*
* *

L'ancien rite familial de la soirée d'Août avait des mouvements agiles et des bruits précipités. Mais on sentait le repos. Les cœurs qui se retrouvent au dîner, devant le grand four de dehors, à la loison* paisible. Dans cette harmonie ancestrale, Anne marchait solitaire. Anne, comme une mèche de fumée dans l'air du soir.

La quiétude retombait sur ses traces et l'inquiétude la prenait d'assaut. Elle touchait de sa paume la vache, ce profil crayeux, rudimentaire, mais dont la présence sensible la rassurait. Pourtant, l'inquiétude se transformait en terreur.

À la porte, même la vache meugla et n'avança dans la cour qu'après avoir été poussée par Anne.

Une voix haineuse cassa l'obscurité :

- Dehors !

Un jet de cailloux fit Anne reculer et se lancer vers les Dona. Dans les bras de Marie. Quelques voisins sortirent sur le chemin. On les entendait :

- Crocard s'est échappé !

D'autres se pressèrent contre la clôture :

- Assassin !

- Crocard – Poignard !

La nuit se fit pesante sur les épaules des gens. À l'intérieur de la cour personne ne se montra.

---

* Loison :petite lampe, dans l'ancien français.

De la grange sortait le beuglement plaintif de la vache enfermée.
Puis des bastonnades parvinrent étouffées. Des coups de massue.
Les beuglements redoublèrent. S'intensifièrent. Se transformèrent en
rugissements. Gémissements. Râles... Un silence lourd tomba comme
une hache.

- Il a dû abattre la cornue.
- Poignard!

Les voisins tapèrent sur la porte. Y lancèrent du gravier.
Mais là-bas, les ténèbres se murent comme des brigands masqués,
prêts à la riposte.

Et les villageois se retirèrent.

*

- Ça y est, la protestation est finie ! Qu'en penses-tu, Adrien ? Tu
ne crois pas que l'infamie impunie est une invitation à de nouvelles
infamies ?

- Calme-toi Marie...Tu as des enfants à élever.

- Mais comment seront élevés nos enfants, les yeux braqués sur ce
hors-la-loi ?

Anne s'était endormie dans la chambre d'Auréline.
Le fils Lionel se tenait debout, le front incliné. Auréline s'installa sur
le lit des parents, la tête légèrement en arrière, attentive.
L'homme posa son regard sur Marie, en tacite prière de ne pas faire
peur aux enfants.

Marie répondit à son regard :

- Justement, c'est atroce de subir ou faire subir la peur ! Je veux
que ces enfants poussent libres ! Que la liberté vive dans leur travail,
dans leur création ! Pour la liberté, Décebal a sanctifié de son propre
sang, cette terre !... Et combien d'autres avant lui ? Plus tard, Horia, a
été martyrisé sur la roue !... Michel le Brave a laissé sa tête !... Avram
Iancou est devenu fou dans les montagnes !...

- Cinq cent douze révoltes des Roumains contre les oppresseurs
de Transylvanie ! précisa Lionel.

- Et ce million de soldats qui ont donné leur vie pour la libération de la Transylvanie dans la première guerre mondiale ? demanda
Marie. Et les soldats tombés pour la deuxième libération.

- Ma chérie, entre deux révoltes, ou deux libérations, les Roumains ont su que l'eau passe et que le roc demeure. Ils enduraient donc, jusqu'à ce qu'ils soient presqu'à bout. À ce moment-là seulement, ils criaient d'une grande voix : Réveille-toi !… Non, l'âme de la Transylvanie n'a jamais été esclave !

-Bien sûr, l'esprit humain ne peut pas être esclave, approuva Marie… Pourtant, avec quels divins efforts s'est-il élevé au-dessus de ses propres douleurs, pour continuer à vivre et à créer la plus riche gamme de chansons, de poésies, danses, contes et art populaire ? Nos enfants devront-ils recommencer l'Histoire ?

*

Plus tard, quand la lune levée sur la montagne déployait comme un ensouple, ses lumineux linons, la petite Auréline, vaguement drapée d'une chemise de nuit, atteignait la porte de ses parents. Elle grimpa sur la chaise du piano et commença la sonate Au clair de lune. À sa façon. Peut-être à la façon lunaire ?

Les mains d'Auréline effleuraient à peine le clavier. Caressaient l'air par-dessus les touches. Ou bien soufflait-elle une sorte de parfum musical sur les paupières ensommeillées ?

Sa mère sortit du lit et s'approcha de cette luminescente allure.

- Mon ange, ton rêve exquis de lune est si apaisant ! Mais Beethoven est plutôt transparent que velouté. Plutôt hautain, que doux, dans sa sonate.

*

* *

Le lendemain, les deux femmes témoins qui avaient prêté serment pour le tueur, habillées avec recherche, se rencontrèrent devant la porte de leur homme.

D'en haut, Marie observa les femmes qui se disputaient, qui se prenaient par les cheveux. Et Poignard, qui, sorti en colère, les chassait avec un gourdin.

« Au moins, elles ont vite reçu la récompense » disait Marie.

Mais Anne joignait les mains, se mordait les lèvres.

Elle aurait voulu faire justice. Et l'impuissance l'écrasait. Charbon ardent, broyé par le tisonnier jusqu'à ce qu'il devienne une poudre noire !

Ce fut Auréline qui réussit à sortir Anne sur la pelouse.

La pureté blonde et frêle d'Auréline semblait s'évaporer des roses blanches.

- Auréline ! appelèrent les enfants voisins. Notre jument vient de mettre bas un poulain. Veux-tu le voir ?

- Dimanche ! leur renvoya la fillette.

À la clôture opposée une petite voix se fit entendre :

- Auréline ! Les meules sont prêtes. On fait des cabrioles ?

- Dimanche ! promit Auréline de nouveau.

- Tu mets en deuil l'esprit de notre fillette par la présence d'Anne ici, reprochait Adrien à sa femme.

- C'est la méchanceté qui assombrit l'intelligence. La bonté l'auréole, répondit-elle.

- Ma petite femme, aurons-nous jamais la gratitude d'Anne ? Celui qui ne connait pas le bien, saurait-il le reconnaitre ?

- On ne marchande pas le bienfait… fit remarquer Marie avec une mine souriante.

Et avant de partir pour le don habituel des fruits avec son mari, elle consulta aussi Anne :

- Dis-moi, ma petite, aimerais-tu que je t'achète quelque chose ?

Anne tressauta.

- Un chien !

Comme la grande sécheresse avait entraîné l'abandon des chiens, la tâche de Marie ne fut pas difficile.

Dès qu'elle fut rentrée avec un grand chien de garde, Anne le prit par la laisse pour trotter vers la porte, vers le fond du jardin. Et se mit à l'exciter :

- Attaque !

Le chien aboyait dans l'air.

- Attaque ! incitait Anne. Mords-le !

Le chien se jetait sur la clôture, jappait.

- Mords-le ! Attaque ! Déchire-le !

Chaque matin, midi et soir.

Et plus le chien se déchainait, et plus Anne l'excitait :

- Mords-le ! Fais-lui mal ! Attaque ! Attaque !

Après quelques jours, le chien disparut.

Anne l'appelait, le cherchait. Fouilla les bosquets, la réserve pour le bois, la basse-cour avec son poulailler, l'étable, la grange vide. Et ne trouva pas son chien.

Sans pleurer, Anne s'enferma dans un mutisme dépité.

- Tu désires quelque chose, ma petite ? essaya la semaine suivante Marie.

- Un chien exigea-t-elle, farouche.

Auréline et Lionel n'eurent pas le temps de le voir.

Anne prit le chien par la laisse après l'avoir nourri de son propre déjeuner, ensuite courut jusqu'au soir :

- Attaque ! Mords-le ! Fais-lui mal ! Déchire-le ! Attaque ! Attaque ! Attaque !

De temps à autre, Anne s'arrêtait, serrait le chien dans ses bras.

Puis Anne recommençait. Criait, hurlait !

Dans ses sprints, elle percuta les arbres, défonça les clôtures.

Affola le chien jusqu'à lui faire mordre les troncs.

La nuit-même, ce chien disparut aussi. À l'aube, Anne le cherchait partout. Auréline se couvrait le visage. Bouchait ses oreilles.

Vas-tu lui chercher un autre chien maman ?

Je ne pense pas…

Voilà ce que l'injustice fait d'un orphelin !

Adrien essaya de plaisanter :

- À certains moments, quand tu parles, Marie, j'ai l'impression que c'est le vent qui souffle.

- Si l'indignation se lève en moi comme le vent, quel orage doit se débattre dans l'âme de cette enfant ! Pauvre Anne !

Dehors, en parcourant le verger, Anne reprenait ses appels.

*

Après le départ d'Adrien au travail, Anne descendit soudain la pente, sortit et traversa la route. Irrésolue, devant la palissade de la cour interdite, elle essaya d'entrevoir à travers les planches.

Poignard ouvrit, coléreux, la porte. Mais à la vue des pieds nus d'Anne, il la mesura d'un air sarcastique.

Anne contracta les orteils.

En sentant sa faiblesse, il proclama pour les oreilles du village :

- Rentre, laideron ! Menteuse et voleuse !

Un roc n'aurait pas pu mieux écraser Anne. Livide, réduite à néant, elle oscilla entre hurlement et mort. Les sons du piano bruissèrent alors de loin, comme les soupirs. Ce fut comme un appel.

Anne explosa :

- Poignard !

Et s'enfuit chez les Dona.

Mais Poignard vociférait dans la rue :

- Renvoyez-la ! Et dare-dare !

D'en haut et tout en descendant, Marie esquissa le mépris.

- Cette enfant de pute a voulu me faire mettre au bagne, invectivait-il. Mais c'est pas moi qui ai buté sa maudite mère !

Les yeux de Marie s'assombrirent, lourds de signification. Elle le fixa d'un regard brûlant, qui transperçait.

Et lui, perdit pied. Il sembla chercher un trou dans la terre pour s'y enfouir. Mais n'en trouvant pas, il s'enhardit, redoutable, reptile empli de venin. Et, à son tour, foudroya la femme professeur d'une haine mortelle.

Ce soir, les frères de Léonore entrèrent dans la cuisine. Par le fond du jardin. Mal à l'aise.

Anne s'approcha d'eux, interrogative.

Les oncles lui caressèrent le front. Puis s'assirent et la renvoyèrent en douceur comme s'ils voulaient remettre à plus tard, ou à jamais, tout engagement.

Humiliée, Anne se retira dans la pièce qu'elle partageait avec Auréline et sans allumer, s'accroupit auprès d'un mur. Et attendit. Comme dans une cage.

Lionel écrivait ses poèmes dans une chambre du grenier. On ne sentait non plus Auréline.

- On vous cède la mine, lâcha sans détour l'un des frères, à Dona.

- À moi ! ?

- On ne vous la laisse pas en exploitation, comme à Poignard. On vous cède la concession !… Peut-être, ainsi, vous adopterez la petite.

- Qu'on l'adopte maintenant !… Mais ces gens-là m'envahissent ! Ils s'incrustent !

Marie écouta le cœur serré.

Dona se défendit fermement :

- Je n'ai pas besoin de votre concession ! Allez-y, fouillez la roche vous-même ! Ne laissez plus l'enfant sur mes bras !… Je travaille au grand bain d'or et c'est là-bas que je fais ma thèse. Dès que nous nous sommes libérés, je me suis réinscrit aux cours de l'École Polytechnique par correspondance. En peu de temps, je serai ingénieur, enfin…

- Mais la mine des Nains, est la vôtre, monsieur, celle de vos ancêtres !

- … Plutôt … elle l'était … reconnu Dona, comme s'il se trouvait confronté au nom de sa mère ou de sa patrie, qu'il n'aurait jamais renié.

- Oui, monsieur. Votre père a donné sa vie pour ce terroir, pour cette mine. Quoi qu'elle se trouve au bout de votre jardin, l'État la prise. Nous l'avons concessionnée pour Léonore, dont le premier mari est mort dans la mine. Peut-être fut-il supprimé ? Parce que le Poignard n'a pas tardé à prendre pour épouse notre sœur. La malheureuse ! Il l'a poignardée pour cette inscription …

Et l'homme sortit une boule de papier cachée dans sa chemise, et déplia un vieux plan jauni et une vieille petite plaque en pierre tronquée. À l'instant, par la porte close, tous discernèrent la musique du piano. Les froissements des vieux documents s'émiettaient, s'harmonisèrent miraculeusement avec la sonate d'Auréline. Dans l'ouie de Marie, se fut un susurre troublant.

- Cette mine a un cœur d'or, savez-vous ? leur révéla l'homme. … C'est le cœur vivant des ancêtres. Celui qui l'entend est bénit.

Adrien prit soigneusement entre ses doigts la vieille pierre usée. Il se sentit ému.

- Voici le signe du Cœur, montrait l'homme. Vous le voyez ? Comme une racine. On dit que c'est là, le trésor des Nains. Ou des Géants ! Mais plutôt le Cœur du pays !

Poignard avait appris quelque chose, mais il ne possédait pas la petite carte de pierre. Dona la regarda encore une fois. Il ne pouvait pas déchiffrer l'inscription :

- Cette pierre est d'avant les Romains, supposa-t-il … Du temps des Traco-Daces… plus précisément, des Geto-Daces… Il y a un savant* roumain qui parle de leur écriture …

Il se réinclina avec Marie au dessus du plan gravé.

La sonate d'Auréline se réverbérait-elle ? Ou le battement secret du Cœur d'Or avait-il un écho dans leur cœur ?

L'espoir pointait aux yeux de l'un et de l'autre.

« Tu vois », semblait dire Dona, « dans la terre de mes aïeux palpite le Cœur d'Or… »

---

* Il s'agit de J. Moldoveanu, le créateur de la Daco-Tracologie.

Il avoua :

- Je pensais que maman racontait des légendes quand j'étais enfant … Et voilà que les grandes vérités sont entrées dans la légende… Ils décidèrent de réfléchir. La pierre mystérieuse restait chez les Dona.

Mais quand les maîtres de la maison sortirent de la cuisine par le balcon latéral pour raccompagner leurs hôtes, ils virent la cour d'en face plongée dans le minuit morne. Une ombre se détachait du cadre de la porte et s'estompait. Marie fut secouée de frissons froids.

- Comment, s'emporta-t-elle, pouvez-vous admettre ? Votre sœur est morte et un assassin triomphe !

- On l'abandonne au jugement de Dieu.

Le frère taciturne montrait du doigt le ciel étoilé. Adrien ajouta :

- Celui qui n'a pas de conscience n'est plus un Homme !

… Peut-on envier le festin des corbeaux ? Le plaisir inhumain ou le festin des corbeaux, c'est la même chose !

- Mais que signifie ce va-et-vient d'ombres ? demanda Marie. Derrière le Mal, craignons le Pire !

En silence, les gens venus reprirent le sentier du fond de la cour. Les ténèbres d'en face commencèrent alors à s'éventer, comme une volée d'ailes noires.

*
* *

La défaite pesait sur la maison Dona et Anne dispensait autour d'elle une tristesse pareille à la poussière du fond de mine.

Le dimanche après-midi, la chambre d'Auréline s'entassa de leurs merveilleux costumes nationaux, collectionnés de toutes les régions roumaines.

- Vous êtes prêtes Marie, interrogea Dona. On part à la danse ?

- Pas encore, pas encore … gazouillait Auréline.

Dona, vêtu du costume de ses aïeux, arpentait à grand pas le hall, tout en berçant les amples manches et les plis d'une longue chemise blanche richement brodée au-dessus du genou de filigrane noir. Il avait ceint une courroie avec des incrustations. L'une de ses quelques dizaines de ceintures brodées, perlées ou entaillées, avec une fantaisie unique, par des artistes roumains inconnus de la région de Bistrita et Rodna.

- Je ne veux pas venir avec vous, s'entêtait Anne, devant le costume offert par Marie.

Elle souleva son menton.

Dans le miroir, comme sur les étangs glacés à l'aube, Auréline lui apparut alors avec tout l'éclat d'un soleil levant.

Anne eut l'impression qu'Auréline vivait sa lumière, comme la vivrait le soleil même.

Que la splendeur émanait d'Auréline, qui s'enivrait de sa propre splendeur.

Au coin du miroir, Anne se retrouva crispée, noiraude. Marie intervint en douceur :

- Ma petite Anne, ta maman disait de cette blouse qu'il n'y avait pas un modèle pareil dans toute la contrée.

Lionel se fit entendre et Anne le vit aussi dans la glace, étonné de tout, étonné de lui-même. Sur le pas de la porte, la mère lui apaisa le blond rebelle de ses boucles coupées trop court.

- Et Anne ? demanda Lionel. On ne l'emmène pas ?

Quand la porte fut refermée, Anne se cacha derrière l'armoire, et ôta sa robe de chanvre pour enfiler la nouvelle blouse. Le modèle fastueux, couleur de la griotte, intercalée d'ajour blanc, couvrait presque entièrement le crêpe roumain. C'était de menus losanges incisés de spirales d'or cousus au point de croix. Marie lui adapta une jupe locale et Anne se soumettait aux mains adroites. Elle chaussa les sandales neuves, et leva les yeux vers Marie, sans sourire.

*

À l'entrée du village, la danse battait son plein. Le monde ressuscitait à la joie, comme la nature qui renaît après l'orage, même à côté des chênes foudroyés. Devant les sobres monts couverts de forêts, les jeunes gens dans leurs chemises de neige et les jeunes filles parées de diadèmes, tournaient la ronde sur l'étendue d'herbe. Les ménétriers jouaient au violon les mélodies roumaines – de toute leur force – pour dominer la cadence des pas et la gaieté des dictons criés.

La danse était le souffle vital de l'histoire la plus tourmentée de toute l'Histoire. Les hommes s'étaient réunis en cercle à part. Debout, ils écoutaient la musique. Échangeaient une parole. Et restaient pensifs. Semblaient-ils aux montagnes, sorties des millénaires ? Les millénaires jaillissaient de leurs yeux.

Dona s'arrêta auprès d'eux. Lionel, au groupe des garçons. Mais il y avait derrière la ronde, une vraie clairière fleurie : l'abri des femmes assises. Comme les œillets ensoleillés, comme les marguerites, elles se tournèrent – les fichus mouvants – vers Marie, la seule dame qui venait voir la danse. Marie dompta le flottement capricieux de son très long voile qui lui auréolait la tête pendant jusqu'au genoux, à la manière paysanne de Muscel, puis se mit à demander les nouvelles de leurs familles.

La curiosité des femmes fut attirée par la blouse d'Anne qui ravissait leur soif de parfait. Pourtant, les yeux glissèrent avec un éclat de joie vers la petite Auréline :

- Poussin !

- Petite fée !

La face d'Anne s'allongea, se fronça, comme une bourse qui a perdu son dernier sou.

Elle se détacha de Marie.

- C'est la fille de Léonore … murmura la femme en prenant la main d'Auréline, pour se frayer un passage derrière Anne.

L'animation se calma. Les femmes se turent. On aurait dit que, dans leur expression, c'étaient les étoiles qui s'éteignent au petit matin. Marie se sentit bouleversée par ce silence.

Juste à ce moment, la voiture de Bénesco – le grand propriétaire de la Ferreux et non ferreux – s'arrêta au croisement. Ilèana s'élança dehors avec l'élasticité d'une fleur que le vent avait pliée, mais qui se relève, gracieuse. La robe de soie lilas – trop large – moulait son corps grêle qui ondoyait en marche, comme la tige du nénufar dans la paisible oscillation d'un lac.

Le grand patron, avec sa taille de peuplier solitaire, contourna la voiture pour ouvrir la portière. Mais la jeune fille se trouvait sur le bord de la route et lissait les ondulations de ses cheveux surélevés – les bras arqués vers le haut, comme les anses d'une amphore.

Elle regardait la danse et rayonnait de rêve.

C'est ainsi que Marie Dona la vit, après avoir noté l'embarras de Bénesco devant les mineurs déguisés dans leur costume national qui les rendait méconnaissables. Jeunes et âgés, les hommes aux minables vêtements de travail, allaient à l'église et à la fête comme des princes charmants.

Le propriétaire paraissaient vouloir leur parler de près, en s'acheminant vers l'auberge. Quand il croisa Marie, l'homme se contenta de répondre de loin aux coups de chapeaux.

- Mes hommages, madame Dona. Je vous présente une belle voix dont ma femme est ravie. Vous l'aurez aussi comme élève au pensionnat de madame Nicholson. Hélène, voilà ta maîtresse de chant.

Ilèana tourna la tête avec l'air d'une déesse qui consent à descendre sur la terre.

«Un professeur digne qu'on en tienne compte, peut vivre dans un village ?» aurait-elle voulu dire.

Mais la jeune fille rencontra les yeux de Marie. Et sentit que cette dame serait son seul refuge. Marie s'inclina attentive envers son enfant qui contemplait Ilèana, impatiente néanmoins de retrouver Anne.

- Votre fillette ? se précipita Bénesco. Adorable ! ... Et la fille de l'assassin ? continua-t-il avec un terrible intérêt.

Les prunelles d'Auréline eurent la palpitation des cailleteaux blessés. L'enfant murmura « au revoir » et se mêla aux petits qui couraient d'un endroit à l'autre.

- Vous l'avez fâchée ... s'expliqua Marie. Ce tueur n'est pas le père d'Anne.

Une tragédie, résuma Bénesco, et il chassa la discussion d'un geste en l'air. Rentrons, Hélène. Renonçons à l'auberge.

Ilèana prit les doigts de Marie.

- Quand est-ce qu'on commence les leçons ?

- Madame Dona sera conviée chez-nous.

- Je serai très prise, Monsieur Bénesco. Mais nous avons deux pianos à l'école. Moi-même, j'ai un piano droit – nous l'appelons « pianine ».

- J'avais pensé, s'excusa l'homme, qu'avec les nouvelles dispositions prêtes à nous enchaîner...

La femme l'interrompit :

- Oh, monsieur, il faudrait des chaînes trop longues pour contenir l'histoire de notre liberté spirituelle.

- Vous ne craignez l'avenir ?

- Mais regardez, monsieur, l'harmonie luxuriante des costumes nationaux, l'élégance des danses. Écoutez cette exaltante musique. La Transylvanie a été piétinée. Cependant l'âme imaginative roumaine est restée libre ! Libre à ce point, que les anciens occupants ont emprunté notre musique, nos danses, nos costumes, coutumes, vocabulaire, même des recettes culinaires !

... C'est pour cela que je ne crains rien.

Et la femme eut un sublime sourire que l'homme contempla, pensif.

J'ai voulu vous rappeler, reprit Bénesco que l'enseignement privé sera supprimé.

La reprise de ce sujet épuisait Marie. Elle aperçut de loin Auréline entourée des enfants, dans son jeu préféré : promettre des miracles qui s'accompliront quand elle sera devenue fée.

Perchée sur la buche où Anne était assise, Auréline paraissait une alouette qui s'envole pour chanter une offrande à la lumière. Avec les yeux baignés dans cette vision, la femme se réanima :

- Monsieur Bénesco, ceux qui sont honnêtes rendront toute politique meilleure pour qu'elle ne tombe d'elle-même. Il y aura un jour – tôt ou tard, les jours de la droiture et de l'équilibre reviennent – pour remettre l'Idéal à sa hauteur naturelle. Je crois à la divinité de l'Homme !

Bénesco n'ajouta plus rien. Il fixa de nouveau Marie et médita :

«Comment un type sans grandeur comme Dona, peut-il avoir une telle dame !»

Avec beaucoup de courtoisie, le grand patron baisa la main de Marie. La jeune fille prit place dans la voiture, nostalgique, et tournée vers l'arrière.

Au retour, Adrien avouait :

- C'est la gamine dont je t'ai parlé. Paraissait-elle heureuse ?

- Elle semblait plutôt m'appeler au secours, lui confia sa femme.

- Incorrigible chérie ! Tu te sens prédestinée au sauvetage de tous, même de ceux qui vivent comblés !

Sur la terrasse de l'auberge se montra alors l'affriolante silhouette d'une moderne, au maintien paradoxal, face à la multitude paysanne qui se retirait de la danse.

- Pourquoi n'as-tu pas salué la nouvelle patronne de l'auberge ? demanda Marie à l'homme. Elle doit se sentir vexée.

- Pour cela, alors … ne t'en fais pas, Marie !

*

* *

L'été se prolongeait en septembre.

Parcourant la montagne à la fraicheur des sapinières, Anne retombait en elle-même, comme dans un trou noir.

Auréline sautillait alentour avec la gracieuseté des papillons qui tentent l'approche d'une ronce.

«Elle m'horripile», se disait Anne, «avec ses mirettes qui, à la danse de dimanche, amarraient tous les yeux ...»

- Rêves-tu parfois d'être fée ? demanda candide Auréline. Anne dédaigna la réponse.

- Les gens veulent que les fées existent. C'est pour cela qu'ils les ont inventées. Ce que j'aimerais avoir, si j'étais fée, c'est une liqueur magique, pour que l'Homme devienne meilleur... Mais l'imagination humaine n'a pas trouvé le remède.

Anne reprit le sentier parmi les murailles d'arbres, sans plus écouter. Au moment où Anne tourna la tête, Auréline s'éloignait à travers une prairie qui descendait en pente. Prairie aux émaux des couleurs. Dans un déluge des hautes herbes sauvages, Auréline s'avançait en faisant des vagues en marche.

De temps en temps, elle touchait tendrement les marguerites, les clochettes de montagnes, de ses joues, de ses cheveux. Ou c'était les fleurs qui lui passaient sur le visage des mains parfumées.

Auréline donnait l'impression d'être élevée par les clairières, en vivant de leur vie. Ou de leur prodiguer la vie.

«Elle est leur fée… ou leur enfant» se dit Anne.

Auréline se mit à courir. Alors, le foin commença à s'ébattre, à l'enlacer, à la relâcher. À s'accrocher à ses bras. Choyée, envahie, presqu'étouffée par ces hordes végétales, Auréline se détachait avec délice, comme des embrassades, hier, à la danse. Il y avait en cette enfant une soif. Une ivresse de hanter la prairie. Sous les sapins ombreux, Anne regardait :

«Pourquoi Auréline est si heureuse et moi, non ? Maman… Je n'ai même plus ma vache ou mes chiens …»

Et Anne ressentait l'étreinte désespérée de sa mère, sa dernière étreinte.

Brusquement, Auréline cessa le jeu de l'herbe. Elle retourna vers Anne, la face illuminée. Les bouquets se redressèrent en arrière seuls, avec le naturel des êtres vivants.

«Il semble qu'elle a joué avec les anges», se dit Anne.

«Elle a rencontré Dieu, semble-t-il…»

Mais Auréline arrivait avec une sorte de timide espoir dans ses yeux. La colère d'Anne s'apaisa.

«Bizarre !» pensait Anne. «Son sourire me soulage. Bizarre, elle a réussi à me remplir de paix. Comme si elle faisait des miracles. C'est pour cela qu'Auréline veut rendre l'Homme meilleur, parce qu'elle le peut.»

Adrien et Lionel qui se tenaient sur leurs traces, avec les paniers remplis de mures, de fraises et de framboises, rattrapèrent enfin les petites filles. Ensemble arrivèrent sur les protubérances aplaties de la mine des Nains, au-dessus de leur verger.

- C'est vrai, papa, que les pygmées ont pioché dans cette mine ?

- Voilà les wagonnets lilliputiens.

- Les outils comme des jouets.

- La mine, qui date du temps des Géto-Daces, expliqua l'homme, a été plutôt creusée par eux, au bédane. En se trainant sur le ventre. Le surnom de «mine des Nains» serait l'antithèse des énormes galeries romaines, faites plus tard.

- Et le Cœur d'Or ?

Dona se tut.

- Raconte-nous, papa, comment les Romains ont-ils conquis la Dacie … Comment les vieux conseillers daces ont tous bu le poison, pour épargner le peuple … Comment, de l'autre coin de Transylvanie, le grand prêtre accompagna le roi Décébal jusqu'ici dans notre région en cherchant de nouvelles forces. Mais resté seul, cerné par les Romains, en dépit de leur signe de grâce, Décébal s'est ôté la vie de son propre sabre …

Dona s'assit sur une buche pour narrer. Pour nourrir de leur propre histoire ses enfants de Transylvanie qui n'oublieront jamais le sang versé de Décébal jusqu'au millions de soldats roumains tombés pour le rattachement à la patrie roumaine.

Le ciel devenait peu à peu violacé. Marin. Sur les cimes, les pâtres entamèrent des anciennes *doïnas*[*]. Tous écoutèrent avec religiosité, jusqu'au clair de lune. Les arbres haussèrent alors des bras étincelants, comme pour une oraison. Comme pour une offrande.
Et les enfants regagnèrent, en courant, leur tendre foyer.

---

[*] chant triste roumain

*
*   *

Dans la maison Dona, il y avait le zèle des ailes bousculées à l'envol d'automne. Le père déballait ses achats, la mère fouillait des coffres. Les enfants exclamatifs couvraient, en les feuilletant, les nouveaux livres aux mystères à explorer.

Le soleil se leva riant pour dorer le départ à l'école.

Au balcon, Marie engloba dans un intense regard d'amour les petits et son mari comme si elle voulait les parfaire. Et Auréline bondit dans ses bras :

- On va bien s'appliquer, maman !

*

Le pensionnat des filles, avec ses tourelles, se dressait parmi les vallons des Églantines, près du village.

Madame Nicholson, la Directrice, avait transformé sa vaste demeure en lycée, au moment où son mari, un ingénieur roumain qui l'avait amenée d'Angleterre, disparut dans un accident de mine. C'était par dévotion pour cet homme, qui avait tant aimé sa Transylvanie, que la jeune veuve ne quitta plus les lieux. Mais elle avait reprit son nom anglais pour attirer les élèves à l'époque où les écoles privées fleurissaient partout au hasard, à côté des lycées d'état et d'un petit nombre de collèges orthodoxes et catholiques.

Pendant l'occupation étrangère, elle ferma son pensionnat.
Après la réunification du pays, seule la stabilisation monétaire de 1947, qui stimula l'espoir économique, détermina madame Nicholson à investir ses dernières ressources pour les préparatifs d'une rentrée convenable.

Elle enseignait le français, l'allemand … et l'anglais. Marie Dona, la musique et la morale. Pour les autres disciplines, les professeurs venaient chaque jour des villages voisins, ou de Rodna par l'autobus.

Le tin-tin de la clochette rassembla les enfants des couloirs et du jardin. Les hauts portails de chêne se refermèrent, comme les éventails d'une mère poule couvrant ses poussins.

*

- Auréline, tu veux toujours devenir fée ?
- Auréline va nous jouer du piano !
- L'une de tes petites compositions, veux-tu ?
Auréline annonça :
- J'ai une sœur : Anne !
Et s'assit à côté de la nouvelle venue qui pesait tout, de ses larges yeux en silence Il y avait une heure de libre et les élèves s'amusèrent à graviter autour d'Anne comme une volée de passereaux au-dessus de l'homme qui détiendrait leur petit. Anne jeta un regard de vieux chien de berger, dont la rude expérience l'empêche de perdre son temps avec les mouches. Pendant qu'Auréline gesticulait :
- Anne est ma sœur !
Pourtant la fillette fut vite isolée d'Anne. Perchée sur un banc, elle était de nouveau l'alouette qui se lève au-dessus des champs de blé mûr et grisolle, heureuse, l'hymne au soleil.

Les songes fielleux d'Anne se mirent à lui ronger le cœur :
« Pourquoi tout le monde aime Auréline ? C'est sa petite taille, ou la délicatesse de son visage qui donne envie de la protéger ? Ou sa candeur ? Ou son bonheur ? Ou bien, c'est elle qui aime les autres ! »

Pendant ce temps-là, Auréline qui se trouvait à hauteur, vit – à travers les vitres – l'arrivée d'Ilèana sur le perron extérieur. Avant que l'entourage ne s'en aperçoive, elle disparut pour accueillir cette jeune fille.

Désemparées, les collégiennes se tournèrent aussitôt vers Anne. Certaines la fixaient d'un air bizarre. L'une lui prit un répertoire portant son nom :

- Pourquoi ne t'appelles-tu pas Crocard ?

Les yeux d'Anne traduisaient une souffrance physique :

- Ce n'est pas mon père.

… Quand il a épousé maman, je suivais l'école à Rodna, chez les grands-parents qui sont morts l'année passée.

Très abattue, Anne crut leur avoir tout dit.

- Mais où est-il ton père ? lui demanda-t-on de nouveau.

- Tu es peut-être bâtarde ?

Le regard d'Anne surgit dévorant :

- Voilà pour toi ! Et lança un plumier vers celle qui osait la questionner.

L'élève n'eut pas le temps de parer le coup. Poussa un cri.

- On reconnaît la fille du tueur, énonça, caustique, une autre.

Anne ramassa tous les objets sur les bancs d'alentour. D'autres se mirent à scander :

- La fille du tueur !

- La fille du Poignard !

Mais à la fenêtre, quelques écolières donnaient de la voix :

- Une nouvelle dans la cour !

- Une demoiselle avec la voiture de Bénesco !

La classe laissa tomber Anne et se prit d'intérêt pour l'événement.

Grandes et petites, sauf Anne, firent irruption comme une débâcle de rivière, dans les couloirs, sur les escaliers, au cadre des portes, au grand hall.

Personne n'eut autre chose à chuchoter, comme si l'apparition de cette demoiselle annonçait une grande gloire pour le pensionnat :

- Quels beaux yeux !

- Je n'ai jamais vu un iris aussi marin.

- Et les noirs cils, d'une longueur !

- L'avez-vous entendu rire ?

Le désordre irrita madame Nicholson. À son entrée dans la seconde, elle rencontra un groupe de petites écolières :

-Que cherchez-vous ici ?

- J'ai apporté un stylo à mademoiselle Ilèana.

- Elle n'avait plus d'encre.

- Mes aquarelles … pour mademoiselle Ilèana.

- Mademoiselle Ilèana ! fulmina madame Nicholson. Tout le monde parle de ses mains, de ses jambes. Comment elle salue … Comme elle sourit ! Mais personne ne se demande ce que cache le beau front de cette jeune fille !

« La directrice doit savoir quelque chose de moi », supposa Ilèana. Ses yeux humides, au regard infléchi, avaient la pénitence des bleuets sous l'averse.

- Mais Ilèana chante, madame la Directrice, osa Auréline.

Le chœur juvénile répéta :

- Elle chante !

- Elle chante !

Nous vérifierons demain, conclut la Directrice.

*

À la sortie des classes, après avoir salué le départ d'Iléana – toujours avec la voiture de Bénesco – une voix résonnait :

- La quatrième ! Qui a prit mon album de botanique ?

Tout en marchant, les élèves externes contrôlaient leurs objets. Auréline ouvrit la serviette qu'elle partageait avec Anne et aperçut les bords du carton.

- Le voilà !

- Dans la serviette d'Auréline !

- La fille de notre prof de conduite !

Anne, qui avait franchi la porte, les entendit et retourna parmi les sortantes en jouant des coudes :

- C'est moi qui ai pris l'album pour le jeter au ruisseau. À cause de ton insulte !

Anne grinçait des dents. Puis son obstination de punir s'évanouit. Ses lèvres séchèrent. Les camarades la perçaient du regard. Se faisaient des signes. Et l'assaillirent :

- Malhonnête !

- Ce n'est pas vrai ! Ne vexez pas ma sœur !

- Voleuse !

- Anne a fait une plaisanterie, insistait Auréline.

- Même Poignard a dit qu'elle vole !

- Ils font bonne compagnie !

- La fille voleuse du Poignard !

- Assez, rugit Anne et martela de ses mains de tous côtés.

Les autres la frappèrent à leur tour, à l'envi. La poussèrent vers la haie vive des églantines. L'échauffourée devint une vraie bagarre, avec force coups de poing, déchirements d'écharpes, serviettes catapultées. Les livres tombèrent en pluie. Les encarts déchiquetés tourbillonnèrent comme des feuilles mortes. Les élèves, cramponnées en lutte, criaient, gémissaient. Tiraient les nattes d'Anne et lui assénaient des claques. Elles se griffaient l'une l'autre, s'arrachaient les cheveux. Des encriers pleins les éclaboussèrent de noir, ce qui déclencha des lamentations.

Auréline avait le mouvement giratoire de l'écureuil autour du piège où son petit se serait pris. Tantôt elle appelait ses amies, tantôt, pour sauver Anne, elle fonçait, tête en avant, parmi les dos raidis. Toujours, la petite était repoussée. On lui donnait involontairement des gifles, on lui piétinait les orteils.

L'églantine harcelée, enlaça l'attroupement, l'entortilla de ses épineuses ramures, en le piquant au vif et la criaillerie atteignit le paroxysme.

- Allez, allez ! Applaudirent par dérision les autres jeunes filles.

- Bravo !

- Les demoiselles d'un pensionnat de luxe !

- Quand l'école sera supprimée, qu'on s'en souvienne.

Deux cadettes arrivèrent à bout de souffle de la salle à manger :

- Madame la Directrice !

Et les collégiennes comme un groupe de moineaux querelleurs, quand on y jette un caillou, bondirent en tous sens et s'éparpillèrent.

*

Anne s'arrêta au fond du verger, haletante, égratignée, tachée d'encre. Par dépit, Anne agitait follement ses cheveux au vent – pour faire tomber les épines et les débris de feuilles – comme si elle avait voulu chasser un essaim de guêpes.

Lionel descendit le sentier en l'ignorant. Obligé de revenir de la ville pour compléter la liste des livres recommandés, il avait appris l'histoire de l'album, à la station de l'autobus et pestait contre Anne :

- Je m'en doutais, maman, qu'elle deviendrait une source d'ennuis !

«Nous devons discerner les défauts de l'être aimé dans les petites occasions, pour ne pas les découvrir dans les catastrophes !» C'est toi qui nous l'as conseillé.

- Pauvre Anne … murmura Marie avec un profond chagrin.

- Pauvre Anne ? Maman ! Elle est pire qu'une ennemie ! L'idiote ! La garce !

- Lionel ! Peux-tu parler méchamment ! Et as-tu jamais entendu papa et moi prononcer des gros mots ? Tu me fais honte !

- Pardonne-moi, maman, mais je suis outré par cette fille grandie dans la fange!

- Oui, mon fils chéri, tu as des parents qui s'ingénient à t'élever sage et bon, des parents qui te donnent le meilleur d'eux-mêmes. Alors à ton tour, fais l'effort de vivre le meilleur de toi-même. Aussi, aie le courage de réveiller, de bâtir la conscience d'autrui.

Quand Lionel se retira dans sa chambre, Adrien en profita pour dire à Marie :

- Je trouve merveilleux que nos enfants puissent porter ta noble empreinte.

Mais pour Anne, tu deviens une mère gâteuse. Ou bien tu la méprises ? Elle entre dans notre maison avec des excuses, des faveurs et des droits, comme une incapable de qui on ne peut exiger le devoir.

- Tu sais que ton argument tombe à pic, chéri ? Se réjouit la femme en l'embrassant. On doit amener Anne à se ressaisir.

*

Au fond du jardin, à la lisière de la forêt, Auréline découvrit Anne au pied d'un arbre. Elle s'assit tout près, en silence, Plus tard, Anne entendit fredonner l'herbe :

- Si j'avais ma liqueur magique, tous la boiraient, comme un parfum, comme une musique… une lumière, qui les rendrait meilleurs.

*

* *

 — Très chères petites … commença Marie.

Dans la grande enceinte, où les dernières classes étaient rassemblées pour l'heure de Morale, le silence devint profond. Une seule chaise, tout en face, resta vide. Celle d'Anne. Dans une attitude adoratrice, Auréline écoutait :

- Vous m'êtes très chères, disait Marie, parce que chacune de vous signifie une mystérieuse création. Le suprême accomplissement de la vie qui fascine les grands scientifiques…

Le soleil perça un instant les coupoles d'arbres éventés dehors et refléta ses larges ailes de lumière sur les boiseries de l'enceinte.

- … Vous m'êtes très chères, parce que je vois en chacune l'affection, la peine et l'espoir de vos parents. Votre joie de vivre et votre percée vitale. Enfin, le miracle de l'Homme en évolution vers l'Idéal.

Inspirée, la voix de Marie sonnait comme un appel qui pénètre les cœurs pour s'allier à la noblesse latente de l'auditoire.

Les élèves se mirent à l'ovationner.

Auréline tourna la tête en arrière et rencontra les yeux brillants de sympathie.

- … Mais vous m'êtes très chères encore, poursuivait Marie, parce que c'est vous, le monde où mes propres enfants vont vivre demain.

Les jeunes filles commencèrent à frémir. Certaines applaudissaient de nouveau :

- Hourra !

- Nous aimerions qu'Auréline soit toujours avec nous !

- Qu'on ne soit jamais séparées d'elle !

- Ni de Lionel, bien sûr … lançaient à mi-voix quelques élèves du fond de la salle.

- Chut !

- Mais pourquoi, madame le Professeur, pensez-vous si loin ? Au monde à venir de vos enfants ?

- Parce que, mes chéries, tout enfant ignorant, ou vicieux, sera demain un poids pour mes fleurons. Une menace.

La salle eut de nouveau des murmures.

- Madame le Professeur, s'empressa une élève de terminale et se levant. Les défauts des autres ne constituent pas un péril. Au contraire, de cette façon, votre descendance pourra dominer facilement la société.

- Mais je ne veux pas faire de mes enfants des geôliers. J'aimerais que tous les enfants grandissent honnêtes, bon, éclairés. Qu'il y ait demain des génies, des sages, et des héros, parmi lesquels vivront mes enfants. Des gens qui pourront les comprendre. Partager leur savoir avec eux. Les ennoblir.

Les élèves se regardaient joyeuses, l'une l'autre. Applaudirent pour la troisième fois. Réconfortées. Ferventes. Alors Marie tenta l'impossible :

- C'est pour cela que j'aime tous les enfants du monde, vous et Anne, que je serais si heureuse de savoir votre amie …

- Anne ?

- Quoi ?

- Vous avez entendu ? Anne !

- Amies d'Anne !

Les jeunes filles se levèrent comme électrisées. Auréline regarda, inquiète, vers sa mère. La protestation se transformait en mutinerie :

- Ah ! Non !

- Une voleuse !

- Elle nous en veut !

- Elle en veut à Auréline !

- Qu'elle soit exclue du Collège !

- Qu'elle soit renvoyée !

- Silence ! Les sollicite enfin Marie.

Mais les écolières, ameutées, récriminèrent :

- Chassez Anne ! … Chassez Anne !

L'une d'elle agita en l'air une feuille avec le gribouillage du loup et de l'agneau, patte dans la patte. Le rire ne gagna pas l'ensemble. Par-dessus ce fond de grondement, on entendait :

- Vous commandez nos amies !

- Vous l'imposez !

- Vos dires ont beau aller droit au cœur, madame le Professeur ! Vous devenez comme les autres profs, un gendarme !

«Un gendarme?» Auréline n'en croyait pas ses oreilles.

«Tiens, tiens», pensa Marie, « les pauvres professeurs de lycée ! Héros inconnus ! Tous en cherchant l'insaisissable de l'adolescence, ils peuvent se métamorphoser en gendarmes. Ce n'est pas étonnant qu'ils blessent parfois des natures délicates. Leur unique récompense, et punition en même temps, reste la grande responsabilité qui leur revient».

- Silence ! répéta Marie, avec force et fermeté. Silence !!

L'anarchie diminua vite en rumeur. En chuchotement. Les élèves s'assirent.

- Incroyable, mes petites ! Incroyable !

… Pendant que le tueur se sauve avec la honteuse complicité du faux témoignage, Anne, sa victime morale, ébranlée par le crime, orpheline abandonnée, traquée, Anne devient la cible de vos attaques. C'est scandaleux !

Les élèves se turent.

Marie laissa échapper un long soupir, pendant que sur les boiseries, la lumière palpitait rythmique.

- Admettons, recommença Marie, avec le titanesque effort des grands politiciens qui convertissent le danger de guerre, en paix. Admettons que personne n'ait provoqué Anne… que les malheurs l'aient abasourdie.

Les élèves ne risquèrent pas leur assentiment.

- Si Anne était mise à l'écart s'appesantit le professeur, ne serait-elle pas poussée au désespoir ? Quel est votre avis ?

Un timide acquiescement se fit entendre.

- Mais si vous lui montriez de la compréhension, n'en serait-elle pas reconnaissante ?

- C'est trop tard ! Commenta quelqu'une.

- Comment lui dire qu'on a pitié d'elle maintenant ?

- Elle est forte en thème et n'a pas besoin de notre aide, au moins.

- Provoquez alors son aide … leur proposa Marie.

Les jeunes filles remuèrent, étonnées.

- On peut aussi élire Anne pour seconder l'infirmière du pensionnat … suggéra de nouveau Marie. Les souffrances des camarades, vont
l'attendrir.

- Mais la bonté, est-ce un attribut inné ? Ou son accoutumance, osa
une élève de terminale.

- Il va sans dire – crut bon d'affirmer Marie – qu'un noble exercice
peut faire renaitre la prédisposition humaine.

Les habituelles discussions de Morale reprirent leur cours.

Quand la clochette marqua la fin de l'heure, les écolières étaient
de nouveau enthousiasmées. Grandies par l'invitation à un acte qu'elles estimaient supérieur.

*

Le lendemain matin, quand Anne entra dans la quatrième, une de
ses camarades l'approcha :

- Tu as ton exercice de maths ?

Anne resta stupéfaite. Puis poussa son cahier sur le banc.

- Veux-tu aller au tableau pour corriger l'exercice avant que le prof
arrive ?

L'astuce aussi puérile qu'elle parut, finit par flatter Anne, qui prit
la craie pour noter les équations, le dos vers la classe-. Le même jour,
elle commença l'activité à l'infirmerie, et sut noter la température, faire
des pansements. Toujours muette. Comme dans une expiation.

*

Marie cousait, avec Auréline, le trousseau d'un nouveau-né du
village. Anne coula un regard vers l'enchantement irréel d'Auréline.
Vers ce sourire qui lui sembla interdit pour elle-même.

La fillette fit un signe d'entente à sa mère et sortit de leur chambre.

Marie caressa la tête d'Anne :

- Moi aussi, je me demande d'où vient cette douceur d'Auréline
après ce qu'elle a subit.

Anne haussa les sourcils. « Auréline ? »

- Ah oui, ma chérie … Pendant l'Occupation, Adrien était parti
pour les Grandes Manœuvres au-delà des montagnes. Moi blessée, j'ai
perdu deux jumeaux juste avant l'accouchement.

- Oh ! Compatit Anne.

- Et les enfants, continua la femme, tu t'imagines ? Elle avait cinq ans, Lionel sept. Ils en ont suivi d'autres, pour travailler au triage du minerai.

Anne jeta un triste regard à Marie qui ajouta :

- Ton regard n'est que douleur. Mais tes camarades ne savent pas encore distinguer entre quelqu'un qui se renferme et quelqu'un qui les déteste.

… Haies-tu tes camarades ?

Anne remua la tête en signe qu'elle ne les haïssait point.

- J'en étais sure … La haine est une arme à double tranchant. On ne peut pas la manier sans se blesser.

Marie amassa le trousseau du bébé dans une corbeille pour quitter la chambre et s'arrêta de nouveau :

- Tu vois mon enfant, il y a des êtres mauvais qui se mettent un masque affable. Même si on ne les croit pas facilement, ces êtres mauvais savent le prix d'un sourire et s'en emparent. Mais tu peux avoir un sourire sincère pour les autres. Par exemple pour les fillettes malades, à l'infirmerie.

Quand la porte fut fermée derrière Marie, Anne se découragea davantage. La leçon de piano d'Auréline, avec des phrases musicales reprises à l'infini, l'indisposait. Anne s'approcha d'une glace, revêche. Écarta ses lèvres, qui se figèrent en rictus.

Elle referma vite sa bouche et fit plusieurs grimaces de charme. Se retira enfin derrière la table de travail. De temps en temps, elle se tournait vers le miroir pour singer telle ou telle figure souriante qui lui passait par la tête.

« C'est ridicule », se disait Anne.

À l'instant, un concerto pour piano débuta de l'autre chambre comme une cascade luisante. Apprivoisée, Anne colla l'oreille sur l'encadrement de la porte. Laissa le torrent de musique s'écouler dans son cœur et se demanda comment réagiraient ses camarades si elles la voyaient gentille.

« À l'infirmerie, les mômes ont peur de moi … Mais je ne suis pas mauvaise. Que je sois bonne … Que je sois belle … Que tout le monde m'aime … Tout le monde … Lionel ».

Ce nom jaillit avec une vibration nouvelle qui embellit le visage d'Anne. Mais ses yeux ne regardaient plus dans le miroir.

*
* *

Ilèana descendit le perron de la grandiose villa de Bénesco par « des sauts vifs décrivant par-dessus les marches de petites courbes élastiques ».*

Pareille aux flots sveltes et vaporeux, elle glissa sur l'allée de dalles blanches, bordée de glaïeuls. Se redressa devant le portail, dans une tenue altière, comme un torrent cristallin attaché à sa majestueuse cataracte.

Quelqu'un aurait pu la prendre pour la maîtresse de ce vrai château ! … Elle aimait tant l'apparence du bonheur !

La voiture n'était pas arrivée pour l'emmener à l'école.

Craignant qu'après une semaine d'absence elle perdît encore des leçons, Ilèana partit vers la mine proche.

Une audace inconsciente la poussait à demander des comptes.

Les hautes crinières de la montagne, creusées sur ce versant par les hommes, depuis tous les temps, mettaient en relief des proéminences émiettées.

Ilèana montait, alerte. Ses propres songes exaltaient sa marche.

Bénesco lui avait promis de la conduire chaque matin à l'école.

Après un seul jour de classe, tracassée par les organisations des

---

* Image empruntée à Lucie, une camarade d'enfance qui a sombré dans l'anonymat et le suicide.

mineurs, il avait fini par lui demander de le distraire.

- Chante-moi quelque chose, Hélène. Qu'est-ce qui te manque, pourquoi tiens-tu à l'école ?

… Mais c'était l'étude qui l'avait attirée dans leur maison. Autrement elle aurait pu travailler pour un morceau de pain.

Madame Bénesco se dérida :

- Pour un morceau de pain, pas pour le caviar et le cocktail au chocolat !

Bénesco l'avait consolée avec des mots plein de délicatesse.

Oh ! S'il ne l'avait pas serrée dans ses bras ! Ce souvenir la couvrait d'humiliation !

… C'est ça, elle va le convaincre de la considérer comme sa nièce ! Pourquoi pas son enfant ?

Elle avait connu un monsieur à Rodna – un vrai père !

Ilèana fût sure que le grand propriétaire serait tout de suite d'accord pour remplacer son parent inexistant. Puis elle en douta. Serait-il vexé qu'elle se soit détachée de ses étreintes, en pleurs ?

Le chemin caillouteux de pyrites scintillait comme une rivière noire. Bientôt, on entendit un vacarme. Le lieu s'ouvrit sur le vaste plateau sillonné de rails étroits pour les wagonnets. D'un côté, les abris – sorte de toits soutenus par des piliers – avec un foisonnement de femmes et d'enfants autour du minerai. Tout au fond, ténébreuse, l'entrée de la mine.

La jeune fille longea les abris.

« Pyrite ! Pyrite ! Cuivre ! Argent ! Cuivre ! » scandait-on partout en assortissant les pierres.

Pendant la tombée régulière dans les wagonnets, les uns vérifiaient le triage. D'autres poussaient les charges sur les rails vers un assemblage final. Plusieurs travaillaient en chantant. Deux ou trois petits demandaient de l'eau.

Tous regardèrent le passage d'Ilèana, comme si c'était la superbe lune qui évoluait devant le treillage de leur lucarne.

« Je suis plus infortunée que vous » les assurait Ilèana en elle-même.

À côté de la grande bouche minière, il y avait un pavillon surélevé.

Rêveur, un stagiaire mesura la jeune fille. Remonta vite à la direction.

- Qui ? résonna la voix du patron ! Ah ! l'orpheline …

Ilèana pâlit comme un arbuste en fleurs, brusquement échaudé.

Bénesco se montra dans l'encadrement de la porte. Quatre hommes aux expressions rudes se tenaient derrière le patron, au plus fort d'une discussion violente qu'ils interrompirent, et descendirent dans un bruit de sabots.

Le patron devint blême. Sans plus faire attention à Ilèana, il se retira, claqua la porte. Les yeux bleus de la jeune fille noircirent. Des lanières fouettaient de nouveau ses jambes, et la chassaient.

Quelques femmes curieuses mirent les mains en visière pour la contempler. Derrière un amas de cailloux, le stagiaire se montra rêveur. Ilèana dévalait le plateau en courant. Elle entendait ses songes fiévreux :

« Je vais fuir tout, je me moque de leur protection ! Je dois chanter, danser ! … Chanter ! … Chanter ! … Mais comment ?

Je vais me mettre à la besogne !

Et l'école ? Pourrais-je suivre la classe de chant ?

Le *canto*.

Avec la mère d'Auréline ».

Et voilà que le visage de Marie Dona s'éclaircit dans sa pensée, avec son regard doux et réprobateur, avec le murmure de son très long voile de soie paysanne, qui lui-même, était une musique …

Ilèana buvait de l'espoir. Chaque songe lui versait à boire. En elle germait une nouvelle vie.

À la résidence de Bénesco, le luxe lui parut impudent. Elle ôta la robe lilas, jeta ses bas, rhabilla l'ancien uniforme. La gouvernante préféra l'ignorer. En sortant, Ilèana fut tentée de cueillir un camélia, mais y renonça. Elle ne prit pour son départ, qu'un peu de ciel bleu dans les yeux et du soleil pour enluminer ses joues.

Sa fugue allègre fut la ruée de mille vagues successives, argentées, vers un rivage de chant.

*

Dans les Vallons des Églantines, l'élan de la jeune fille fut pourtant près de s'essouffler. Les murs crénelés du pensionnat se baignaient dans le clair tardif du zénith. Les heures de sa classe étaient, ce jour, passées.

Ilèana supporta les chuchotements des camarades, leur consternation, regardant ses pieds sans bas. La cadette de Marie Dona surgit, diamantine.

« C'est la seule à ne pas voir mon uniforme raccommodé » se dit avec reconnaissance Ilèana. Et apprit à Auréline qu'elle s'était enfuie du château, pour se mettre à la musique.

- Viens chez nous dit Auréline. Maman se demandait comment serait ta voix.

La petite dénombra, pleine d'enthousiasme, les partitions d'opéra que sa mère possédait, les concertos et les airs. Les adaptations pour le chœur ... Puis les lieds, les messes ... Toutes deux partirent enfin déjeuner, main dans la main sur la route principale. Anne restait de service à l'infirmerie. La fillette sautillait, soulevait de temps en temps un minois rose opalin, qui exultait de joie.

L'espoir d'Ilèana devenait si fort, que même le bleu du ciel paraissait maintenant jaillir de ses yeux. Toutefois elle considéra presque absurde de se laisser conduire ainsi par l'innocence d'une enfant. Elle qui avait surmonté si tôt de vils chocs.

- Voilà mon pigeonnier, annonça la petite. Et, d'un mouvement gracieux du bras, elle offrit sa propre maison, comme un présent.

Ilèana regarda. L'allée large qui partait de la porte cochère, devenait un fil blanc égaré dans les étendues lointaines d'herbes – lointaines de silence – jusqu'au verger, en amont. Devant ce paysage de paisible beauté, son âme se calma de façon semblable à l'immensité d'eau qui se laisse polir par la lune.

Mais à l'ouverture de la porte, Ilèana se trouva face à face avec Dona. Elle tressaillit puissamment et un frisson lui resta dans la poitrine, tel le spasme d'un arc trop tendu, à l'envoi de la flèche.

« C'est lui qui m'a giflée ! Le père d'Auréline ! Le mari de madame Dona ! »

Une nouvelle pirouette futile de revirement. Et, à tâtons, la jeune fille s'en allait, sans savoir où.

Adrien laissa Auréline, perplexe et monta vite les marches de la cuisine d'hiver :

- Marie, cette gamine-là ...s'est réfugiée en fin de compte chez nous. Si je ne l'avais pas giflée à Rodna, elle ne serait plus entrainée dans d'autres exploits ! Ta sagesse, ta bonté, Marie ... Tu me disais que ne pas faire de bien, c'est faire le mal.

Du balcon, la femme jeta un regard sur le chemin. Pour la première fois, son mari lui demandait de protéger quelqu'un – et voilà qu'elle n'en était plus capable.

- Je vais m'occuper de sa voix, mon chéri. Mais la Directrice vient de m'annoncer la fermeture anticipée du pensionnat !

La sagesse et la bonté qui n'ont pas les moyens d'agir, sont pareilles au nectar qui manque d'abeilles, pour se faire transformer en miel.

J'en suis navrée …

Le désappointement de l'homme fut âpre. Il se vit avec les enfants miséreux. Le tendre sourire d'Auréline meurtri dans une amère grimace. Et cette jeune fille suppliante, à la porte !

Lui, l'homme réfléchi, éprouvait un déchirement.

- Il n'y a jamais eu de Roumain, si humilié, dit-il, qu'il ne puisse faire place à sa table à un passant qui a faim !

Le même après-midi, Dona partit à Rodna pour rencontrer les oncles d'Anne. Il quitta le grand Bain d'Or et prit la concession de la mine des Nains.

« Oublions tout, » murmura Marie avec un serrement de cœur.

« Oublions surtout le Poignard !

Mais comment réaliser le Beau et accomplir le Bien, sans faire abstraction du Mal.»

*
* *

Le ciel serein, méditatif, se courbait sur l'automne roumain.
Les couleurs de rêve dansaient en l'air, et donnaient à leur propre tombée mélancolique le sens du beau. De l'éternel. D'une destinée cyclique vivante, sur ces terres où l'animation contrastait avec les feuilles sèches :

Enfants vers l'école et de l'école. Départ pour les vendanges. Cueillettes de fruits, de légumes. Troupeaux de moutons redescendant vers l'hivernage. Aboiements. Bêlements. Crissements de chars. Klaxons de camions.

Et Dona sur les routes. En route.

Après avoir effectué les démarches administratives, Dona remit à Bénesco, le propriétaire de la mine de Ferreux et non ferreux et concessionnaire du Bain d'Or, sa contribution de cinq pour cent.

Le grand patron, qui avait investi quelque chose dans toutes les petites mines, reçut le nouveau concessionnaire avec un sourire inquiet. Son ancien subalterne, futur ingénieur, accédait à l'indépendance en pleine chasse aux détenteurs de biens ! Et en tant que tel, il avait choisi la plus pitoyable mine, à la veille d'une possible reprise par l'État.

« Ces actions sont équivoques», décréta Bénesco. Même le départ d'Hélène semble curieux. Je ne sais pas où est sa cachette, mais en désertant une cage d'or, elle a couru vers les Dona.

La mine des Nains, ne serait-elle pas celle à laquelle le peuple attribue un cœur d'or ? »

*

L'alarme de Crocard se manifestait à sa mesure. En empoignant la hache, ou la massue, il vociférait des injures, jusqu'à l'outrage aux morts et au ciel. Après avoir vidé son sac, il fondit, tapageur, sur l'avocat des concessionnaires pour la tutelle d'Anne, au risque de perdre la maison, avec la perte du procès. La nuit, des ombres y oscillèrent longuement. Le tapageur se calma et Bénesco le fit appeler.

- La mine des Nains … vous la connaissez, n'est-ce pas ? demanda le grand propriétaire, dans son bureau.

Assis, Crocard grogna. Sa tête pendait comme une pierre et le courbait. Primitif.

- Intéressant, reprit le patron, que Dona, qui protège la fille de votre femme, ait aussi obtenu la concession de la mine.

Le primitif souleva brusquement la tête, les yeux écarquillés. Bénesco soutint son regard.

L'autre se leva, trainant ses lourdes mains. Le propriétaire avança ses suppositions :

- Le soutènement des galeries, bâti par l'aïeul de Dona, fait de cette mine une exploitation de premier rang.

- Ouais …

- Avez-vous une entrée … secrète ?

Après avoir hésité, l'autre bafouilla :

- Ouais.

« Le bandit a toujours pu soustraire l'or, au détriment de l'Association des concessionnaires », déduisit Bénesco.

Mais il était grand temps de récupérer les pertes, bien qu'il n'en fit aucune remarque.

- Donc, reprit-il, ce serait facile de surveiller la quotidienne floraison de l'or chez Dona, n'est-ce pas ?

- Aussi facile que de le descendre.

Et il fixa de nouveau le propriétaire. Mais le regard de Bénesco s'esquiva effrayé :

- Ce n'est pas le cas …

Et en lui-même : « Celui-là ne sait que tuer ».

- Mais, continua le grand patron, la mine est saturée d'or et nous n'en sommes pas mis au courant.

- Ouais, gémit l'autre surpris, les yeux exorbités à l'extrême.

« Scélérat, imbécile », rumina le patron qui venait d'apprendre ce qu'il avait seulement présumé. « Il tombe dans le piège. Comment s'est-il sorti du crime ? Quelqu'un l'a aidé. Ou il avance la grosse mise, pour faire son jeu ? »

« Le nouvel inspecteur exige que j'engage ce Poignard. Autrement, il ne veut pas se convertir à mon avantage.

Pourtant, … quand l'adversaire nous fait gagner, on doit réfléchir à ce qu'on peut perdre.

Et puis, … pour vérifier un brave homme, doit-on se servir d'un poignard ?

Mais … si le brave homme cache Hélène ? Et le Cœur d'Or ? … »

*

Adrien Dona ignorait cette rencontre. Quant à la mine des Nains, il se la rappelait vaguement du temps de son père, lorsqu'il était enfant. Les incursions dans ces couloirs prenaient alors les dimensions d'une formidable aventure au fond de la terre.

Maintenant, les feuilles mortes encombraient le seuil.

« Comme un convoi en attente à la porte d'un cimetière », pensa Dona. Il chassa cette représentation néfaste.

Seulement dans la principale galerie qui allait vers le bas du puits, Dona se rendit compte qu'il n'y avait plus aucun étaiement. Rien de l'armature solide échafaudée par son père.

Mineur, plutôt qu'héritier symbolique, il passa la lueur de la lampe, sur les murs humides et constata les traces récentes des poutres et pylônes arrachés.

Tout au fond du couloir, des débris tombaient de la voute, en chaine infinie, talonnée par des sibyllins échos. Le lieu lui paraissait une caverne. Chaque pas en avant mettait sa vie en péril. Était-ce pour cette exploitation qu'il avait démissionné du Grand Bain d'Or aux allées propres et ordonnées ?

Mais Dona évoqua le sourire de sa femme :

« C'est ta mine, de père en fils, petit homme ! Une page d'histoire qui a été creusée par les ancêtres dans nos Carpates. »

Ainsi Dona prévit les premiers travaux.

« Qui sait, peut-être les circonstances me poussent vers le Cœur d'Or ! Pourquoi être craintif ?

L'homme bien aimé par une femme d'élite a tout vaincu, avant même de lutter. » Il pensa aussi aux enfants. Et opta pour le risque.

Les jours suivants, Dona fit un emprunt à la banque. Des anciens mineurs et charpentiers l'aidèrent à remettre la mine debout. Il paya une porte solide et les outils d'extraction. D'abord ce fut la provision de dynamite qui disparut. Puis les outils.

- Le Poignard a dû prendre la relève des mauvaises fées. Vous aurez besoin d'un chien, lui conseilla un ami.

Mais à son domicile, personne ne parlait plus de chien.

La porte fut refermée. Les ouvriers neutralisèrent même les puits d'aération qui auraient pu correspondre aux entrées secrètes.

- Anticipe ta défense, fut l'avis de sa femme. Imagine ce que l'ennemi peut manigancer.

- Tu as raison, ma chérie, opina l'homme. Je deviendrai prévoyant. Mais le cours du bien est le cours naturel de la vie. C'est pour cela que les gens ne se soucient pas trop pour le protéger. Alors que le mal – anormal – doit se débattre pour détruire.

Heureusement, je ne suis pas seul ! … Je sens ta présence, même dans l'isolement de mes galeries.

Sa femme l'embrassa tendrement. Dona lui fit part de ses convictions :

- Le signe du Cœur d'Or, qui m'est revenu, doit être le signe du destin. Je crois que le destin habite la vigueur ou la mollesse d'une volonté. Je veux retrouver le Cœur d'Or de mes aïeux. En tant que mineur, cette légende enfouie dans les couches aurifères me galvanise, m'engage même à sa recherche.

*

Après quelques semaines d'effort, la roche s'étoila d'or. Les chauds clignotements du métal produisirent l'impression des yeux qui attirent très loin, vers l'abysse. Dona ressentit une crainte absurde. En même temps, l'ardeur pour forcer l'inconnu.

Il versa l'or à la banque, et avec la somme obtenue acquitta le prêt, car il ne considérait rien de plus pesant qu'une dette. Les taxes proportionnelles, vite établies par l'association des concessionnaires, l'étourdirent. Mais, plus le filet noir de ses ennemis l'enserrait, plus les lueurs d'or s'intensifiaient. Comme les étoiles qui brillent davantage, quand la nuit devient profonde.

*

- Lionel doit m'accompagner chaque samedi à la mine, dit un soir
Adrien à sa femme. L'adolescence a besoin de guide. La force du jeune
homme en développement doit être épaulée. Surtout que sa place est
là, sur cette terre. D'une intelligence forte, mais profondément équi-
libré, il est l'âme de Transylvanie. Auréline, c'est ta mère, c'est le bon
cœur de Suceava.

Mais moi, je me sens aussi le Cœur d'Or de Transylvanie, corrigea
Auréline.

*

* *

Les élèves jaillirent de l'école. S'éparpillèrent comme les instants ardents de la vie humaine, soufflés par le vent. Certains instants demeurent incandescents une éternité.

Auréline et Anne, comme deux instants, flottaient par dessus les jardins du village, dans le silence de la forêt.

- Tu entends ? s'extasia Auréline. Arrête-toi pour écouter cette pluie d'or emmenée par la brise. Un vrai poème musical à transposer au piano.

«Ça alors ! » songeait Anne. « C'est donc vrai qu'elle compose ! »

- Pourtant, tu sais, Anne … Quand je pense au Mal … toutes les feuilles de l'automne tombent en moi.

« Toutes les feuilles de l'automne tombent en moi. Comment a-t-elle trouvé les mots de ce que je ressens ? »

- Parfois, lui confia Auréline, je suis un arbuste – un arbre – c'est moi la forêt qui s'épuise, et les feuilles se détachent de mon âme et s'en vont …

« Les feuilles se détachent de mon âme et s'en vont … » fit de nouveau Anne, avec mélancolie.

Mais dans la clairière voisine de leur verger, parvint un trille. Des vocalises.

- C'est Ilèana ! Elle est enfin arrivée !

… À l'horizon luisait les passereaux du monde qui emportaient vers le Sud les chants.

Ilèana revenait avec l'envolée de sa voix.

*

Dès les premières gammes d'Ilèana, Marie eut l'intuition d'une grande voix au timbre ensorcelant. La femme fut saisie pourtant d'un frisson froid. La voix relevait d'un seul impératif : augurer un phénomène musical. Marie tentait, pareille aux maîtresses à retordre, de faire couler le fil très pur d'une quenouille de soie enchevêtrée.

Heureusement Ilèana déchiffrait facilement une partition.

- Je connais quelques airs, se vanta la jeune fille : « L'amour est enfant de bohème ». « La dona e mobile ».

- Ce n'est pas pour toi …

Car Ilèana était une soprano lyrique. Elle avait une voix fraiche, limpide et souple.

Après plusieurs leçons, se dévoilait une grande étendue vocale capable d'interpréter les plus suaves airs de Delibes. Et l'ampleur exceptionnelle qui se prêtait aux rôles de Verdi et Gounod.

La jeune fille raffolait d'une musique légère, sensuelle, à la mode, qu'elle chantait et qu'elle dansait avec fureur Marie Dona comprit qu'il était indispensable de l'attirer avec les plus mélodieux et passionnés des airs. Ce qui s'avéra salutaire.

Pour éviter un conflit avec Bénesco, et d'ailleurs parce qu'elle n'était pas encore capable de l'entretenir, Marie n'hébergea pas Ilèana. Elle lui offrit le repas. Et la logea chez un ami d'Adrien, dont la femme reçut Ilèana comme un hôte rare.

Ilèana contrôlait chaque jour les thèmes de leur petit enfant. Pour compléter au pensionnat les frais de scolarité avancés par Bénesco, Ilèana faisait les répétitions avec une camarade, la fille du patron de l'auberge.

Marie avait l'intention de libérer la jeune fille de cette corvée. Ilèana peinait trop, après la perte du paradis de Bénesco.

Qu'elle ne regrette pas le paradis perdu !

« La pratique d'un travail sérieux, rend l'homme plus sérieux », affirmait Dona pour l'encourager.

Pourtant, Marie n'avait pas confiance dans la stabilité d'Ilèana, et ne se trompait pas.

Depuis son enfance, Ilèana chantait, dansait, toute seule, se rêvait princesse, avec des longues ondulations jusqu'aux talons. Quand elle grandit, se vit très belle et décela le charme de la musique ainsi que son propre talent.

Le désir de faste lui parut alors légitime : des somptueuses robes. Les cheveux parsemés de diamants. Des fleurs à ses pieds, dans le vivat d'une gigantesque salle. De l'escalier, les voitures tel un vol de libellules, conduisaient vers les jardins exotiques où, par surcroit, ne devaient pas manquer les fontaines artésiennes et les bassins de marbre turquoise.

Les péripéties des films et les camarades bienveillantes l'assurèrent qu'un prince pourrait la découvrir. Un comte. Un metteur en scène. Un imprésario.

Chaque fois que les pas d'homme se faisaient entendre derrière elle, Ilèana espérait l'apparition d'un admirateur prêt à lui ouvrir le monde rêvé. Le prince charmant ne parut pas. Jusqu'à présent, elle n'avait que de très longs cheveux … Parfois, elle ne vivait que pour le désir d'être aimée.

Pourtant, dans cette chimère de richesse et d'amour, se dégageait le sentiment qu'elle voulait autre chose; plus haut, plus pur, qu'elle ne se contenterait pas d'une satisfaction matérielle ou de la passion pour quelqu'un. Alors son leitmotiv revenait :

« Que je chante »

*

Marie combina le programme de sorte qu'Auréline et Anne soient incommodées le moins possible dans leurs études. C'était pendant leur classe matinale que Marie faisait avec la jeune fille les vocalises, les exercices de respiration. Elle lui enseignait la maîtrise du souffle, l'émission des notes. Pour l'apprentissage du répertoire, Marie devait reprendre à nouveau les heures de musique, après les classes d'Ilèana qui se déroulaient en général l'après-midi.

Peu à peu, les leçons se prolongèrent le soir, d'autant plus qu'Ilèana, qui décrochait les notes aigües avec une facilité ahurissante, avait du mal à se concentrer sur la diction. Ainsi, Auréline et Anne commencèrent à centrer leur vie autour du *canto*.

La pianine était de moins en moins libre pour la petite. Cependant, elle désirait ardemment faire d'Ilèana une grande cantatrice. Elle imaginait des piédestaux fantastiques – parfois cosmiques – pour sa voix. Auréline apprit les partitions, sut diriger l'air, les entrées en scène. Essaya même de l'accompagner au piano, avec des improvisations, ce qui mécontenta sa mère.

Anne, à son tour, copiait les partitions, dessinait les cartes géographiques d'Ilèana, lui nattait les cheveux … Ilèana acceptait leur dévouement et se laissait servir avec le naturel d'une grande artiste …

Elle oublia vite l'incident de Rodna. Évita une semaine Adrien, mais après, quand elle le rencontra, ne rougit plus, comme si rien ne s'était jamais passé. Ilèana s'intéressa aussi à Lionel :

- Comment est-il ?

- Comme un prince, l'avait décrit Auréline.

- Quel âge a-t-il ? … Quinze ans seulement ! Un gosse, quoi.

- Ilèana, lui dit un jour Marie, aie un peu de patience et tu viendras chez nous. Pour l'instant, essaie mon manteau. Je ne l'ai pas encore mis. L'essentiel est de n'avoir ni faim, ni froid. Et de te préparer pour le grand Conservatoire de Bucarest. Sauras-tu te contenter de notre vie toute simple ?

- Ah ! Oui ! Oui ! madame Dona.

Et son beau visage brasillait.

« Non seulement la voix, mais aussi son expression pourraient ennoblir les scènes du monde », rêvait Marie.

« Cette fille s'élève comme un parfum ! Mais je sens qu'elle se laisse porter aussi comme un parfum d'un endroit à l'autre, au gré du vent.

Ses élans me rappellent toujours les sources fuyantes sur la montagne.

Pourrais-je les capter dans la ferme rivière d'un grand avenir ? »

*

Au départ, Ilèana passait devant l'auberge. Les flonflons de la radio qui en sortaient par cette porte ouverte, furent l'offensive contre des remparts peu solides. Quand elle se retrouva dans la petite chambre au plafond bas, Ilèana eut l'impression qu'elle devait parcourir un chemin très long. Ses ailes l'abandonnaient.

La femme du mineur entra pour lui préparer le lit et lui laissa voir le drap de chanvre, aux entre-deux populaires.

La jeune fille se souvint d'un baldaquin de soie, chez le grand propriétaire et de toute sa literie fine, de vrais nids de pétales parfumés. À l'instant, elle ressentit le dégoût pour l'étreinte du propriétaire. Le dégoût s'effaça doucement, et le regard d'Ilèana resta fixé, loin, là-bas, sur les meubles exquis aux lampadaires d'argent, aux statuettes, aux vases antiques. Sur les draperies de soie lourde. Sur les tapis qui étouffaient le bruit des pas.

- Viens écouter un vieux conte, lui dit la paysanne.

Mais Ilèana n'appréciait plus le réconfort du foyer d'un mineur. Dans son oreille retentissaient les minces cristaux de France. Et les chansons d'amour d'un pick-up neuf qui suscitaient en elle une frénésie de danse ! Elle se revoyait en robe de tulle volantée, les bras ouverts en attente amoureuse. Les lèvres, comme les bourgeons du pommier sauvage, vers le soleil, pour un baiser.

La nuit tomba morose. Le charme rustique des premiers jours – comme dans une excursion – était fini. Le drap la grattait fâcheusement. L'obscur de la nuit l'accablait.

Pourtant, l'après-midi suivant, elle avertissait Ninette, la fille des aubergistes :

- On ne peut plus faire d'algèbre, je parle trop et je dois épargner ma voix.

- Et les frais de scolarité ?

- Madame Dona s'en occupe.

- Alors pourquoi tu ne renonces pas au marmot du mineur ?

- J'y habite encore.

- Prends tes cliques et tes claques et viens chez nous. Maman t'a vue au passage et t'aime bien. On fera les mathématiques en sa présence.

De l'école donc, elles s'arrêtèrent à l'auberge

Ilèana était d'ailleurs curieuse de voir sa mère, dont elle avait entendu parler.

*
* *

Dès qu'elle franchit le seuil, en contraste évident, avec le bistrot de province, Ilèana fut frappée par le luxe de cette femme et par sa séduisante allure. Le fard excentrique, les extravagants sourcils, les cheveux couleur de la griotte, la ligne excessivement cambrée des jambes et de la taille, tout concrétisa l'idéal de beauté et de certitude prospère. Surtout la robe !

Ilèana rencontra enfin les yeux vert doré sous les cils au rimmel. Ces yeux pesèrent Ilèana, comme une marchandise qui mérite d'être achetée.

Le même après-midi, la jeune fille reporta au lendemain les heures de *canto*, et sans rien dire à la famille Dona, elle emménagea au bistrot. La patronne de l'auberge entra dans le petit salon en robe de chambre de lainage rouge orné de plumes blanches.

Elle débitait ses anciennes aventures avec des industriels, à mots choisis, comptait d'une voix emphatique les ingénieurs hébergés depuis l'héritage du bistrot.

- J'ai fait des miennes ! On parle actuellement de la libération de la femme. C'est pas la liberté qui leur a manqué. Mais pour n'en faire qu'à sa tête, il faut être brillante ! Si Ninette me ressemblait …

Ninette se renfrogna comme pour esquiver un grossier coup de balai. Malgré son air de chien battu et son regard timoré bleu pâle, ses narines rondes vibrantes et ses lèvres humides qui se retroussaient témoignaient d'une envie sentimentale trépidante.

Sa mère alluma une nouvelle cigarette et jeta longuement la fumée vers Iléana.

- Tu pourrais prétendre à une vie de reine ! … C'est madame Nicholson, ou Dona, qui t'a imposé ces nattes ? … Il faut que tu changes de coiffure … Un peu de rouge sur les lèvres et sur les joues. Les yeux davantage allongés au crayon. Cette frimousse gaie, naïve est propre aux coquettes à bon marché ! N'importe quelle tête de linotte peut allumer l'éphémère étincelle.

Il te faut un regard intéressant, supérieur. Fatal. Seule la femme raffinée peut se permettre l'expression innocente !

Ilèana fit un signe complice à Ninette et se mit à rire.

- Mais comment acquérir ce raffinement ?

- L'expérience volage …

- Quoi ? ! s'exclama Ilèana.

La femme se rétracta un peu :

- C'est pas un atout … quand on est racé … Mais tu dois avoir une idée des chanteurs célèbres, romanciers, peintres qui s'imposent … Te débrouiller avec la littérature moderne ! La déclaration d'amour d'un bon roman, quelques vers en original de poètes étrangers. Savoir se taire, savoir être d'accord avec le verbiage des hommes. Celui que tu vas essayer de conquérir ne peut pas être retenu qu'avec de la jeunesse. Autrement, il s'amuse peu de temps avec toi, car des jeunes filles … plein le monde ! Tu dois donner l'impression de l'intelligence.

… Je voudrais te voir fumer. Tu ne fumes pas ?

Ilèana secoua la tête :

- Non madame.

- Il est grand temps de t'y mettre

- Je suis le *canto* .

- C'est vrai ?

- Oui, madame.

- Ne me dis plus madame : Vénus !

- Oui Vénus. Je prends des leçons avec madame Dona …

La femme l'interrompit :

- Allons donc ! Tu te figures parvenir dans ce métier ? Ah ! Ah ! Ma pauvre ! Il faut qu'un homme te lance !

Ilèana supporta l'humiliation, mais s'extasia :

- J'aimerais tant cet homme !

- Que tu l'aimes ? Ha-Ha ! … Mais si par malheur tu tombes amoureuse, tu seras perdue s'il s'en aperçoit. Celles qui montrent leur amour se sentent vexées si l'homme ne peut pas répondre à leur attente. Elles deviennent hargneuses. Laides même. Surtout quand le cœur saigne, l'amour fait peur et repousse comme toute plaie !

- L'amour doit être plus beau qu'une blessure, s'exclama Ilèana.

- Penses-tu ! ... Et puis, celles qui ne montrent pas leur amour, n'ont pas honte de ce qu'elles endurent, pareilles à l'acteur qui n'est pas rabaissé par le rôle qu'il joue. L'homme peut voir dans les yeux d'une femme seulement ce qu'elle lui laisse voir. D'ailleurs, savez-vous ? Celui qui découvre les secrets d'une femme l'a perdue. Ou il est perdu ! ...

Ninette poussa le coude d'Ilèana.

- Toi aussi, tu écoutes enfin ? demanda la femme à sa fille.

- Mais je t'entends toujours !

- Ça va, bon, admit Vénus d'un air docte. Et continua :

- La femme est comme une citadelle, faible ou forte, elle ne tombe jamais avant d'être attaquée. L'homme a transformé le terme de femme en injure. Alors, elle s'est convertie en parjure. Quand une femme dit à l'homme : « Je t'avoue la vérité », il peut s'attendre au plus monstrueux mensonge !

- Pourquoi doit-on mentir ? questionnèrent en chœur les deux jeunes filles.

- Parce qu'on aime se distraire ! Tous les hommes courent après l'apparence ! Les malheurs de la réalité les touchent rarement. C'est avec l'illusion de la vie, de l'amour, du pouvoir, du bonheur, même du malheur, qu'ils se nourrissent ! Vous ne savez pas qu'ils raffolent des films, des spectacles ? C'est pour cela que les femmes se réfugient sous le masque ! Les hommes se font illusion, se mettent à leur tour un masque de gentleman. Et ça marche ! Plus encore ! Ces messieurs se sont habitués à la fausseté à ce point que le superlatif de toutes les qualités naturelles d'une femme ne leur parait plus vraisemblable.

« Elle pose ! Elle est très raffinée ! Un être si parfait ! C'est impossible ! » disent-ils habituellement.

... La mesure des valeurs s'est renversée, mes chéries !

*

Ilèana resta quelques moments ébahie par la grande science de cette femme. La leçon fut bien comprise. Après le deuxième verre de liqueur, elle s'allongea les yeux pour avoir l'air fatal.

« Avec le monde du théâtre, c'est plus difficile, avec les noms des peintres, ça signifie connaitre tout, autrement, on s'embrouille «, songeait Ilèana presque grisée.

« En définitive, on arrive au conseil de madame Dona de m'instruire. De me cultiver patiemment. »

Et le voile diaphane de Marie flotta au loin et lui ranima un léger remords.

Ninette s'approcha, inhabile, jeta un coup d'œil vers la glace, et, consternée, se laissa tomber dans un fauteuil.

- Quelle vamp ! Tu vas rivaliser avec mam'. Tes cheveux rejetés sur une épaule, extra ! Mais quand tu pleureras, le rimmel va fondre ! Faut voir les larmes noires de mam' quand elle est obligée de veiller au bistrot !

La patronne revint, avec la cigarette allumée. Une grimace de dégoût vers le bistrot.

- Allez, montre-toi, Leny …

- « Leny » ?

- C'est un nom plus moderne. « Ilèana » tient du temps du passé, des contes.

- Si madame Nicholson la rencontrait ? insinua Ninette.

- Andouille ! Comme ton père, constata, blasée, la femme. J'aurais pu sortir quelque chose de sa binette ! Mais elle est têtue :

« Ça ne me va pas ! Je ne suis pas attirante. » Et tout est jeté pêle-mêle sur elle et ce qu'elle dit ne rime à rien !

Ninette se mit à soupirer.

- Qu'est-ce que tu crois, bêtasse, que les hommes bien sont pris par les fées ?

- Je l'espère bien, affirma Ilèana, qui comptait sur sa beauté comme sur son talent.

- Mais non ! La grande beauté s'effrite à l'usage quotidien. Et la sagesse des sages est un bien pour les autres, c'est pour cela que tant de cervelles ont fini seules et pauvres.

Ninette versait de chaudes larmes. Elle se leva pour partir.

- Où vas-tu ?

- Fiche-moi la paix, mam', avec tes … trucs mythologiques ! Moi, quand j'aimerai un garçon, ce sera pour de bon ! Fais-toi une apprentie de Leny.

- Arrête et reste ici ! ordonna sa mère.

… Pour une femme, l'homme de sa vie est un trophée démoniaque, une capture qu'elle doit défendre jour et nuit en lutte avec les autres femmes. C'est ça, mes jolies …

Les femmes dépasseraient les hommes en inventions, si elles n'épuisaient pas la force de leur imagination pour conquérir, pour aimer.

- Vous êtes féministe.

- Moi ? Jamais ! Le féminisme enlève aux femmes la féminité naturelle et aux hommes leur sens chevaleresque !

La succession de tous ses dires, soulignée par des éloquents gestes, avait étourdi Ilèana.

Elle fit une gracieuse pirouette et ouvrit la porte.

- Je vais voir Leny, quelle conquête peux-tu faire ce soir !

Mais, la patronne remarqua sur le joli visage, le fard comme deux rondelles de rouge violemment inscrites.

« C'est un vrai clown maintenant ».

- Essuie un peu tes joues, Leny …

Ilèana sortit son mouchoir et s'empourpra davantage parce que sur le trottoir voisin, quelqu'un s'était arrêté pour la voir.

- On a mordu aussi sec à l'hameçon, remarqua la femme, pendant que sa fille scrutait le chemin à travers les rideaux.

Le plancher trépida. Ilèana entrait en coup de vent. On entendit le vrombissement d'une voiture qui freine et le bref claquement de la portière.

La patronne de l'auberge examina l'expression inquiète de la jeune fille. Jeta son déshabillé, mit une robe d'angora vert et s'étudia un instant dans la glace : le vert de ses yeux s'intensifiait. Chaussa des escarpins à très hauts talons et vérifia les coutures des bas. Un ultime arrêt devant la glace au parfum et de sa voix onctueuse modula dans le vestibule :

- Qu'est-ce que vous devenez ?

- Bonjour, amie … Tu ne m'as pas annoncé qu'Hélène se cache ici ! Puis-je la voir ?

« Ingrat », le taquina la femme de son regard, « voilà que tu as su me retrouver…»

Quelques minutes plus tard, Ilèana se tenait debout, crispée, avec les joues dans ses mains, devant Bénesco.

- Tu t'es enfuie de chez moi, petite chérie … Je viens te chercher. Tu ne veux pas? Pourquoi tu ne veux pas ? …

La jeune fille remuait la tête – le visage couvert – et se taisait. Les mains de Bénesco lui glissèrent sur les cheveux, sur les bras, de nouveau sur les cheveux.

Ilèana resta figée. Malgré son écœurement, elle ne pouvait pas bouger.

La musique de la radio pénétrait persuasive, étourdissante.

- Ma petite beauté … ma petite beauté, répéta Bénesco.

Il l'attira auprès de son visage parfumé.

Ilèana ressentit une nausée, une langueur, l'abandon de toutes ses forces.

Pourtant, dès qu'il lui toucha la joue de ses lèvres, elle s'arracha, en essuyant la salive avec la manchette. Accourut chez Ninette et s'effondra dans un fauteuil, la tête penchée.

Ninette l'attendait avec les narines vibrantes.

- Raconte-moi ! …

Ilèana lui jeta un funeste regard.

- Comment c'est l'amour ? …

- Laisse-moi tranquille ! cria Ilèana. Va et arrête la radio ! Cette musique mièvre me met hors de moi !

- Je ne peux pas … Il y a des clients dans le bistrot, tu le sais !

… Oh ! Leny ! Tu es si heureuse ! Moi, je n'ose pas lever les yeux vers quelqu'un. Mais j'aimerais qu'on me serre ! Je voudrais m'imaginer comment c'est, mais je ne suis pas capable. Quand j'entends parler de quelque chose, j'en ai toujours une singulière envie. … Allez, dis-moi … On t'embrasse, et alors ? Qu'est-ce que tu sens ? Je vois dans tous les films des embrassades qui m'exaltent. Mais que ressens-tu en réalité ? Je frissonne … Il te touche, et après ? Voilà que mon cœur s'est mis à battre ! …

- Cinglée ! Ta mère se fait du souci de crainte que tu sois trop sage !

- Ma mère est une commerçante et veut faire une bonne affaire avec moi !

- Tu es pire qu'elle, et je te croyais plus sensée ! Mais tu n'as pas beaucoup évolué sur l'échelle du règne animal, comme nous disait le docteur* à l'école, tu te maintiens au stade de l'instinct. Maudite l'heure où je suis entrée dans votre maison !

Et Ilèana éclata en sanglots.

- Ah ! Ah ! Ah ! T'as des larmes noires, je te l'avais dit !

---

* Il s'agit du Dr Georgesco-Moldoveanu.

*

* *

- Un spectacle ?
- Oui, madame la Directrice, nous pourrons préparer une féerie pour les intellectuels de la région, pour les villageois. Ce serait après la cueillette des fruits.

- D'accord. L'auditoire roumain est très enthousiaste.

- Il aime le beau. Thamiris, Orphée, sont des nôtres...

- Les fêtes, et nos féeries paysannes, constituent la révélation du folklore roumain !

- Ou son alchimie !

- Qu'est-ce que vos féeries ?

- Ce sont des veillées de travail. Des filanderies pendant les longues soirées d'hiver. On y vient d'habitude aider les hôtes à égrener le maïs pour le moulin. Mais, aussi pour coudre ses blouses roumaines. Il convient alors que la maîtresse de maison offre des pâtisseries farcies de fromage ou de noix. On sert tout au moins des grains cuits. ... Et on raconte les anciennes histoires, légendes, ou contes. On récite parfois des poèmes anonymes. On lance les dictons, les devinettes ... On chante. On joue de la flute ou de la cithare. Il y en a qui dansent, qui invente de nouveaux pas.

C'est ainsi que le spectacle du collège fut établi dans la salle des professeurs.

- Le dernier, souligna tristement la Directrice.

- Qui sait ?

- Que dites-vous d'une collecte pour les plus éprouvés par la sécheresse ?

*

Marie s'occupait de la partie musicale. Une pièce de théâtre fut montée avec le professeur de langue et de littérature roumaine. Le moniteur de gymnastique menait les danses populaires. Le plaisir d'un effort en plus devenait passion et la passion accomplissait l'art. Le village entendait, en passant, les fragments du répertoire. Et prévoyait la fête. Pour éviter la fatigue d'Auréline, elle ne devait pas diriger le chœur avant la répétition générale. Mais la fillette étudiait à l'école, au piano de la grande enceinte. La résonnance cristalline d'un Beckstein sur lequel madame Nicholson lui permit d'exercer, tenta Auréline d'essayer de grandes sonates et de grands concertos.

Anne avait refusé de participer au chœur. Mais chaque après-midi elle entrait dans la pénombre de la salle des fêtes pour écouter quelques instants. Quand Auréline reprenait la même phrase, la même mesure, elle sortait.

Auréline continuait la ciselure. Avec mille ouïes pour la musique et mille regards pour la partition. Mais aussi pour Anne. Une fois, en route vers la maison, Anne remarqua :

- On n'a plus de temps pour toi.

- Sens-tu que je tâtonne ! plaisanta Auréline. Tu sais, Anne, maman m'instruit depuis toujours, malgré l'Occupation. En plus, les heures pour Ilèana sont des heures pour moi.

- Vraiment ?

- Bien sûr ! Voilà par exemple : Maman m'avait fait comprendre qu'un pianiste vit la musique à travers ses doigts. Maintenant, je fais la différence entre l'interprétation instrumentale et vocale. Entre les mains et le son, il y a une maligne connexité des riens mécaniques. Par l'attouchement de mes doigts, je transmets la pensée du compositeur et mon émotion pour cette pensée. Jamais je ne pourrais doter un clavier d'un autre timbre. Je ne pourrais nuancer son timbre. Mais je tâche de l'animer, de lui insuffler un peu de chaleur. Je tente une fusion …

Anne approuvait d'un signe de tête.

- J'aime, avoua Auréline, puiser dans mon piano les beautés vocales d'Ilèana !

… Peut-être plus ! lança-t-elle espiègle.

Un mois plus tard, Anne, qui entrait comme d'habitude pour quelques minutes dans la vaste enceinte, y resta deux heures. En Auréline s'était réveillée une soif de traverser l'âme des compositeurs, comme celle des clairières fleuries. Une ivresse. Anne regardait cette image d'enfant sous la faible lueur du chandelier. Progressivement, Auréline lui paraissait de nouveau dans le pré de lumière parsemé de couleur. Il semblait qu'elle caressait le son avec les cils, avec les joues, avec les cheveux. Ou le son lui effleurait les joues.

Parfois, une infinité de cliquetis magiques la cernait, l'emmaillotait. La déliait. Puis des sonos revenaient en embrassade, pivotaient autour d'elle, virevoltaient en tourbillons. Et Auréline s'en tirait avec sa soif inextinguible de liberté. Auréline courait dans les hautes prairies musicales, comme un être né de ses herbes sonores, vivant par leur vie. Et en leur donnant la vie.

« Heureuse, qu'elle est ! » songeait Anne. « Malgré ses souffrances, elle est libre de se jeter au cou de son père, libre de devenir fée ! Libre ! Comme la musique !

Moi, je suis l'esclave de la douleur, de la peur et de la révolte. Pourrais-je moi aussi devenir libre ? »

Durant ces démenés tacites, Auréline s'était mise à jouer la sonate dont l'étude attirait Anne chaque jour. L'âme d'Auréline passait unique et sublime – et enivrée de sublime – par cette sonate, que beaucoup de pianistes émiettent. Au-dessus des cascades mélodiques, au-delà des rafales passionnées, les mains aériennes d'Auréline touchaient un clavier sidéral. Ponctuaient lumineux le ciel avec de divins accords.

- Dis, demanda très troublée, Anne, qu'est-ce que c'est ?

- Appassionata, de Beethoven.

Derrière la porte, l'école entière avait écouté, sans mot dire, avec madame Nicholson.

*

Marie Dona réalisait ce fantastique progrès d'interprétation.

« Les leçons de *canto* attisent le feu sacré qui couvait en Auréline », reconnu Marie. « Me voilà récompensée de ce que je fais pour Ilèana ».

Toutefois Ilèana l'impatientait depuis son installation à l'auberge :

- Madame Dona, ne croyez-vous pas que votre mari vous aimerait davantage si vous mettiez chaque jour du rouge à lèvres ?

Ou bien :

- Madame Dona, Vénus ne s'habille pas, comme vous, de longues et pudiques chemises de nuit, mais de petites nuisettes à volants, et de combinaisons de soie « rendez-vous » ! Je lui ai demandé pour qui s'embellissait-elle. Savez-vous ce qu'elle m'a répondu ? « Pour moi-même ».

Une autre fois, en présence d'Adrien :

- Bien sûr, monsieur Dona vous aime, mais s'il voyait Vénus prendre son bain de fleurs ! S'il la voyait dans ses déshabillés royaux ! J'aimerais pouvoir me vanter qu'elle est ma mère ! Avec ses préceptes !

Et Ilèana riait. Auréline, exaltée auparavant par l'idée d'un opéra-féerie pour Ilèana intervint :

- Que diriez-vous de l'opéra- bouffe : « Les fantaisies de l'Aubergiste » ? Qu'on prie Lionel d'écrire le livret.

Dona fut scandalisé :

- Marie, cette fille peut avoir une influence malsaine sur notre petite !

- Mais non ! Le comique du personnage l'amuse !

- Et Anne ?

- Oh, la patronne de l'auberge ne peut pas impressionner Anne au point d'oublier son malheur !

- Enfin, poursuivit l'homme irrité, je ne veux pas entendre Ilèana glorifier le luxe de l'Aubergiste quand tout le monde achète de la toile avec la carte de rationnement. Je me demande quelle source a cette femme ?

- Dis-moi, Ilèana, comment et d'où est-ce que ta Vénus tire une telle élégance ?

- Elle a ses fournisseurs, que vous pourriez contacter vous aussi.

Adrien bouillonnait. Quand ils furent seuls de nouveau, Marie essaya de l'amadouer :

- Pourquoi t'énerves-tu, mon chéri ? Je suis fière des habits nationaux. Dieu merci, je tiens de ma mère suffisamment de blouses roumaines, gilets, chemises et petites robes pour habiller même mes futurs petits-enfants.

- Trêve de paroles, Marie, fulmina son époux. Cette fille s'en est allée à l'auberge ! Qu'elle s'en aille ! Ça alors ! Elle se vanterait que l'Aubergiste est sa mère ! Elle l'admire ! Si ni tes leçons, ni tes conseils, ni la simplicité de notre vie ne l'assagissent, il n'y aura rien à faire. Découvrir les défauts d'un être cher, ce n'est pas un bonheur. Mais les couvrir, c'est le malheur !

- Oh non, chéri, tu ne l'as pas entendue chanter ! ... Nos conseils retentiront en elle un jour. N'oublie pas qu'elle est orpheline et qu'elle a mis son talent et sa vie entre nos mains. Je ne saurais jamais trahir la confiance des autres.

- Alors, amène-là chez toi ! Peu à peu, on se rétablit. J'ai payé le bois, les taxes et nous pourrons faire les emplettes de tout ce qu'il y a sur nos cartes de rationnement. Pour Noël, on aura un porc. Pourquoi pas, aussi, une vache ? Mais que je n'entende plus parler de cette aubergiste !

- Et si l'État reprend les mines ? osa Marie, craintive.

- On n'en est pas propriétaires.

- Et Bénesco ? ... Tu n'y penses pas.

Comme Adrien se taisait, Marie lui parla de nouveau d'Ilèana :

- Elle me parait la branche aérienne et légère qui laisse tomber tantôt sa neige, tantôt ses fleurs, tantôt ses fruits, tantôt ses feuilles ... En réalité, c'est un étrange rossignol qui chante sur cette branche dans toutes les saisons et qui la fait vibrer.

Auréline dit en entrant dans la cuisine :
Moi j'ai vu un rossignol. Tout son petit corps palpitait en chantant. Il faisait même remuer l'arbuste. Oui, papa, je l'ai vu ... Comme un petit cœur qui bat.

*

Ainsi, parallèlement à l'école et à la préparation du spectacle, Marie continuait les leçons d'Ilèana. Elle les interrompait le samedi après-midi, pour nettoyer la maison, renouveler la lingerie, faire le lavage, les achats, le transport des fruits au Foyer.

Dimanche matin, Adrien, Marie, Lionel et Auréline allaient à l'ancien ermitage dressé entre le Pays d'Or et un village voisin pas loin du pensionnat. Parfois, ils se rendaient ensemble à une cathédrale lointaine pour les concerts d'orgue. Ils pouvaient même s'attarder à un baptême pour offrir les vœux.

Anne restait seule, à la maison. Debout, pendant des heures, elle regardait par la porte vitrée en face. Toujours en face. Là-bas où les arbres presque défeuillés tendaient vers le ciel de longs bras, semblables aux cris muets de son désespoir ! Là-bas où la maison de sa mère se recroquevillait sous le bonnet du toit pointu, menaçant. Et sa mère ne revenait plus.

Dimanche soir, Anne endurait la joie sans restriction de la famille Dona. Ils dînaient dans la large cuisine d'hiver qui avait un petit lit et la cuisinière bâtie à l'ancienne, peinte à la chaux.

En fin de repas, après les pâtisseries, le concours s'amorçait : Dona récitait une strophe de poésie, parfois un bref dialogue, et les enfants devaient deviner l'auteur. Ou bien il prononçait le nom d'une fleur, montrait une feuille, pour qu'ils retrouvent la famille de la plante.

Les enfants se surpassaient. Acclamaient. De temps à autre interpellaient Anne.

Anne se dérobait, se glissait dans le hall. Et regardait à travers les vitres, en face. Là-bas où les branches, comme les mains sombres aux doigts écartés, enfonçaient les ongles dans le ciel.

Une fois, Marie s'approcha doucement pour la ramener au jeu des autres.

- Parties ! Tourna court Anne.

- Ah bon … s'étonna Marie, soulagée.

Mais Anne précisa :

- Seulement les ombres sont parties.

*

Le lendemain, à la leçon de *canto*, Ilèana racontait :

- Le Poignard boit au bistrot.

À son retour de la mine, très tard, Dona s'en méfiait :

- Le savoir devant un verre de vin, n'est pas rassurant. Qu'il ne rode pas autour de la mine, après avoir bu !

Marie percevait autrement la nouvelle :

- Mais c'est inconcevable, chéri. Oser sortir ! Oser boire un verre au milieu des braves gens !

Quand Marie éteignit la lampe elle jeta un regard à son tour, en face.

Le long de la clôture jaillit un va-et-vient d'ombres.

Par dessus, dans l'agitation estompée de rameaux nus, les dernières feuilles se débattaient pour prendre leur envol, comme des corbeaux, vers la prédation.

*

* *

Peu de temps après, en pleines répétitions générales, Marie s'accrochait au gouvernail d'un temps pris d'assaut par tant d'obligations. À l'aube, et du dîner jusqu'à minuit, avec les travaux domestiques, c'était une vraie détente, comparée aux charges de la journée : quatre heures de chœur chaque jour ! En plus les classes ! Et les leçons d'Ilèana qu'elle ne voulait point bousculer. Pour ce faire, Marie n'avait que le recours à la rapidité, dans ses divers déplacements.

Anne entendit Auréline et Marie l'appeler, mais sans savoir que ce vendredi, elles allaient quitter l'école plus tôt, Anne se manifesta trop tard. Et se retrouva seule.

Des Vallons des Églantines, Anne monta la pente vers la serpentine habituelle au-dessus des vergers. Ici, bosquets, arbustes et arbres d'or, étaient devenus de fer. Le silence de la forêt n'avait jamais été plus silencieux. Une attente au souffle arrêté. Une pétrification.

Le tapis des feuilles grisonnantes qui s'humidifient au cours des nuits d'un automne tardif, ne bruissaient plus. On n'entendait pas d'oiseaux. Anne côtoyait la chaine des instants, comme un maillon rejeté. Se profilait sur le fond terne et parmi les troncs ferreux, comme si elle longeait les barreaux d'une prison. En vitesse. À grands pas. Les yeux scrutateurs.

Personne. Il n'y avait nulle part, personne.

Anne passait à travers ce décor énigmatique. Effrayée, Anne passait à travers l'effroi. Personne. Mais, graduellement, elle se sentit à l'étroit. Enfermée. Les mains refroidies. Les mâchoires crispées. Son cœur battait fort, jusqu'à la faire s'arrêter en chemin.

- Le Poignard ! s'égosilla-t-elle en voyant approcher en amont l'homme aux yeux de loup.

De son inexplicable stagnance, Anne détala dans une course folle. Derrière, elle entendait halètements, jurons. Le galop à ses trousses.

« Pourvu que je ne bute pas contre ces arbres ! Que je ne tombe. Oh ! Qu'il ne m'attrape pas », se répétait Anne.

Pourtant, elle glissa et se releva. Fut prête à se coincer dans un houblon. S'arracha d'une griffe d'églantine. Anne était acculée à l'appel au secours. Aux hurlements. Mais n'en était pas capable. L'effort pour sortir un seul son lui aurait enlevé de la vigueur. Et Anne devait courir. Courir avec désespoir.

Toute son avidité de justice lui donnait de la force. Anne se projetait en avant. Sautait. Se propulsait en de longues enjambées. Par-dessus les amas de feuilles mortes et les buches. Par-dessus les touffes et les taillis. Par-dessus la clôture du verger de Dona, où Anne dégringola et culbuta sous une pluie de pierres et de cônes de sapin.

Meurtrie dans sa chute et humiliée, Anne ne put se remettre debout, que soutenue par les illusoires bras de sa mère.

*

Devant le poulailler de la basse-cour, pépiait d'une céleste voix Auréline :

- Petits poussins ! Petits ! Petits ! Petits ! …

Pour Anne, l'occupation d'Auréline tenait des choses paisibles, simples. De charme et de bonheur. Donc l'évita.

Dans sa chambre, Anne pressait sa poitrine, les mains croisées pour calmer le fracas du cœur. Elle était si abattue que son marasme dégénérait en évanouissement. Plusieurs égratignures au nez, aux coudes et aux jambes, la poussaient dehors pour se laver, sans lui donner l'énergie de le faire. Anne se laissa tomber sur une chaise, le front appuyé sur la table. Et se rappela qu'elle avait rêvé de ce Poignard.

« Je suis son esclave … son esclave. » conclut Anne.

« Combien de temps vais-je le craindre ? »

« Au lieu de faire justice à maman, au lieu de l'exécuter, c'est lui qui me persécute ! Je suis son esclave … Asservie pour toujours! »

Anne s'abandonnait au désespoir, quand, du hall, se fit entendre la voix d'une villageoise familière de la maison, que Marie reconduisait vers la sortie.

- Allez-vous croire, ma bonne dame, les commérages que ce misérable Poignard, soit content ? Il bougonne tout seul dans la cour. Si on passe devant sa porte à l'heure du repas, ça sent l'enfumé … Homme seul, quoi ! Sait-il cuisiner ? Le pauvre !

Anne surgit comme un cyclone :

- Vous n'avez pas le droit de plaindre Poignard ! Vous n'avez pas le droit de vous apitoyer sur lui !

- Anne, ma petite, qu'est-ce qu'il y a ? demanda Marie.

Anne parut lui répondre par une expression égarée, le temps de refluer ses larmes et s'adressa de nouveau à la visiteuse :

- Allez lui repasser les chemises ! Faites-lui de bons petits plats ! Chamaillez-vous avec les deux parjures, à qui mieux mieux !

- Ça va pas, ma fille ? rétorqua dignement la villageoise.

Mais Anne déchargeait sa révolte :

- Je voudrais le voir battu à mort. Piétiné par les chevaux. Que les vautours s'arrachent les morceaux de sa chair !

- Anne ! intervint Marie, sidérée par cette inhabituelle éloquence, plutôt que par une pareille colère.

La villageoise se signa.

- Pourquoi vous vous signez ? reprit Anne. Me prenez-vous pour une folle ? Ne comprenez-vous pas que le Poignard est partout ? Je l'ai vu plusieurs fois à l'affut quand je venais avec Auréline. Il me guette au vu et au su de tous. Il m'a pourchassée une fois et m'a frappée avec des pierres, puis avec son fouet. Regardez les traces distinctes sur mes épaules ! Et maintenant … maintenant … Va-t-il toujours me traquer ? Toute la vie ? Je ne lui échappe même pas dans mes songes !

L'âme fendue, Marie la couvrait de ses bras.

- Ne m'en veux pas, essaya de se justifier la villageoise. J'ai parlé en chrétienne.

Anne se retourna, les joues mouillées de larmes, les yeux lançant des éclairs :

- Qu'est-ce que c'est, être chrétien ? Être chrétien, c'est excuser celui qui te fais mal à toi, pas celui qui fait mal aux autres ! Vous n'avez aucun droit de lui donner votre pardon.

À bout de forces, Anne se remit entre les bras de Marie, comme si c'était ceux de sa mère. Elle geignit comme un nourrisson :

- Il me terrorise ! Je veux devenir libre ! Je veux la liberté tante Marie ...

Et ce mot « liberté », si courageux et plein de soleil, entrecoupé par des soupirs, avait la signification d'une captivité sans issue.

- Liberté ! ... Liberté ! ... répétait Anne. Délivrez-moi pour être libre et pour sourire comme Auréline !

- Tu vas sourire, lui assurait Marie, comme Auréline, ta petite sœur.

*

Le soir, Marie disait, pleine d'amertume, à son mari :

- Cet homme odieux, comment peut-il harceler Anne ?

Mais Dona refusait de croire à la haine morbide contre un enfant :

- C'est la mine des Nains qui le rend fou. L'or de cette mine serait-il si important?

- Si le Cœur d'Or n'est pas une légende ...

*

*   *

Ce samedi après-midi, l'orage d'applaudissements s'apaisait dans les murs de la vaste enceinte. Ilèana avait chanté à la fête. Une seule mélodie populaire. Marie Dona ne considérait pas son répertoire classique suffisamment au point. Mais c'était la première sortie d'Ilèana sur le podium. Émue, flattée, la jeune fille se glissa derrière la scène par une porte secrète pour retrouver Ninette, qui était restée chez elle à cause d'un rhume. Le long du jardin, les pas dansants d'Ilèana devenaient fugitifs.

La jupe plissée – d'un costume d'Argés – reçu de Marie, avait dans sa mobilité pétulante la cadence des ailes, qui se déploient et se replient quand les passereaux tournicotent près des fontaines. Ce fut en franchissant la porte qu'elle croisa un jeune homme qui l'assagit soudain. Lui donna le reflux de l'océan. Le jeune homme l'examina un instant, comme si le ciel s'était penché au-dessus d'une onde, pour s'admirer. Puis continua son chemin.

Ilèana chancela. Esseulée. Attristée. Pareille au puits, après avoir miré le flottement blanc des cigognes. Ensuite, elle devint gaie. Presque euphorique. Jeta un regard en arrière par-dessus l'épaule, pour le revoir. Tourna la tête plusieurs fois. Elle repartit à petits pas, comme en attente. Même après l'avoir bien vu entrer dans la salle de spectacle.

Le fait qu'il l'eût regardé dans les yeux, suscitait dans son cœur l'insolite espoir que ce soit elle, qu'il cherchait sur cette terre. Que ce fût elle qu'il venait de découvrir. Ilèana baissait de temps en temps les cils comme s'ils étaient ses propres mains aux doigts oblongs, effilés, réunis dans la prière.

Le souvenir d'un azur confondu dans son iris marin l'enivrait. Alors, elle jetait un nouveau regard en arrière par-dessus son épaule. Quand Ilèana arriva à l'auberge, la patronne enveloppée d'une couleur olive et de spirales de fumée l'arracha de ses rêves.

- Leny, faites vos thèmes au balcon.

- Devant l'entrée du bistrot ? Non ! riposta Ilèana.

- Si ! ordonna la femme et lui souffla sur le visage une bouffée de sa cigarette.

Subitement, la belle Vénus prit aux yeux de la jeune fille la forme d'un cruel félin. Sa fille venait avec la serviette :

- C'est le jour du salaire à la mine mam'. Tu n'es pas obligée d'avoir le bistrot fermé, comme d'habitude ?

- Pas de risque ! chuchota la femme sur le seuil, en se retirant. Bénesco est là et j'en profite pour sortir le pognon, avant que les épouses le cachent dans le bas de laine.

- Et pourquoi doit-on s'exposer au balcon ?

- Pour mieux attirer les clients ! Simple ! Non ? Ce n'est pas en vain que j'ai choyé celle-là ! Il y a du nouveau monde au Bain d'Or. En sortant de la fête, ils vont tous trinquer ici. Je te trouverai peut-être un mari … On ne sait jamais !

- Quand il aura vu Leny …

- Il aura vu Leny, mais il tendra la main vers ton or, petite sotte !

Ninette posa ses cahiers sur la table et les jeunes filles commencèrent leurs devoirs.

Le bistrot était bondé. Ilèana se sentait mal à l'aise. Humiliée sous les regards de ceux qui entraient au bar. Pleine d'angoisse que le jeune homme rencontré puisse la voir à la porte. Elle interrompit donc les répétitions et enfila les arcades amplement drapées vers le salon du fond. La voix de la belle Vénus modulait dans les notes aigües :

- Tu pries le nouvel ingénieur de donner des répétitions à notre fille. Puis je m'en charge. Un dîner sélect, un vin rare. Et si je laisse Ninette avec lui si jeune …

- Oui, la petite a son charme, reconnut Bénesco. Elle est même trop jeune ! … Et puis je n'aime pas les situations ambigües …

- Le luxe, la dot de ma fille … continua la femme.

- Qu'il ne tombe pas amoureux de toi, chérie.

- Embrouiller les affaires, moi ?

- Il aime une atmosphère de famille convenable.

- Laisse-moi faire ! Je mettrai son père dans le coup.

- Bien sûr … Mais le petit ingénieur est très subtil, souligna l'homme. Pourquoi es-tu pressée ? Il va deviner facilement mon but. Qu'on réfléchisse ! …Il me semble prudent qu'il sache que j'ai l'intention d'appeler son chef pour les mathématiques de Ninette. Peut-être aura-t-il l'initiative. Autrement, le jeune homme est inabordable. Comme son nom l'indique : Stèlor ! Il donne l'impression de descendre d'un monde stellaire ! … Ah ! Ah ! Ah ! …

- Stèlor ! fit comme un écho Ilèana en s'approchant.

Ce nom montait en elle comme une flèche de lumière.

- Leny, monsieur Bénesco t'attendait, prévint la femme. Voilà ce qu'il t'a apporté. Tu as de la veine !

Avec un sourire complice, elle se glissa dehors. Ilèana recula. Mais la patronne la poussait en avant. Claqua la porte et tourna la clef de l'extérieur.

Le grand propriétaire se désopilait à la table surchargée de bouteilles aux étiquettes étrangères, papiers soie en désordre, boites de homards, et fruits confits.

- Viens ici, Hélène … C'est une simple plaisanterie de Vénus. Viens ici, je t'ai apporté la liqueur de chocolat que tu aimes. Poupée … Quelle taille fine tu as dans ce costume …

- Ne me touchez plus ! sursauta la jeune fille.

- Avec toute ma délicatesse, je te prends dans mes bras et tu t'échappes toujours comme un canari ! Mais je n'ai pas l'intention d'abuser !

Ilèana s'arracha. Éclata en pleurs bruyants. Se frappa le visage, affolée.

- J'ai honte !

- Mais qu'est-ce qu'il t'arrive, tu ne m'as plus fait cette comédie !

- Madame Dona m'avait prévenue que ce n'est pas pour moi, la fange où vous m'attirez.

Ce mot parut malencontreux :

- De nouveau Dona ?

- C'est maintenant que je sens la boue de vos caresses. Touchez pas, bas les mains!

L'homme essaya de garder sa bonne humeur :

- Ah ! Les femmes sont comme les papillons : le même charme, la même légèreté, les mêmes dégâts …

… Chat sauvage ! Quoi ? Tu me gifles ? Et il saisit la jeune fille par la main.

- Lâchez-moi, je vais crier !

Une grêle de pierres se fit entendre dehors. Une stridence de vitres cassées. Des invectives de femmes. Insultes. Cris.

Bénesco s'écarta, devenu blême. Devant le bâtiment, le vacarme augmentait :

- Voleuse ! T'as ouvert la gargotte le jour du salaire !

- Tu as mis du méthylène dans l'eau de vie, pour que nos hommes perdent leur lucidité !

- Marchande sans scrupule !

- Entremetteuse !

- Tiens ! Tu sauras quoi faire de notre argent !

Les vitres se brisèrent partout. Une pierre fit éclater la fenêtre du salon.

- Cache-toi, commandait Bénesco en se retirant. On me voit. J'avais exigé qu'elle n'ouvre pas son restaurant le jour du salaire. Si on me trouve ici, tous diront que c'est moi qui veux appauvrir les travailleurs.

Ilèana réagit vite. Elle ouvrit la fenêtre en écartant les verres brisés, puis l'escalada.

Dehors il y avait surtout des femmes. Les injures y pleuvaient :

- Misérable ! Ça suffit que tu nous as escroqués avec les pommes de terre.

- Elle est en cheville avec le Poignard.

- Qu'ils aillent se faire pendre ailleurs !

Ilèana fendit la foule et courut chez Marie.

*

Rentrée de la fête, Marie avait laissé les deux petites au jardin pour s'ébattre en liberté. Pendant qu'elle jetait les grains aux volailles, changeait l'eau, allumait le feu dans la cuisine.

- Ma dame chérie, implora Ilèana, le souffle court. Défendez-moi ! aidez-moi !

La jeune fille tomba exténuée à genoux. Ses regards bleus restèrent dans une supplication qui préludait à l'averse des larmes. Elle se mit à sangloter si fort que tout son corps vibrait.

- Soyez ma mère, implorait de temps en temps Ilèana. Que je ne devienne pas une fille perdue ! L'Aubergiste m'a enfermée avec Bénesco ! Soyez ma mère, ma dame chérie ! Autrement, je ne veux plus vivre.

Marie réussit à la relever :

- Reste chez nous, reste s'empressa-t-elle de répondre, pour mettre fin à ce désespoir. En réfléchissant, elle conclut que Bénesco ne pourrait plus lui reprocher d'avoir reçut Ilèana.

- Mais, mon enfant, ajouta Marie, je te demande de nouveau : vas-tu te contenter de notre vie ? Il n'y a pas si longtemps que tu as déserté une chaumière de braves gens.

- Oh, ma dame, oubliez-le !

Ilèana recommença ses pleurs :

- J'ai croisé un garçon, en partant de la fête. Et je me suis retrouvée si déchue à l'auberge, comme dans une mare, d'où je ne pourrai plus remonter vers ce jeune homme si pur.

- Tu as rencontré un garçon … Et la femme lui fit un beau sourire, pour la sortir du désespoir.

- Bénesco me donnait du cocktail, continua Ilèana. L'Aubergiste se moquait, de moi, que je ne savais pas vivre.

- Pas possible ! …

- Si ! Si ! J'ai pleuré d'humiliation ce dernier temps, jusqu'à me trouver mal … Ninette regrettait qu'il n'ait pas de sentiment pour elle. Ma dame chérie … Vous êtes si heureuse, vous n'avez pas erré comme un chien perdu.

- C'est le mérite de mes parents, ma petite. Quand mon père est tombé pendant la première guerre mondiale, ce fut ma mère qui m'a gardée de toute néfaste atteinte. Adrien m'a reçue de ses mains pour m'épouser, bien que nous soyons des camarades. … Après, nous avons compris que c'est merveilleux d'élever les enfants dans l'harmonie. Endurant même l'Occupation, la guerre … J'ai eu le bon sens d'apprécier le bonheur de notre amour et je me suis donnée la peine de le garder.

- C'est ça ! C'est le bon sens qui m'a manqué ! reconnut la jeune fille contrite.

La femme fut touchée jusqu'aux larmes :

- Tu as pourtant une conscience Ilèana. Cette fugue en est la preuve. Maintenant, pense que tu possèdes un don musical très rare.

- C'est vrai ? Dites-le moi encore une fois si c'est vrai.

- Tu le sais bien, petite capricieuse. Mais il est impérieux de réveiller toutes tes forces pour devenir une prima dona. Crois-moi, quand on a un idéal, on devient plus fort. Comme si chaque fibre de notre corps s'en donnait la peine.

Ilèana soupira. Elle constatait qu'il y a un peu trop de choses à apprendre, pour se parfaire.

« Quelle volupté de suivre Vénus des heures entières ».

«Pourtant elle m'enfonçait dans le vice », pensait la jeune fille.

« Suis-je si mauvaise pour me complaire dans l'interdit ? »

- On ne peut pas faire une leçon avant le dîner ? demanda Ilèana. Je sais par cœur la Traviata.

- Tu l'as apprise ? Mais c'est extraordinaire ! …

Marie l'embrassa de tout son cœur :

- Va plutôt prendre un bain. Et enlève cette blouse. Adrien rentre dans un moment et on va te donner la chambre de Lionel, qui a toujours préféré le bureau de son père. La grande pièce au grenier, surtout.

*
* *

Les heures de *canto* reprirent le rythme habituel. Tout d'abord, échauffer la voix… Puis l'assouplir. Et veiller à l'abréviation des notes aigües.

… Quel est le secret pour garder le souffle ? …

Marie façonnait la jeune voix par toutes les astuces, connues, des cantatrices.

- Je chanterai jusqu'au ciel, s'exclama un jour Ilèana.

Marie lui suggéra :

- Pour cela, suppose que le ciel soit le palais de ta bouche. Et que tu le repousses vers le haut pour qu'il soit très élevé. Suppose aussi que l'horizon est le fond de ta gorge, cette paroi que tu renvoies en arrière, pour que ton ciel soit très vaste …

- Comme ça ! intervint Auréline qui était toujours à l'écoute. Comme si on baillait la bouche fermée ! Tu as vu ? Essaie de bailler en serrant les lèvres !

- Une admirable méthode qui forme la bouche pour l'émission vocale ! plaisanta Marie en vérifiant qu'Auréline avait raison.

Pendant que Marie insistait au piano et attirait l'attention d'Ilèana, qui ne liait pas suffisamment les notes, Auréline vint encore s'y mêler :

- N'imite pas trop le legato du clavier, tu appauvris ta voix ! Le piano ne peut pas te rendre les finesses de la chaleur vocale. J'ai observé que le forte des notes graves, instrumentales, se transforme en bruit si l'interprète n'est pas habile. Mais une bonne voix de basse, reste divine, même si elle hurle.

La mère découvrait avec étonnement la maturité progressive de son enfant chérie. Pourtant, la même Auréline se blottissait encore dans ses bras comme un bébé. Ou bien s'ingéniait pour l'adaptation d'une vieille robe rose de Marie au rôle de Rosine … Elle rêvait aussi des beaux atours violets, pour le rôle de Violette …

Marie interprétait parfois au piano ses pièces favorites. Plus souvent, elle mettait un disque et appelait les trois filles pour écouter. L'illumination d'Auréline faisait alors pâlir même le visage d'Ilèana, pareille à la clarté du jour qui surprend une chandelle allumée.

Dans un coin, derrière Marie, Auréline esquissait une chorégraphie presque invisible avec ses doigts. S'il s'agissait d'un concerto, ses mains reprenaient l'immatérielle baguette de cet ensemble musical. Anne essaya d'éclaircir ses doutes :

- Auréline, est-ce que tu es toujours préoccupée de rendre l'homme meilleur ?

- Si la musique me donne sa liqueur ensorcelante …

Pendant qu'Ilèana s'exclamait :

- Auréline est un enfant vieux !

*

La patronne de l'auberge parut – un temps – oubliée. Mais un soir, Ilèana demanda :

- Cette aubergiste, qu'est-ce qu'elle cherche ici ? Elle qui prend les bains d'infusion de fleurs ! Dans le bistrot se montre de temps en temps pour que les clients ne s'en aillent plus. Que cherche-t-elle ici ?

« Les araignées tissent leur toile dans les coins obscurs », songea Marie, mais préféra se taire.

*

Adrien acheta la radio qu'on leur avait réquisitionnée à l'Occupation. L'appareil qui au début les amusait, devint vite fastidieux : Ilèana écoutait toutes les émissions quelconques.

Auréline se mit à fermer la radio.

- Ces stupidités insultent l'oreille de maman.

- Tu veux peut-être le reprocher à ceux qui font les programmes ? avança Ilèana.

- Justement, reprit Auréline, je me demande comment ceux qui manquent de bon sens arrivent à dicter des émissions ! ... Ou ces gens-là se sentent si bas, qu'ils veulent descendre la société à leur niveau ?

Elle prit Marie pour juge :

- Ne serait-ce pas le triomphe de l'ineptie pour déformer le bon goût ?

- Je vous l'ai dit, répéta Ilèana remise en gaieté, Auréline est un enfant vieux !

La mère parut comblée. Pourtant, à la radio, ses filles pouvaient entendre les grands acteurs de théâtre. Il y avait aussi de jolies chansons. De belles voix. La musique classique était également transmise, malheureusement tard le soir. Mais au moins, ses trois filles chéries devaient écouter le plus souvent de la musique populaire roumaine.

- Cette généreuse richesse, leur expliqua la mère, est devenue par l'intermédiaire des tziganes, la source d'inspiration de beaucoup de compositeurs étrangers. ... Pendant que les Roumains ont dû se battre : soit pour survivre, sous les dix vagues d'envahisseurs, soit comme fut le cas dans les grandes plaines roumaines, pour empêcher l'assujettissement du Danube.

*

* *

Quand Ilèana vint chercher à l'auberge ses quelques livres et cahiers, Ninette – habillée d'une robe kimono fleurie – s'admirait dans la glace.

- J'ai un répétiteur, Leny … Tu es partie à temps. Ce soir, on l'attend à table. Mam' a su l'embobiner. Ah ! Ah-Ah ! Je pense qu'il va me faire sa demande en mariage.

… Tu vois ! Du plus bas stade – absolument méprisable - d'animalité – c'était ton invective, non ? – j'ai grimpé au plus haut rêve d'amour. Le rêve de la nuit de noce … Ah ! Ah !

- Qui est-il ? demanda Ilèana d'une voix mal assurée.

- Je n'en sais rien. Il a un nom bête. Ça me fait rire : Th … Ph … Stèlor. On va m'appeler « madame nom bête ». Ah ! Ah-Ah !

Une aiguille chauffée à blanc piquait le cœur d'Ilèana.

- Tu es prête, Ninette ? se fit entendre la modulation précieuse de Vénus qui d'ailleurs ignorait volontairement Ilèana

La jeune fille, par contre, fut impressionnée de l'air supérieur que cette femme affichait, avec ses cheveux teints en noir brillant, bien lissés. Robe noire, gros collier d'or massif torsadé autour du cou. Des boucles d'oreilles. Des bracelets pleins les bras.

- Change ta robe ! dicta la femme, car, à côté d'Iléana, sa fille manquait de grâce. Mets la bleue, décolletée. Bon. Maintenant, ne bouge plus !

Elle arrangea les boucles de Ninette, lui colora discrètement les joues et les lèvres, lui passa la houppette de poudre jusqu'à la base du cou, avant d'y mettre une chaîne à médaillon.

- Faut pas que tu te mettes à jacasser, la sermonna la femme, laisse-le s'imaginer qu'il sait tout, qu'il est terrible.

- Il va croire que je suis muette.

- C'est ainsi que les femmes sont aimées : muettes ! Quoique ce soit, le diable gît dans le muet. Surtout, ne commence pas à t'esclaffer bêtement. Souris!! Fais voir ! Non ! Plus doux, plus réservé. Incline la tête, et regarde vers lui de bas en haut, avec des grands yeux … plus grands … comme si tu voyais le monde pour la première fois, et le monde, c'est lui ! Maintenant, tends la main avec élégance … Tu trinques. Ne tiens pas le petit doigt raidi comme une parvenue …

- Fiche-moi la paix, avec tes fumisteries, bouda sa fille.

- Gourde ! On ne peut rien sortir de toi !

- Si tu me le dis, c'est pour cela que je le suis … pleura Ninette.

- Ne pleurniche pas. Tes yeux vont rougir ! Je dois refaire ton fard. As-tu oublié que je te nommais Petite Altesse ? Quelle peine perdue !

- Pourquoi fausser sa nature? Dit enfin – avec effort – Ilèana.

- Parce que c'est pour elle que je m'occupe du bistrot et des clients, quand il y a des hommes qui seraient aux petits soins pour moi ! Même à genoux, dans un palais … ! C'est pour elle que j'ai poussé des ivrognes dehors après minuit quand son père était parti comme d'habitude aux chais. Pour elle, pour son or, pour pouvoir bien la marier.

- Mais vous disiez … osa Ilèana.

- Je disais ! Mais la luxure est pour les femmes habiles qui ne risquent pas de choir à l'hôpital, au lieu de s'installer en grande pompe. Compris ? Et encore … Madame de Pompadour elle-même est sortie la dernière fois du palais royal par l'escalier de service … d'autant moins, Ninette. Son père est arrivé. Le voilà. Est-ce que tu t'es rasé ? Comment te va ce costume ? Bois modérément pour ne pas trop parler. Sauf si tu veux corner aux oreilles tes secrets. Oui, désaltère-toi d'avance avec de l'eau minérale, et prépare au beau garçon une bonne bouteille de Muscat roumain de Pétroissa pour l'emporter.

- Je lui en verserais même un décalitre, pourvu que ma fille lui plaise …

- Pourquoi pas un tonneau ! Ça alors ! Donner à gogo une telle boisson hors de prix, qu'il fasse la noce avec d'autres ? Une bouteille ! À savourer seul et à rapporter pour en reprendre …

Et en sourdine, se dirigeant vers la fenêtre :

- Ninette, j'aperçois l'ingénieur. Débarrasse-toi de celle-là.

Ilèana franchit le seuil. S'attarda au balcon. S'enfuir, elle n'en avait pas le cœur. Et rester là, elle n'en avait pas la force.

« Ninette, Ninette ! » entendait-on de l'intérieur.

Sa fille faisait des grimaces et haussait ses épaules, engourdie.

Stèlor paraissait de loin, fluette pousse de bouleau. Mais il monta les marches avec l'allure d'un magnifique Wottan* taillé en marbre blanc. Les yeux allongés, comme deux fjords bleus scandinaves, regardèrent sereinement Ilèana.

« C'est lui, c'est lui » se répétait, muette, Ilèana. Son battement de cœur devenait une battue sauvage contre elle-même. « C'est lui ».

- Mam' m'appelle ! s'excusa Ninette en trottant vers la porte ouverte.

Ilèana resta sur la terrasse anéantie.

Le regard de Stèlor passa plusieurs fois par-dessus ce visage pâle. Le jeune homme avait surtout l'air de lui signifier derrière une égide en verre :

« J'hésite à t'adresser la parole, je ne peux pas avoir affaire à n'importe qui ».

- Niaise ! – on aurait pu distinguer de l'intérieur – tu l'as livré à celle-là ?

Mais Stèlor continuait à se maintenir dans une réserve astrale, en considérant Ilèana :

« C'est son esprit trop stérile ? Ou sa platitude trop éloquente ? »

Enfin, Ilèana balbutia, prise entre la pudeur, l'émoi et le désespoir :

- Monsieur Dona vous a invité … pour la mine des Nains …

Puis, toute hébétée, la jeune fille s'éloigna rapidement.

Sous ses pas, la terre avait l'inconsistance de la mer mouvante.

*

- Oh ! ma très chère dame, ils veulent marier Ninette avec ce garçon-là. Quelle mise en scène ! Quelle farce !

Marie écouta la jeune fille pleurer.

L'agitation de cette famille lui paraissait naturelle. À son avis, les mères soucieuses ne laissent pas leur filles courir les routes pour se faire accrocher, pour enfiler une dizaine d'hommes, chacune, dont un seul soit sérieux, et celui-là marié ! Mais l'artifice était déloyal !

- Quand tu constates ces traverses ma petite, essaie d'en tirer une

---

*de l'alémanique Wotan, dieu nordique en mythologie (Odin).

leçon, murmura la femme. Tu vois le poids du mensonge ?

- Oh, oui ! soupira Ilèana

- Ceux qui ont des qualités, doivent s'évertuer davantage.

…L'abeille cueille le nectar même sur la fleur du chardon ! Apprenons à récolter la sagesse nous aussi, de toutes les méchancetés du monde.

- Madame Dona, la mère de Ninette me disait que l'apparence des qualités rapporte plus que la qualité en soi.

Remplie de tristesse, Marie regardait dans le vague, là où la détraction de la conscience fait ses émules à volonté. Où le nuisible se propage librement.

- À quoi bon l'hypocrisie, ma petite ? La pureté, comme la vérité de l'Homme, sont tellement précieuses, que même les scélérats utilisent le masque de la candeur. Ils couvrent leur déchéance avec les lambeaux d'un vêtement digne, qu'ils auraient peut-être entrepris de revêtir, sans réussir à le faire. … Mais je suis sure, Ilèana, que Stèlor t'inspire des sentiments authentiques, pour fonder une famille. La bague de mariage, n'est pas la menotte de l'amour, mais le maillon de toute la chaine humaine. L'amour, c'est l'enfant.

- Je devrai donc avoir des bébés ? Non ! protesta la jeune fille en s'essuyant les yeux. L'Aubergiste m'a dit qu'avoir des enfants c'est une bêtise dans la débandade contemporaine.

- Comment ?! s'exclama la femme. Tu t'en es laissée convaincre ?! Les siècles de notre histoire entre les Carpates et le Danube ont été une longue et ardente lutte de défense. Mais dans les siècles d'épuisement, notre peuple a dû payer un lourd tribut. L'ennemi a exigé de nous, entre autres, cinq cents enfants par an! Chaque famille devait attendre – sans espoir – son tour de sacrifice humain. Pourtant les mères avaient le courage de mettre au monde les enfants. Autrement, il n'y aurait eu personne pour combattre et repousser périodiquement les assaillants jusqu'à notre Indépendance définitive, à côté du grand Russe.

Ilèana baissa la tête. Attirées par ces réactions bruyantes, Auréline et Anne avaient surgi dans l'encadrement de la porte. Marie, en effervescence, ajoutait :

- Il y avait ici un aliéné à vouloir nous éventrer la dernière femme enceinte, pour lui tuer le dernier bébé Roumain ! … Pourtant nos mères ont assuré l'existence continuelle du peuple Roumain sur sa terre …

Ilèana prit les mains de Marie pour y enfoncer son visage honteux.

La petite Auréline eut son sourire d'entente avec sa mère :

- Nous commençons la leçon de *canto*, maman ? Vous êtes prêtes ?

Puis, avec sérieux :

- Ou bien je continue à m'exercer les doigts dans l'eau ?

- Dans l'eau !

- Oui maman, j'ai joué un bout de sonate dans la baignoire. Il y a des nuances dans le mouvement des mains …

Marie la regarda, sidérée.

- En quelle sorte de densité pourrais-je plonger mes doigts, pour saisir et rendre la voix humaine au piano ? Quelle serait la digitation sur un clavier de boue, de neige, ou de feu ?

*
* *

Imperturbable, Stèlor montait sur la pelouse aux senteurs d'automne. Ilèana sortit de sa chambre sur le balcon latéral pour l'accueillir. Le jeune homme entra. Jeta un coup d'œil par la porte qui s'ouvrait dans le grand hall. Se mit à examiner autour de lui. Le grand hall campagnard, aux poutres sculptées, avait pour meubles des anciens coffres paysans riches en ornements, des stalles aux lignes stylisées, un ancien estuel, des étagères dentelées pour les vases archaïques et les icônes roumaines.

Sur le plancher ciré, sur les lits des chambres ouvertes et sur les murs environnant les lits, des kilims* aux jeux de couleurs enchanteresses. Et à travers les longs rideaux vaporeux de soie cristalline tissée à la maison, les rayons de soleil s'atténuaient, dans une clarté paisible, intime.

Pour Stèlor, tout se présenta, décent. Modeste pour ses aspirations. Il s'assit enfin. On voyait qu'il attendait ceux qui l'avaient invité. Les songes d'Ilèana s'étourdirent, comme les hirondelles surprises par une tempête de neige. Frileuse, elle se tut. Stèlor la fixa d'un regard scrutateur, qu'elle croisa timidement :

- Tous sont partis pour Bistrita, parce que le garçon est enrhumé … Il a aussi des travaux écrits … Moi, j'étais en train de solfier un nouvel opéra.

---

*tapis d'Orient tissé.

La jeune fille feuilleta les partitions avec l'espoir qu'il allait lui demander de chanter.

Stèlor se leva, déconcertant et altier.

- Attends, sauta Ilèana pour barrer la porte. Attends un peu, bredouilla-t-elle de nouveau. Assieds-toi.

Un bouclier de verre s'élevait entre eux.

La voix de la jeune fille scia le verre :

- J'ai honte, mais je ne peux plus mentir.

Stèlor posa sur elle ses yeux, comme deux lacs limpides et froids sous le ciel bleu d'automne tardif. Lacs immobiles qui gèlent sur les cimes des Carpates.

- Quand je suis sortie du spectacle et qu'on se trouvait les yeux dans les yeux … Non, je ne me suis pas trompée ! J'ai senti que c'est toi l'homme pour lequel je donnerai ma vie !

Les forces de la jeune fille s'évanouirent. Stèlor serrait les lèvres, comme s'il avait un goût déplaisant dans la bouche. Il promena son regard sur quelques tableaux travaillés finement à l'aiguille. Se tourna vers les rideaux spumescents qui tremblaient aux fenêtres.

- Se faire des illusions peut arriver à tout le monde … exprima-t-il enfin, compréhensif. Ironique.

Certainement, ce n'était pas la première fois qu'une personne indésirable tombait amoureuse de lui.

- J'ai fait une gaffe … murmura Ilèana au bord des larmes. J'ai anticipé l'invitation de monsieur Dona. Mais je ne pouvais plus te voir … là-bas !

- Des gens bien ! trancha Stèlor.

Ilèana se sentit glisser sur un versant boueux, mais ne s'arrêta pas :

- Ninette est moche, hypocrite, stupide …

- Ce n'est pas élégant de médire d'une amie. La laideur d'une parole enlaidit la bouche qui la prononce.

Et après une pause, en contemplant les joues rouges d'Ilèana :

- Es-tu si méchante ?

« Qu'ai-je donc fait ? » se reprocha la jeune fille. « Que d'erreurs ! Il la défend, et moi, je suis condamnée. »

- Est-ce que tu te crois belle ? lui demanda-t-il, amusé, un peu méprisant.

La jeune fille cacha son visage : oui, elle avait eu cette conviction, mais en ce moment, elle doutait de tout.

- J'ai été invité pour ses mathématiques, et la pauvre petite s'est éprise de moi.

- Elle aurait pu s'éprendre de n'importe quel répétiteur, s'emporta de nouveau Ilèana. Ninette reste pendant des heures – derrière le viseur qui surveille le bistrot – pour voir des hommes. Elle demande au garçon de la chatouiller !

- Je n'en crois pas un mot ! Cette fille a des yeux si innocents ! Quant aux autres défauts, c'est difficile d'être parfait lorsqu'on est jeune.

Ileana se remémora certains conseils de Marie et les cita :

- Quand la jeunesse des êtres indignes passe, la folâtrerie, la beauté, la grâce, tout s'en va. Il ne reste que l'égoïsme, la déloyauté. Il ne reste que la perfidie, le sadisme. La bêtise …

- Il vaut mieux avoir une épouse bête, qu'une qui en sait trop.

- Mais non ! sursauta Ilèana indocile. Un mari ne se contente plus aujourd'hui d'une femme qui ne soit pas intéressante, avec laquelle on ne peut pas échanger un mot ! Le foyer, c'est l'univers des époux !

- Vraiment ? … Où as-tu appris cela ?

La jeune fille se calma, confondue.

Dans les yeux de Stèlor ondoyèrent les glaçons qui se dégivrent au printemps, là-haut, dans les lacs des Carpates :

- Mais je ne pense pas encore à me marier, sourit-il, en se levant.

Ilèana soupira comme si elle avait ôté un poids oppressant : il était donc libre !

Une suave douceur patina les tapis aux teintes pastel, cerna les meubles. Tous deux furent enveloppés d'une onde rose. Un filet luisant se posa paisible, sur les sommets de leurs têtes. Ilèana leva ses pupilles en larmes. Écarta les doigts des mains, comme si elle avait voulu dessiner le visage aimé. Ensuite, elle murmura les mots d'Auréline, écrits pour elle :

- « Oh Stèlor ! Es-tu de brume ou de neige ? Es-tu dans un miroir ? Ou es-tu la lumière même, que je ne puisse pas te toucher avec mon amour ! »

Le rêve qui faisait resplendir l'expression d'Ilèana, se réfléchit un instant sur la face marmoréenne du jeune homme. Sur cet ovale étroit aux lignes séraphiques.

Mais aussitôt ce reflet s'éteignit. Bien élevé, l'ingénieur s'inclina pour sortir.

« Il est parti ! parti ! » soupirait Ilèana.

« Ta liqueur magique, Auréline, fera-t-elle des miracles ? »

*

* *

\- Vivat ! s'écria Dona tout trempé en poussant la porte de la cuisine.

Derrière son père, Lionel jeta son capuchon ruisselant d'eau et leva la main :

\- Hourrah !

\- Dépêchez-vous, mes chéris, baignez-vous en hâte, leur conseilla Marie. … On a oublié que Stèlor dîne avec nous ? Dans une heure, il sera là ! Toi, Lionel, tu es allé de l'autobus directement à la mine ! Avec ton rhume !

\- Écoute-moi Marie, Marioira ! Les enfants ! Nous sommes riches ! Heureux ! J'ai trouvé une géode d'or ! Quelque chose de fantastique !

\- Une merveille, s'extasia Lionel à son tour.

Dona embrassa fort et fougueusement sa femme, Anne, Auréline, et enchaina :

\- C'est inouï ! De l'or natif qui dépasse quatre vingt kilos, peut-être cent ! Je me suis retiré à temps de l'association des concessionnaires ! De toutes façons, Bénesco va me féliciter, il reste un vrai mineur de race, pas comme ce Poignard malfaiteur, qui doit tomber d'apoplexie.

Anne se sentit soudain soulagée – quelqu'un faisait enfin échec à son ennemi mortel. Marie la serra contre sa poitrine :

\- Tu nous as porté chance ma petite Anne.

\- Mais il ne s'agit pas de quantité ! reprit Dona. La minéralisation se trouve dans une géode ! Une géode énorme.

- Gé-ode ? … Gé-ode ? articulait Auréline.

- On dirait un tronc d'arbre creux, essayait de décrire Lionel.

- Un roc de forme à peu près conique, évidé à l'intérieur, précisa le père.

- C'est ça ! confirma Lionel … Mais il a fallu qu'il pleuve dedans une bruine d'or qui a dégouliné sur la paroi interne. Les fils minces, écoulés tout au fond, couchés parmi les cristaux de quartz, ont l'apparence d'un tissu d'or diaphane, rangé en pile.

- Si Auréline la voyait, railla le père, on ne pourrait plus jamais lui faire admettre qu'elle ne puisse pas devenir fée …

- Oui, Auréline, reprit Lionel esquissant d'un geste un voile de fée chatoyant, plié à l'infini et replié.

- C'est vrai ? C'est vrai ? sautillait Auréline en poussant des cris d'allégresse. Papa ! Lionel ! Vous êtes Christophe Colomb ! Magellan ! Prométhée ! … Puis-je essayer moi aussi le voile ?

- Comment, l'essayer ! pouffa de rire son père. Dommage que je ne puisse pas te l'offrir pour ton anniversaire. Mais il n'est pas dépliable. On n'y touche point, de toute façon.

- Et si c'était un vrai voile ? Je pourrais en faire l'essayage. Serait-il miraculeux ?

Anne commentait en elle-même :

« Si Auréline se pare de cet étrange voile, on ne la verra plus. Je crains sa transformation en fée pour toujours. Elle en est capable … »

Marie ne pouvait plus s'arrêter de rire aux éclats. Adrien non plus.

- Regardez qui critique les émissions de la radio ! Regardez qui proclame que ceux-là veulent rabaisser le monde au plus bas niveau ! Une bambine qui croit que les fées existent ! Une bambine qui veut devenir fée !

- Je pense, papa, intervint Lionel – en observateur qui avait assisté à la découverte d'un trésor – que notre peuple a imaginé tant de splendeurs extraordinaires, justement parce qu'il a trouvé dans la nature des éléments qui peuvent inspirer.

Ilèana, vêtue d'une ancienne robe de bal de Marie, entra dans la cuisine, et Lionel se tut. Il prit le linge propre et s'empressa vers la petite salle de bains qui s'ouvrait tout au fond.

Marie Dona mit dans les bras de ces trois filles les plateaux disposés d'assiettes, de verres et de couverts, pour dresser la table dans la pièce où il y avait le piano droit. Et porta elle-même avec son mari une petite table chargée d'une bouteille de vin et d'une cruche de mout fait à la maison pour les enfants. Les entrées. Un panier de raisins. La pâtisserie roumaine farcie de pommes râpées. Enfin, le merveilleux gâteau de fête, aux noix.

- Nos trois filles m'ont aidée à la préparation, complimenta la mère.

- Et bien sûr, tu les as envoyées pour d'abord en faire goûter aux passants, d'après la tradition ?

- C'était des chercheurs de blé, chéri …

- Hum … Que ça sent bon ! flaira Dona vers le four où le canard à la choucroute attendait au chaud. J'avais oublié que le jeune ingénieur serait notre hôte pour l'anniversaire d'Auréline. J'ai couru à la Poste avec Lionel pour télégraphier à l'Académie, à l'École Polytechnique.

- Le trésor est donc si important ? Si rare ? s'étonna Marie.

- Presqu'unique dans l'hémisphère nord. Seulement en 1936 on a trouvé une géode pareille, dans les Carpates Occidentales, mais beaucoup plus petite.

*

Dès que Lionel fut prêt, le père entra dans la salle de bains. Sa femme remplit d'eau la baignoire, ranima le feu et réchauffa la grande serviette.

Adrien racontait avec engouement :

- Il y avait là une intersection bizarre de couches rocheuses … j'ai considéré la direction des méridiens et l'angle du filon supposé … Avec une grande précaution, j'ai sondé la roche, car ma trajectoire est toute percée de haut en bas, et de long en large, depuis le temps jadis. Nos ancêtres, ont-ils soupçonné beaucoup d'or ici ?

- C'est pour cela qu'ils l'ont inscrit sur la plaquette, lui rappela Marie.

- Crois-tu, chérie, qu'on soit sur le chemin du Cœur d'Or ? Je ne l'ai pas encore entendu battre …

*

*   *

La pluie tambourinait sur le toit, se jetait en torrent et cascadait hors des appentis. S'écoulait en goûttières, tumultueuse et gargouillante. Son bruit retentissait dans la chambre. Un faible courant frisquet de mauvais temps et feuilles flétries s'insinuait par les jointures des fenêtres. Les gouttes cinglaient drues les vitres extérieures, mais dégoulinaient comme les pleurs des êtres débiles, échoués dehors et transis de froid, qui raviraient le bonheur intime de l'intérieur.

Le feu crépitait dans le grand poêle de briques. Sous l'abat-jour de la lampe, les visages avaient un sourire de joie. La joie de toutes les familles roumaines réunies paisiblement, quand elles espèrent, comme les perce-neige sous la neige.

Les enfants dispersèrent les chaises pour frayer un chemin à Ilèana vers la pianine.

Les cils d'Anne laissèrent filtrer une lueur noire, humide, adoucie. Elle n'avait jamais vécu un tel soir. Anne les aima soudainement tous : Marie, avec son savoir de ce qu'il sied à chacun. Son mari, qui couvait Auréline des yeux pour la brillante interprétation d'une pièce de Mozart. La petite Auréline, comme une palpitation d'étoile. Ilèana, exaltée par ces heures propices. Et son magnifique Stèlor. Mais surtout Lionel !

Maintenant, Lionel se tournait vers Anne pour la convier à l'analyse de la sonate. « Ce jeu d'étincelles … ». Mais dès le début, Anne

107

l'avait trouvé surprenant.

Après le repas et la discussion sur la géode, dès qu'ils avaient chanté « joyeux anniversaire » à Auréline, qui soufflait ses treize bougies, et que Dona eut annoncé les compétitions habituelles :

- À nous !

Lionel sollicita :

- Un concours de poésie !

Ce qui avait apeuré Anne.

Mais Lionel était venu à son aide pour les quelques strophes exigées en réponse. Puis, avec beaucoup de gentillesse, il lui avait promis ses volumes de poésie. Les volumes qu'il gardait jalousement.

C'est au passage d'Ilèana que Lionel se congestionna comme si on lui avait collé sur les joues de minces pétales de coquelicot.

Anne, malgré une sagacité perspicace, ne sut pas percer les pétales. Un soupçon l'assombrit : Lionel s'éloignait ! Ses doutes recommencèrent leurs tourments ! Elle glissa vers sa droite un regard, sans comprendre ce qui déclenchait la rougeur de Lionel, que sa mère aussi observait.

Pendant ce temps, Ilèana cherchait des yeux les yeux de Stèlor. Ce jeune homme l'ignorait. Il commentait avec importance la façon dont les époux Dona élevaient leurs enfants. Ilèana se contentait de suivre les paroles de Stèlor, ses rares inclinaisons de tête, la mesure avec laquelle il approchait des lèvres le verre de vin. L'espoir s'entrevoyait sur la figure d'Ilèana comme des lumineuses ondes qui évoluent sous la surface de l'eau.

Après chaque œillade jetée dans cette direction, Lionel se retournait vers Anne. En réalité, Lionel évitait Ilèana, comme on s'esquive devant le soleil aveuglant. Il ne l'avait pas rencontrée auparavant, et, à l'arrivée de la mine, en la voyant, le garçon fut emporté par un vertige incendiaire.

Cette vision angélique était pour lui le destin qu'il devrait poétiser. Lionel avait l'impression qu'elle dépassait tout. La beauté des légendaires muses s'effaçait en sa présence. Comme il connaissait en quelque sorte la poésie, les poètes et à peu près qui les avaient inspirés, il se sentait dans leur monde. Avec une lyre devant sa bien-aimée, sans doute va-t-il devancer tous les aèdes, en amour versifié.

Car Ilèana, la personnification de l'idéal, était en même temps vive ! Se considérait-il plus chanceux que les précédents troubadours ? Les songes de Lionel s'étoilaient. Des images et des rimes se mirent à sourdre de son être brûlant pour sa muse.

« Amour jailli du temps blanc des âges ... » scanda-t-il en lui-même.

« Paysage lilial des vergers, son visage.

Ciel bleu effeuillé, aux lueurs des yeux.

L'automne roux, les cheveux en remous ».

Lionel sentit son front en sueur, comme tout grand créateur qui a fini un chef-d'œuvre. Il respira profondément. Répéta les vers. Prononça les paroles l'une après l'autre. Récita la strophe en cadence rythmée. Puis voilà que Lionel douta de sa magie :

« Automne roux, les cheveux en remous ... Ce vers me parait astreignant pour la prononciation.

La rime « bleu » ... « yeux » ... trop banale.

Mais : « Le bleu effeuillé aux lueurs des yeux ... », c'est autre chose !

Je changerai le dernier vers, c'est tout. Quant au rythme je me moque ...

Lionel reprit la strophe :

« Amour jailli du temps blanc des âges ».

« ... Personne n'a pu créer un vers pareil ! »

... Si la jolie fille savait qu'il pourrait la rendre immortelle ! Si elle savait ...

Lionel passa discrètement un bout de papier à Auréline, et pendant que la cadette lisait, il murmura :

- Je pourrais faire d'elle une autre Véronica Miclé ! Une Julie ! Béatrice même !

- Plus encore, l'encouragea Auréline.

Les joues de Lionel flamboyaient. Son cœur était l'incandescence en éruption. Qu'il ne se trahisse !

- Quel est ton avis, Anne ?

- Mon avis ?

- Béatitude artistique ... divagua le garçon.

La mère tira la chaise vers le piano en toisant son fils, inquiète, et passa la main sur le clavier.

Auréline, insatiable de musique, buvait l'introduction orchestrale de l'air, quand Anne lui chuchota :

- Pourquoi n'as-tu pas joué notre sonate ? C'est ton anniversaire !

- Mais c'est la soirée d'Ilèana. Nos hommes ... ne l'ont pas encore entendue.

Ilèana s'appuya sur Marie. Ses cils, mélancoliques rameaux de saules, ombrèrent sa vue. Quand les rameaux se levèrent au vent et ses yeux reprirent l'éclat bleu, Ilèana, se trouva perchée sur une cime dans l'infini. Son battement de cœur ému, retentissait comme d'une énorme cloche qui basculait en l'air. Et la petite courbure de la bouche, devenait vaste voute, arc-en-ciel, d'où surgit, ensorcelante, sa voix qu'auparavant elle-même n'avait pas connue.

L'air de Rosine fut tendre et chaste, et enjoué. Mais la voix d'Ilèana était l'amour sous-jacent, consumé jusqu'à s'anéantir.

Tous remuèrent comme s'ils scrutaient parmi les arbres au printemps, d'où sort le divin chant, sans croire que ce passereau anonyme, soit l'oiseau rare de l'Éden.

Le ravissement qui suivit les embrasa.

Dans un petit foyer perdu parmi les montagnes roumaines, l'amour de l'art accompli prenait les dimensions de l'impérissable.

Marie seule perçut un fantomatique passage devant les fenêtres. Ou dans son esprit ?

« Les ombres ! »

Après l'ovation, les compliments et les vœux animés, Stèlor tint d'une façon indirecte à renchérir ses appréciations :

- Et quand je pense que l'ouest ne connait de la Transylvanie que l'affabulation de Dracula.

Lionel s'y accrocha pour sortir de son vertige amoureux :

- En fait papa, quel est le point de départ ?

- Très simple, répondit le père. Le prince de Valachie, Vlad l'Empaleur, vainqueur et justicier, vient personnellement demander l'alliance contre les turcs à Matias Corvin, fils du roumain Joan Corvin. Mais il est emprisonné et achevé au secret des caves d'une cité : Ciceu. Conscients de leur tort, les occupants ont craint la vengeance de ce grand prince après la mort.

- Je pense, ajouta Marie, que Vlad L'Empaleur, réduit à l'impossibilité d'agir, a dû lui même menacer les tortionnaires de revenir en fantôme et les faire payer avec du sang, son sang innocent.

Tout de suite, Adrien annonça qu'il avait cessé de pleuvoir et la famille accompagna Stèlor au balcon.

À la porte, il se tourna vers la silhouette qui le suivait docile, et d'une voix de violoncelle, demanda :

- Ilèana ?

- Oui, Stèlor … chuchota la jeune fille comme si elle avait rendu son âme, émue par le son du violoncelle.

- Quand est-ce qu'on se revoit ?

Une bruine translucide susurrait en douceur sur les feuilles mortes. Ilèana leva sa tête vers le jeune homme, pareil au narcisse, dans la clarté de lune, poussé là-bas et fleuri uniquement pour se taire, sous la lumière de ses yeux.

Les gouttelettes aux senteurs fraiches qui arrosaient ses joues, glissèrent délicatement vers le menton.

Stèlor aspira le parfum de la nuit, le parfum de l'instant, le parfum d'Ilèana. Son bras eut le mouvement d'un rameau tendu pour passer outre. Mais il chancela, se retira au-delà de la porte et dit bonsoir correctement.

Persuadée qu'il fut sur le point de l'embrasser, Ilèana perdit la tête. Elle voltigea par-dessus les flaques d'eau. Explosa au milieu de tous. Pirouetta. Fox-trotta. Valsa. Puis embrassa Auréline, sa mère, Anne, Adrien. Et Lionel, qui se réfugia dans sa chambre, ahuri, en répétant :

« Le frêle printemps de son visage ! »

*
*   *

Très tard, au salon où les œuvres d'art dénudaient dans le clair-obscur – comme un bain de nymphes – leur beauté mythique, Bénesco lisait. En passant la main droite sur son front, il palpa ses rides horriblement creusées. En même temps, il examina son autre main, posée sur le livre, semblable à une racine blanche.

Bénesco serra ses dents d'ivoire et de platine :

« Que tu es laide, humble vieillesse ! Détestée, chassée, isolée ! Que tu es laide ! Le rêve t'évite. L'espoir t'est interdit. L'amour ? Incompatible avec ton âge … Si tes idées brillent, ta santé faiblit. … Que tu es laide, quand les petits enfants ne sont pas là, pour te réconforter ! … »

Le grand propriétaire se leva triste et commença une promenade solitaire.

… Il y a des gens qui se préparent à vivre jusqu'à la mort. Il y en a aussi qui ne pense qu'à la mort toute leur vie. Mais seul le sage, peut dire avec fierté, avant de mourir : « j'ai vécu ».

Bénesco avait auparavant cru compter parmi les sages. Il se demanda pourquoi maintenant le zèle de son existence devenait litigieux ? Ses précurseurs, ses enseignants, ses dirigeants qui l'avaient entrainé vers des buts prospères, se sont inscrits au livre d'or du pays.
Comment devenait-il anachronique ?

Certes, la probité d'un homme, doit être si limpide, qu'il n'ait pas besoin de défense. Et il ne suffit pas que l'homme soit droit dans sa conscience, pour rendre l'humanité plus droite, mais qu'il agisse avec droiture. Et la droiture, était plutôt claustrée dans son être.

Tout en pensant, le grand propriétaire s'arrêtait devant ses tableaux favoris. Caressait les jambes des statues de marbre. Le jade, l'ébène des statuettes.

Quand il se remit à la lumière du chandelier pour lire, sa main posée sur le livre, lui rendit le monologue élégiaque intimement nécessaire :

« Que tu es laide, humble vieillesse ! … Que tu es laide ! »

*

Le téléphone sonna, insolite.

- Allo ?!

… C'est toi, Vénus ? …

Loin de la considérer mal venue à cette heure, l'homme fut content de changer son état d'âme.

La femme lui confia :

- Je suis malade … Les Dona festoyaient avec ton petit ingénieur, quand j'ai été avertie par le Poignard. Il parait que les Dona ont mis la main sur un trésor !

… Ne serait-ce pas le Cœur d'or ? …

- Le Cœur d'or ?? fit l'homme. Que ce joyau soit réel ? Découvert par Dona ? …

Dans ce cas, nous devons nous attendre à tout. Ne te formalise pas. Le pessimisme de nos principes, nous aide à vivre optimistes, amie …

*

*   *

Au petit matin, Marie alluma le bois dans le poêle encore chaud. Les reflets des flammes, aux couleurs de roses, transparaissaient dans ses traits, leur rendaient une ingénuité d'enfant.

« Une gamine ! » songea dans son lit Adrien. « Malgré sa tenue ferme avec les petits ! »

En évoquant tout ce que sa femme avait affronté depuis leur mariage, il constata qu'elle ne lui avait jamais fait de reproches, qu'aucun gros mot n'était sorti de sa bouche. Marie s'éclipsa par la porte pour lui apporter une grande tasse de lait chaud et de la pâtisserie.

- Tu m'as donné tant de ta vie, avoua Dona.

Marie s'approcha, câline et souriante.

- Et toi ? Combien tu as trimé dans le noir et l'humidité pour nous faire cadeau de ce trophée rare ?

Dona l'embrassa fort, comme tout homme qui est maître sur la richesse et le bonheur, mais surtout qui a des préoccupations concrètes et pesantes :

- Assurons d'abord les enfants, Marie. Si la paix s'avère solide, l'humanité pourrait accomplir des choses formidables. Pour l'instant, tu donneras aux enfants une bonne instruction, mais ils ne doivent pas s'épuiser comme nous, avant de pouvoir s'épanouir dans ce futur que j'entrevois. Lionel et Auréline …

- Et Anne, mon chéri. C'est bon de nous soucier d'Anne. D'Ilèana aussi.

- Bien sûr, Marie …

- L'or ne se rencontre pas toujours avec l'altruisme, souligna l'épouse.

Elle ressentit au fond du cœur les mains généreuses des aïeules roumaines, qui partageaient devant leur porte le pain chaud de la nouvelle récolte.

- Qu'on se souvienne aussi des autres, mon chéri. La chance des êtres honnêtes est marquée par de nobles gestes.

- Ma petite femme, la véritable inégalité des gens réside souvent dans les qualités des uns et les défauts des autres. Nous ne pourrons pas compenser avec de l'or le manque d'intelligence.

- Qu'est-ce que tu es en train d'affirmer, mon chéri ! Tu sais bien que le talent et l'intelligence font souvent bon ménage avec la pauvreté ! Bien qu'aucun sacrifice de l'intelligence ne soit assez grand, face au malheur de ceux qui en manquent.

- Oui … je sais … ironisa l'homme. Les génies ordonnent aux génies de se sacrifier pour le bien du monde ! Mais ils n'apprennent pas au monde à protéger ses génies !

Puis l'homme se tut :

« Elle est tellement habituée à la privation que la prospérité lui fait peur … »

Marie se sentit voilée par l'incertitude. Néanmoins, elle ajouta :

- J'avais pensé aux étudiants. Aux régions frappées par la sécheresse … Aux bébés de ce village. Un petit musée qui tiendrait à l'abri les reliques des Nains.

L'homme se taisait toujours.

- Tu ne dis rien, mon chéri ? …

… Quant à Ilèana … Elle aime ce garçon à corps perdu. Pourvu qu'il n'en abuse pas ! On pourrait, comme de vrais parents réfléchis, l'aider à faire ce mariage.

Dona s'irrita :

- Pourquoi nous dépêcher ? Une déception fortifie.

- Ah non, protesta Marie. Pas de chute pour Ilèana. Et d'ailleurs, pour aucune fille! L'échec en amour occasionne le dégoût de la vie ! La frivolité !

- En général, une jolie fille devient frivole, ou maîtresse en la matière, comme l'aubergiste ! Ma chérie, toi, tu as été une exception …

Marie l'embrassa pour le compliment, sans accepter pour autant la plaisanterie :

- Toutes les jeunes filles sont jolies ou peuvent l'être avec du soin. Pour leurs qualités réelles, ces filles sont prises d'assaut. Mais la plupart de celles qui sont très courtisées restent pures ! Alors, elles sont vraiment vertueuses. Ma tâche est de veiller sur Ilèana qui a recours à nous. Par de bons conseils, par l'exemple de notre vie familiale, son caractère peut se raffermir. Et parce qu'elle est devenue tout à fait autre, depuis l'apparition de ce garçon, il vaut mieux qu'elle l'épouse !

- Marie, je déteste ce précieux ! Il est le bras droit de Bénesco, l'hôte de l'aubergiste, et maintenant, il cherche mon or !

Et en disant « mon or », Dona se gorgeait de toute-puissance, comme un tyran. La femme, sur la pointe des pieds, pénétra dans les chambres des enfants pour allumer les feux.

« D'où provient ce désaccord à l'égard d'Ilèana ? » se demandait Marie.

« Les théories de cette patronne d'auberge, exposées par la jeune fille, lui avaient-elles parues géniales ? Envisage-t-il des partis plus brillants pour Ilèana ? »

Les trois filles dormaient profondément.

Lionel, qui n'avait pas fermé l'œil de la nuit, se redressa sur son oreiller blanc et embrassa la main de sa mère. Feuilleta son cahier.

- Puis-je te lire quelque chose, maman ?

Touchée, Marie s'arrêta : ce garçon lui rappelait toujours sa félicité de se sentir mère pour la première fois, de compter parmi les femmes qui assurent l'immortalité du monde. Enceinte, en tricotant des bonnets, Marie parlait avec le petit que, parfois, elle imaginait pelotonné – le front sur les genoux :

« Comment vas-tu, mon bébé ? »

Depuis, Marie versa sur son enfant le même fluide qui les relia pendant la grossesse.

« Qu'il ne tombe pas ! Qu'il n'apprenne à faire mal. Que les impulsions de l'adolescence ne l'entrainent pas à sa perte ! Qu'il se dépense pour des grandes causes ! Qu'il soit heureux en amour ! »

Et le garçon aimait Ilèana sans espoir …

Absorbée par ce songe, la femme repoussa subitement son tendre état d'âme et se rendit compte, avec objectivité mêlée d'angoisse, que tous ceux pour lesquels Ilèana, comme Anne, étaient des proies perdues, devenaient ses ennemis ! L'invitation de l'ingénieur ne pouvait qu'accroitre la haine de celle qui le souhaitait pour gendre !

Le frisson ! Pourquoi vibrer si fort à ce frisson ?

« J'ai été juste » s'encouragea Marie. « Mais les gens mauvais pardonnent plus facilement les défauts que les qualités d'autrui ».

Avec un grand effort, elle apprécia les images poétiques de Lionel et fit une délicate allusion à la beauté du premier amour.

Le matin pluvieux apparut à la fenêtre avec son visage en larmes.

« Le frisson ! Le frisson ! »

Et d'où viennent ces ailes qui clignotent, noires, dans ses yeux ?

Durant ce temps, la patronne de l'auberge arrivait.

*

Dona, qui s'attardait au lit en précisant ses projets, l'aperçut, dans son jardin, par la fenêtre, et très surpris, se leva vite pour s'habiller. Depuis plus d'un an, l'homme avait entendu parler d'elle, mais, il l'évitait. Peut-être se défendait-il ? Depuis plus d'un an ! Le bavardage d'Ilèana lui fomenta la curiosité jusqu'au refus. Le nom d'aubergiste devenait synonyme d'agacement. Il ne voulait plus en entendre parler.

Mais, comme cette femme était riche, Dona fut flatté qu'elle veuille faire sa connaissance ! … Et qu'il se range, tant soit peu, au nombre des cossus d'or, même dans ce crépuscule roumain de la fortune. L'idée que la diablesse avait des opinions cocasses et qu'elle mettait des fleurs dans sa baignoire, l'amusait. En fin de compte, c'était agréable de faire partie du même monde.

Cependant quand il ouvrit, la femme le regardait, irréel, sans le voir, comme si elle faisait partie d'une peinture en harmonie d'automne.

L'homme vérifia sa tenue.

Souveraine, avec une odeur de poudre fine, la femme pénétra dans le grand hall. Dona lui offrit un de ses sièges sculptés. Fit quelques pas pour appeler Marie.

Alors, Vénus ôta son manteau que Dona dut prendre.

Les délicats effluves de parfum rare l'embaumèrent et il resta, le manteau d'antilope dans les bras. Pendant que la femme, avec ses rondeurs d'agrumes qui murissent au soleil, rajustait dans le miroir sa robe moulée sur les hanches, sur la poitrine.

« Comment est-elle, nue, dans le bain de fleurs ? » se demandait Adrien. Et ne détourna point sa vue de la nuque charnue exhibée de temps en temps, quand elle éventait ses cheveux.

Intrigué, il s'approcha de la glace. À ce moment seulement, la femme le regarda, énigmatique, du mystérieux fond du miroir, jusqu'à se sentir passer ardemment dans les yeux de l'homme. Elle se retourna – des pénitents cils – pour lui abandonner sur le dos de la main l'écharpe légère de soie qui exhalait la chaleur parfumée de son corps. Puis sa paume tâtonna l'écharpe, comme un papillon étourdi. S'y arrêta, magnétique.

« Elle est immonde » constata enfin Dona. Et il contracta sa main pour ne pas la sentir.

Mais dans cette raideur, se réveillait une attente.

La femme leva alors les yeux mouillés de pathos et plongea son regard dans le regard de l'homme, longuement, et ses yeux devinrent deux grandes gouttes d'or fondu, deux grandes gouttes de feu dévastateur.

« Quelle femme ! » s'exclama Dona en lui-même, éperdu. « Elle saurait quoi faire de mon or ! »

À cet instant précis, au fond du hall, Marie se glissa doucement par la porte ouverte. La patronne de l'auberge, tournée de trois quart dans cette direction, la remarqua, mais, volontairement garda Dona sous son charme.

Inquiète, Marie avançait sans comprendre, jusqu'à la bibliothèque d'où elle pu les voir.

Exalté, Adrien regardait Vénus avec désespoir. Avec démence ! Un violent haut-le-cœur secoua Marie, la foudre. Et le monde se raya de ses yeux. L'homme sentit sa présence avec une sorte de commotion. Mais pendant que la patronne de l'auberge partait gagnante, l'épouse reculait, pareille au rivage d'où il était poussé vers le large, loin et seul, sans rames.

« J'ai perdu Marie ! »

L'homme observa le repli de sa femme dans la chambre des petites. À travers le rideau cristallin de la porte, il l'entrevit s'asseoir sur le lit d'Auréline et s'y pencher.

« J'ai perdu Marie ! Je l'ai perdu ! » se répétait Adrien.

Il eut l'intuition d'un imminent appel à l'héroïsme pour tout recommencer.

Dans la chambre, Auréline s'accrochait au cou de sa mère. Et la mère la serrait contre sa poitrine, comme si rien d'autre ne lui restait.

« Si le doute fait souffrir, la vérité brutale peut faire mourir » songeait l'homme. « Je l'ai perdu ! »

Ilèana et Anne se réveillèrent. On entendait les joyeuses voix du Paradis d'où il était chassé. Dehors, il faisait grand jour. Dona chercha ses vêtements de travail, les clefs.

Quand la porte s'ouvrit, l'homme vit encore une fois Marie, mais n'osa rien dire.

« Et qu'est-ce que j'ai fait de mal ? » se justifia-t-il en aparté.

« Je suis homme ! On dirait que toute l'histoire s'écroule pour elle, à cause d'un seul regard coupable ! »

… Il y a des gens qui parlent quand ils devraient se taire, et se taisent quand ils devraient parler.

Dona, si judicieux et responsable, hypothéqua ainsi le destin d'une famille. Peut-être d'un terroir.

Et sortit.

*

*   *

Le grand vent du nord-est s'était levé, froid, et lui fouettait le visage avec des points glacés, incisifs, comme les aiguilles métalliques. Les sapins bruissaient, sombres. Les autres arbres, dévêtus de feuilles, grelottaient. Sous le ciel pesant, l'air des résineux se mêlait aux vapeurs des granges et des buches imbibées d'eau.

L'homme gravit le sentier, en dérapage constant, jusqu'à la mine. Mais le gisement découvert la veille lui parut un fantasme. Il contourna les abords et s'engagea sur la serpentine qui longeait, à droite, les jardins. De temps en temps, il ressentait encore dans la poitrine l'empoisonnée échaudure de l'aubergiste. Et revoyait aussitôt le visage doux et délicat de Marie transformé dans un chaume qui va s'ensevelir. Et ses yeux … Il frémit en pensant de quels yeux sa femme l'avait regardé.

« Je l'ai perdu ! » se dit-il de nouveau. Et s'arrêta devant le bistrot de Sapinet, le village voisin.

Dans le local se dégageait une odeur de vin, tabac et gilets d'agneau humides. À travers la brouillasse fumante, on distinguait les visages taillés en roc, de quelques montagnards poussés loin des maisons, par leurs secrets ennuis. Pour mieux dire, ils étaient tous réunis en conseil, pas aux spiritueux. Et leur conseil n'était qu'une alternance de regards et de silences. Dona se cacha dans un coin. Aussitôt, le patron de la boîte, un homme gai, couvrit sa table d'une nappe des grands jours.

Les autres s'animèrent :

- Tiens ! Dona est venue boire un coup !

- Dis, cousin Dona, ce n'est pas malin de prendre une mine déserte ?

- On s'en sort pas mieux comme contremaître dans la mine de l'État ?

- C'est sa mine ! Elle lui vient de père en fils, les gars.

- Ça, c'est vrai !

- Tu donneras jusqu'à ta chemise pour chaque miette d'or, cousin !

- Craignez plutôt Poignard qui a asséché toutes les petites exploitations. Il joue encore la mauvaise fée.

- Pauvre Dona !

- Vous vous en souciez de celui-là ? Ah ! Ah ! Il appelait l'autre soir des professeurs pour leur vanter ce minable trou bourré d'or !

- Quoi ? !

Les mineurs se levèrent et s'approchèrent. Dona tressaillit comme s'il avait reçu un ordre. Il fallait qu'il aille à la mine ! Qu'il y coure ! Mais une étrange force le clouait sur sa chaise et lui enlevait toute initiative.

- C'est vrai, petit ?

- Et vous ne dites rien !

Les gens devenaient volubiles :

- Quel heur !

- Une tournée de vin pour tous ! Pas vrai, cousin ?

- Vous touchez pas au trésor, peut-être !

- Il veut acheter le trône que le roi va laisser.

- Que dites-vous ?

- Des commérages !

- Cadenas sur la bouche et frein au cœur !

- Qu'on boive à la santé d'Adrien Dona !

- Vous avez eu de la chance dans votre vie, cousin.

- Laissez tomber ! À neuf ans, Dona était orphelin de la première guerre. La récente Occupation fut le malheur de sa famille !

- Mais quelle femme a-t-il et quels enfants ! C'est sa fillette, la petite Auréline, qui, l'autre semaine, dirigeait le chœur !

- Du vin ! Du vin pour tout le monde ! N'est-ce pas, cousin ?

Quelques passants s'arrêtèrent à l'écoute de ce tumulte et d'autres arrivèrent. Dona trinquait avec chacun, et sans un mot, dégustait les vins apportés par le patron.

- Qu'est-ce que tu as ? Ta langue est liée ?

- C'est le pacte avec les esprits de la mine.

- Seriez-vous ensorcelé ?

- Mon petit, je pourrai piocher pour toi …

- Ne lui quémandez rien, pépé, la nationalisation va le laisser bientôt les mains vides.

- Eh, mes petits ! Mais c'est l'âme qui reste, et la langue roumaine des ancêtres.

- Et aussi la chanson, la danse et le costume national ! Que nos fils les transmettent à leur fils.

- Qu'on craigne le temps sans enfants !

Dona ne disait rien, il ne bougeait pas, il ne pensait pas. Le vin ouillait les verres, les tasses, les cruches. Il faisait de plus en plus chaud et cordial. On était de plus en plus gai. C'était un partage d'espoir, une joie que l'or se soit montré à quelqu'un. Il pourrait donc se montrer à nouveau. Et c'était l'un des leurs qui l'avait trouvé.

Les gens se déplaçaient d'un endroit à l'autre, se tapaient sur l'épaule, trinquaient, fredonnaient. Au demeurant, la frairie des boissons, comme à la noce, comme au baptême, où tous étaient heureux, bien qu'un seul se mariât, qu'un seul baptisât son enfant.

- Ce serait pas le Cœur d'Or qu'il a déniché ?

- C'est une géode !

L'agitation bouillonnait dans la tête de Dona. Il gisait comme au fond d'un abysse, où le torrent coulait autour, au-dessus, en lui. Vers le soir, Dona, qui ne dépensait jamais sans mesure, avait les poches vides et resta isolé, sans se rendre compte s'il buvait du vin ou de l'eau. Il ne se souvint pas si quelqu'un l'avait mis à la porte ou l'avait aidé à l'atteindre.

La pluie s'épaississait. Le chemin avait une instabilité bizarre. L'air froid battait des ailes sur son visage. Mais il ne se réveillait pas. Les brumes l'enveloppèrent. Se dispersèrent en farandole. Dona voulut se rappeler ce qu'il avait à faire, quelque chose pour lequel peut-être il devait lutter. Quelque chose dont il s'efforçait inutilement de se souvenir. Son bon sens se débattait au bas-fond, se soulevait à la surface, puis retombait comme une pierre. L'instinct le conduisit chez lui.

En regagnant ses pénates, il aperçut la cuisine illuminée. S'appuya sur le bord du balcon et colla son front sur la guipure de bois humide.

« Marie ! Marioira ! … »

L'eau ruisselait de la gouttière sur sa tête penchée, pénétrait dans son col. Tout trempé, il contourna les marches vers la basse-cour et ouvrit la grange vide. S'allongea dans le foin.

Au chant matinal du coq, Dona se réveilla – la tête lourde et une douleur dans sa poitrine. Au même instant, il fut debout. C'était comme si le dernier défenseur d'une forteresse assiégée, se retrouvait pendant la nuit prisonnier des ennemis. La peur l'étouffait. Il chercha ses clefs. Grimpa le versant.

Le fait que la petite mine au trésor, n'était ni effondrée ni même ouverte, lui parut incroyable. Dans le couloir, l'eau avait envahi le plancher, ce qui exigeait dans l'immédiat de nouvelles rigoles. La pluie crépitait à travers les voussures poreuses, dans un rythme démoniaque. Le rayon de la lampe luisait comme celle d'un impuissant phare devant la mer orageuse. Il y avait quelque chose en lui qui l'écrasait. Quelque chose dont il n'essayait plus de s'affranchir. Et s'il avait essayé, il n'aurait pu réussir.

« C'est la première fois que j'entre dans la mine sans que Marie me dise bonne chance.

Dorénavant, elle ne me le dira plus. Pourquoi l'ai-je perdue ! L'amour ne s'éteint pas si les deux font l'effort de le garder ».

Il se demanda si ce trésor inouï arrangerait les choses.

« Marie » … murmura-t-il, « je l'ai perdue. Avoir à ses côtés une telle femme et ne pas en être digne … Et Auréline ! Si elle apprenait un jour ! »

Le couloir se défonçait. Dona buta contre un coin de roche bizarre. Un amas de pierres et de débris.

« Un écroulement », supposa-t-il. Et il recula pour conclure d'après le soutènement qu'il avait bâti à chaque pas. Tourna la lumière, en haut, en bas, la promena dans tous les coins.

Par terre, ici et là, brillaient de faibles restes et des étincelles.

« Mais c'est ici le bassin du trésor ! »

La géode en morceaux, était vide !

« On m'a pillé ! »

Adrien Dona eut en lui un hurlement d'homme qui se réveille enterré vivant :

« On m'a pillé ! »

Il tourna encore une fois la lampe. Toucha les murs, abasourdi. Les cassures de roche témoignaient d'une large explosion. La torpeur pénétrait le corps d'Adrien.

Ainsi le gel transforme en croute la surface de l'eau et la refroidit par degrés, jusqu'à la transformer en glace. L'homme devenait inerte. L'idée qu'il avait annoncé la découverte d'une telle merveille lui traversa la tête. Il devrait rendre compte à la banque, à qui la vente précieuse était obligatoire ! Il deviendrait la risée du monde ! Et les gens de science ? …

Mais il commença par éliminer les soucis de sa réputation et de ses projets.

« Où est l'or ? » se demanda-t-il, « car l'or appartient à l'État ! »

« La chance m'a quitté … » conclut Dona. Il porta sur son front une main froide.

Au fond de la terre, loin du ciel et des gens. Seul.

« Comment vais-je affronter tout ce qu'il va m'arriver ?

Je n'ai même plus Marioira !

Seul. Et la conscience lourde ».

« … J'ai perdu ma femme ! … La chance m'a quitté », répéta Dona.

« Qu'on affronte l'éventualité des catastrophes, d'un cœur pur ».

L'homme s'assit sur un étoc, les pieds dans la course des torrents.

À travers la voûte montagneuse, la pluie s'égoutta pendant des heures, saccadés, comme un sinistre rire. De temps à autre, un grain, une pierre, tombait à l'eau et ce clapotis vibrait longuement, repris par l'écho. Dona demeura ainsi prostré. Attendait-il la fin de son cauchemar ! Un miracle ! Ou l'anéantissement …

Tard, minuit froid et sombre l'ébranla d'une main forte. Peu après, ce furent les mains des gendarmes qui l'emmenèrent.

*

* *

- Maman, tu vois ? On dirait que ces arbres prosternés, aux mains tendus, nous supplient.

- Oui, ma chérie.

- Maman, tu entends ? Les feuilles sèches qui s'agglutinent à nos pieds nous supplient dans leur patois.

- Oui, chérie, j'entends.

- Maman, toi aussi, tu supplies …

- Oui. Tu le sais donc … Petite larme de mes yeux …

Après avoir accompagné sa mère jusqu'à la haie sauvage, Auréline revenait chaque jour à son piano. Le pathétisme de ses cascades sonores, évoquait pour Anne les sanglots. Pourtant, les mains d'Auréline transcendaient les pleurs du clavier, vers le ciel, touchaient les étoiles.

Marie frappait aux portes. Allant de porte en porte, la mort dans l'âme.

Une expertise aurait pu sauver le père de ses enfants. Mais Bénesco, le meilleur spécialiste, avait pris des vacances. Et l'or disparu, ravivait les anciennes légendes aux lutins, aux mauvaises fées, ce qui effaroucha les mineurs dans la superstition. Personne ne voulait prendre le risque d'une aventure dans le puits des Nains.

Pour pouvoir payer les taxes proportionnelles de la géode, Marie dut vendre la récolte du verger, le foin, le blé, la plupart des volailles. Même sa provision de conserves de légumes et de fruits. Avec une famine généralisée dans les plaines, personne ne s'intéressait aux collections d'art roumain. Quant aux terrains cultivés, qui les aurait achetés ? C'était plutôt la période de donation à l'État, pour échapper à la nationalisation.

Marie ne put garder qu'une vingtaine de poules pondeuses, de la farine et des pommes de terre pour ses enfants. Et comment payer la défense d'Adrien ? La femme se débattait tant, que son effort dépassait sa résistance physique. Elle devenait un fardeau remorqué par son propre désespoir.

Sur son chemin, elle évitait toujours l'auberge. Et revoyait Adrien en extase. Les yeux confondus des amants potentiels. Marie levait alors la main vers sa poitrine, comme pour mieux serrer son manteau. Et de sa paume, elle pressait son cœur, la blessure du cœur, pour empêcher l'écoulement de sa vie.

*

Au pensionnat qui venait de fermer, Marie retrouva madame Nicholson en train de reconduire une commission d'enquête.

- Ces messieurs nous ont fait connaitre les perspectives de la réforme scolaire ... qui d'ailleurs ne me regarde plus.

Presque suffoquée, Marie demanda aux hommes :

- Est-ce que vous maintiendrez parmi les disciplines scolaires la Morale ?

- Non.

- Non ? s'indigna Marie. Abrogez alors les lois qui punissent les immoralités. On ne devra plus accuser ceux qu'on prive de l'éducation. L'ignorant n'est pas responsable !

- L'éducation sera faite par les organisations de masse, lui assura un inspecteur.

La directrice chuchota :

- Je suis malheureuse de vous dire que je n'ai plus d'argent, Marie. Je ne peux qu'offrir le grand piano Beckstein à notre merveilleuse Auréline : quand vous pourrez, venez le prendre.

Marie sentait le besoin de reposer sa tête sur l'épaule de son époux. Mais il n'était plus là. Pour elle, il n'était nulle part.

« Les gens », pensa Marie, « ne rejettent pas seulement les autres, mais leurs propres larmes, leurs cheveux, leurs dents, leur amour, amitiés, pensées. Tout en vivant, les gens déchirent leur vie-même, les gens s'enterrent avant de mourir ! Est-ce la loi de l'autodestruction ?

Ne peut-on rien sauver ? »

Le soir, Lionel arrivait pour les vacances de Noël. Par manque d'argent il devait interrompre aussi ses études. Éreintée, avec toute sa volonté de vaincre enfreinte, Marie se vit entourée de ses quatre enfants. Auréline osa la première, et puis tous en même temps proposèrent à Marie leur travail. À la mine, au dispensaire ... Marie montra les livres préparés en piles pour chacun :

- Il y aura des examens au printemps. Vous n'allez pas vous harasser de fatigue seulement pour manger à votre faim. La mesure de nos efforts quotidiens nous permet la démesure du sacrifice pour un idéal. Pour sauver Adrien, l'important est l'expertise minière.

Sur les glissades vocales de ses hautes gammes, Ilèana souhaita partir pour des pays lointains :

- Comme veut le faire madame Bénesco ...

Marie l'interrompit :

- Notre racine est là, ma chérie, dans la terre de nos ancêtres. À ton apogée musicale seulement, tu pourras te présenter au concert des nations, comme un témoignage de l'art roumain.

*

Très tard, Marie vérifia les fermetures du balcon et ses regards coulèrent de l'autre côté de la rue : l'emplacement persistait sibyllin, tantôt vitreux, tantôt comme une foule d'oiseaux funestes au-dessus de leur proie. Marie referma la porte de l'entrée avec soin – les enfants devaient dormir – et entra chez elle, une petite lampe à pétrole à la main.

En passant devant la glace, elle rencontra ses yeux, comme deux feux croupis, près de s'éteindre, dans un campement vaincu. Elle s'arrêta, mit la lampe sur la table pour s'asseoir. Dans le miroir, ses yeux se rallumèrent, tremblotants comme les cierges mortuaires. D'un mouvement de la main, la femme fit retomber ses longs cheveux châtains sur le dos. Se pencha vers la glace pour mieux discerner les quelques fils blancs rebelles au-dessus du front. Elle découvrit au coin de ses paupières les rides, minces griffes qui s'avançaient, impitoyables, vers les joues.

Une toute petite lampe à l'huile, suspendue aux icônes, se mit à grésiller. Marie s'en approcha et leva la tête. Leva les mains. Toucha les anciennes peintures enfumées, de ces doigts. Posa son front sur le coin d'une icône, comme si elle avait voulu s'appuyer l'âme concrètement sur Dieu.

Devant la porte entrouverte, Auréline avalait ses larmes sans plus oser s'introduire chez sa mère pour l'embrasser encore une fois. Spectatrice cachée dans sa chambre, Anne fut saisie par une révolte qui la transformait de nouveau en charbon ardent. Charbon que le râble broie, jusqu'à le réduire en poudre noire.

« Ce n'est pas juste », se répétait Anne, « que ma mère soit tuée. Ce n'est pas juste que cette famille soit démolie ! … Et le voile féerique d'Auréline, dans les meurtrières pattes d'un Poignard. Ce n'est pas juste ! »

Anne pressa de ses mains le coin de la table. Le serra fort. Jusqu'à faire craquer le meuble de toutes ses articulations. Puis, fonça dans le hall, déverrouilla la porte et l'ouvrit, prête à l'attaque.

Mais la chaotique zone d'en face gisait dans le chaos nocturne. Frustrée, Anne lâcha pied. Ses soupirs d'impuissance furent le prologue des grands sanglots qu'elle sentit dans sa poitrine.

Alors, un soupçon de silhouette, avec le faible sourire de sa mère, chancela devant ses yeux et s'évanouit dans l'atmosphère compacte. L'effet de cette impression fut si poignant, qu'Anne recula. Rentra, le vague à l'âme, et barricada la porte péniblement, comme si elle avait dû laisser dehors sa mère.

- Ma petite Anne ! Seigneur ! Que se passe-t-il dans cette maison ?

*
* *

Dans la même nuit, l'hiver descendit sur le village ses neiges florales, cotonneuses, abondantes, emmitouflantes. Le matin, on ne voyait plus que les fenêtres des mas, comme les yeux vifs d'une existence perpétuelle. Et les fumées, ces respirations bleues, consacrées au très saint mystère d'en-haut.

C'était comme un remerciement de l'Homme. Car le don argenteux du ciel chaperonnait le germe vital. Pour cela, le don de la neige devenait le maillot métaphorique de l'enfançon. Noël n'était plus seulement une fête religieuse d'hiver, mais un symbole de la nature roumaine. Jésus devenait dans le chant populaire, l'espoir qui couve en patience.

Après le premier instant blanc – toujours à l'improviste – les gens remuèrent pour creuser chacun ses venelles de passage vers la fontaine, vers la grange, vers la porte, et aussi à l'extérieur de la cour, tout le long de la clôture.

À l'aube suivante, les enfants du coin faisaient le tour du village pour annoncer de leurs pures voix la Nativité, en frêle joliesse de chansons :

« Réveillez-vous, réveillez, fleurs blanches, fleurs de pommier

La lueur de l'aube est née

Dans un lange de soie givrée. »

« Les petits chanteurs ! » murmura Marie à la cuisine. « Les merveilleux enfants ! Ils ont pensé à nous ... Espérance, regard lumineux de l'Éternité, le préjudice ne peut rien contre toi ... »

Comme les us et coutumes l'exigent, Marie se hâta pour offrir aux petits troubadours des pains chauds, miniaturisés en forme d'auréoles. Ensuite elle prépara les plats traditionnels, malgré son cellier démuni. Après avoir apporté du bois, Lionel notait :

« La neige couvre le village, comme une énorme ourse blanche, couchée, maternelle, contre la terre ... »

De son côté, Auréline, sur une feuille volante :

« L'hiver a mis, dans chaque main tendue, ses larmes satinées ... »

*

Plusieurs jours de suite, les chanteurs de tout âge se succédèrent devant les fenêtres avec les traditions en version dramatique, récitative, ou cantique :

« Recevez-vous le Bethléem ? »

« Recevez-vous l'étoile ? »

« Le chœur des lycéens ? »

Quand Lionel ouvrit pour offrir l'obole de la maison, l'un de ses amis lui chuchota :

- Pourquoi n'as-tu pas participé à notre chœur ?

Et un autre :

- Qu'elles sont belles, tes sœurs ! Est-ce que vous venez à la sauterie ? ...

Dès que les garçons partirent, Ilèana s'égaya :

- Tu vas donc sortir tes sœurs au bal ? On va danser ? On va danser ?

Anne, furieuse, la reprit à haute voix :

- C'est pas vrai ! Dans ce malheur, as-tu envie de t'amuser ?

Auréline se déroba au rôle de juge et recommença l'étude minutieuse d'un concerto. Seul, Lionel resta les yeux grands ouverts de consternation. Sans aucun doute, Ilèana voulait rencontrer Stèlor au bal ! Embarrassée, la jeune fille fut contente d'entendre Ninette qui l'appelait dehors :

- Maman ne me permet pas de mettre les pieds chez vous, lança Ninette.

Elle était vêtue d'un manteau mouton doré à la mode, et le chic de la coupe et du bonnet assortis, donnèrent à Ilèana le recul d'une

Cendrillon vers la cendre.

Dans son cœur piqué par l'humiliation, Ninette ne fit qu'enfoncer le clou :

- Pourquoi ne viens-tu pas au bal ? Tu n'as pas de robe ? Je pourrais t'en prêter une de celles qui ne me plaisent pas. Mais pourquoi tu te sauves ? Tu t'es froissée ? J'ai voulu te dépanner, c'est tout. Vous êtes toujours à la disette, non ?

- Va-t-en, riposta Ilèana. Il n'y a pas de défaut, pas même la bêtise, que l'argent ne puisse recouvrir de son insolence !

Pourtant, tu ne pourras pas longtemps retenir un homme comme Stèlor …

*

Pendant ce temps, Marie cuisinait, s'en mettait jusqu'aux coudes, sans qu'elle puisse pour autant échapper à l'angoisse.

« Après les fêtes, quelqu'un va m'appuyer pour l'expertise ? Adrien ! … L'honnêteté qui n'est pas parfaite, n'est plus honnête …

Où donc se trouve-t-il emprisonné ? Est-il malade ? Rongé par le remords ?

… Cette femme aurait-elle de ses nouvelles ? …

Ce sont les souffrances qui rendent acceptable la mort. Que devons-nous faire ? D'abord éloigner la mort ? Ou adoucir la vie ?

Mes gosses, qu'ils n'en subissent pas les atteintes ! Et qu'ils ne le sachent pas ! Qu'ils n'en apprennent rien ! »

*

C'est grâce à cette discrétion, que les enfants vivaient sereinement leur enfance, malgré leur peine. En plus, Ilèana pouvait rester amoureuse de Stèlor, Lionel étourdi par Ilèana, Anne préoccupée de Lionel. Et Auréline, subjuguée par ses compositeurs.

Le soir même, après le repas, Lionel se mit à raconter les drôleries de ses camarades. Ilèana riait. Anne le regardait. Pendant que Lionel dilapidait les mots, des pluies, des grêles de mots, sous les yeux désapprobateurs de sa mère.

Dans ces pluies, dans ces grêles de mots écrasants, les timides mains de Lionel tentaient de toucher virtuellement les mains d'Ilèana, sans oser le faire. Alors, il se retira dans sa chambre et se mit à écrire.

Une pluie de vers, une grêle. Puis les déchira et les jeta au feu.

Et devant le poêle au portillon ouvert, Lionel regardait les mèches de papier en flammes, comme si c'était la damnation de ses propres doigts qui n'osaient pas atteindre les mains de sa bien-aimée.

*

Vers la fin de la semaine, le roi du pays abdiquait.

Le lendemain, fut proclamée la République. C'était quelque chose de nouveau pour les gens.

Les mineurs s'attardèrent longuement dans la rue. Tournèrent. Circulèrent. Leurs visages tantôt s'illuminaient, tantôt s'assombrissaient. La nuit tomba, ténébreuse.Les clignotements des maisons s'éteignirent vite. Même les chiens se taisaient. Le village s'endormit – ou veilla – voilé de neige. On n'entendait plus que le silence. Un silence gelé. Silence ouaté. Par-dessus la pulsation de la terre. Par-dessus la palpitation de la vie. De ses vœux. De son feu.

Silence.

*

La profusion de la neige persista, intacte, immaculée. Comme une existence mystérieuse, bienfaisante, qui revenait vivre avec l'Homme chaque année. Jusqu'au moment où le Crivets hivernal, summum de tous les vents froids, se leva aux millions de cravaches frigorifiques, flagellantes. Il brouilla les congères. Les pulvérisa. Se transforma, vertigineux, en tempête aux rafales vives, rapides. Accélérées. Galopa, hurlant, tritura les monceaux reformés, dans une plumeuse opacité, qu'il projeta dans la montagne. Amoncela de nouvelles neiges à l'abri, jusqu'aux auvents.

Des jours et de longues nuits, le vent cria, siffla, gémit, sanglota. Poussés par la faim, les loups firent leur solitaire apparition dans la forêt, à la tombée du soir. Après une semaine, la bande de loups sortit à l'orée de la montagne.

Quand les hurlements de la meute percèrent la nuit, du village répondit l'assourdissant chœur des chiens. Les volailles se réveillèrent, et se mirent à caqueter. L'effroi saisit les animaux domestiques, et de toutes les étables, résonna le bêlement, le beuglement, le hennissement. Pendant que le Crivets* aux millions de fouets de glace mugissait, huait, déferlait sur le pays en cavalcades. Et venait, venait, venait …

Collée contre le poêle de la cuisine – le chat sur les genoux – Auréline plissait les paupières comme à l'écoute de l'Apocalypse. D'un saut inattendu, elle se jeta dans les bras de sa mère pour y enfoncer sa tête blonde. Les trois autres – un livre à la main – se taisaient.

- Regardez-moi, ma petite courageuse, essaya de plaisanter Marie. Voilà comme elle entend diriger une telle gigantesque symphonie …

*

Neuf jours plus tard, le Crivets avait péri. Le Roumain s'en dépêtra, comme après les dix vagues de trépignement barbare. Comme après la guerre. Après l'oppression. Avant de se confronter à la nouvelle Histoire, il se débrouillait avec les saisons de la glèbe. Vêtu du manteau fourré, il déblayait les routes. Réparait les enclos. Ce n'était pas le premier tourment de neige. Ni le dernier.

Depuis que l'Homme est Homme, le Roumain a relevé le défi de la nature. Parce qu'il est taillé pour ces rudes hivers et ces étés brûlants. D'après ces généreux automnes méditatifs, et l'exubérance d'un printemps de rêve.

Depuis que l'Homme est Homme. Enveloppée d'un grand châle de laine, Marie osa reprendre ses courses. Père Nistor, ancien mineur, ami du père d'Adrien, la fit entrer dans sa masure.

- Marie, lui dit le vieux. Ne recommencez plus à frapper aux portes. N'êtes-vous pas au courant des nouvelles? N'avez-vous pas écouté la battue dans les bois ? On dit que les coups de fusil, les gens braillants, les appels, n'étaient pas seulement une chasse au loup … Mais une chasse aux hommes.

- Que dites-vous, pépé ??

- Marie, nous vivons des temps difficultueux …

Marie le pria de sa voix tremblante :

- Pépé, nous n'en savons rien. Mais entre nous, les innocents nous devons nous appuyer.

- Marie, vous avez été avec nous pendant l'Occupation. Vous avez toujours pris soin de nos enfants … N'attirez pas maintenant le danger sur la tête des villageois.

---

* vent froid d'hiver Roumain.

- Ne serait-ce pas les ombres du Poignard qui ont été chassées ?

- Voyons, Marie ! répondit le vieil homme, peut-on toucher une ombre ? Les ombres s'en vont et reviennent toujours chez le Poignard par derrière le potager.

Soyez sur vos gardes. Ayez de la patience.

- De la patience ? Combien de temps ?!

Le vieux baissa la voix comme s'il avait peur d'être entendu par d'autres :

- Le temps qu'il faudra au grain pour devenir épi. C'est plus facile de couper au piège, que de s'en sortir …

- Vous êtes plein de bon sens, pépé. Celui qui évite une lutte est un sage. Mais celui qui est en pleine lutte et l'abandonne, est un traitre … Et moi, je suis en pleine lutte ! … À bientôt.

*

Une faible pluie avachit les congères, les fondit ça et là. Le blanc liquéfié orna les gouttières des toits. Marie grimpait vers la mine des Nains, elle avec elle-même, en se parlant.

« Dès le début j'ai su qu'un mal occulte nous guette. Mais j'ai fait le pari de mener les enfants à bon port, même si on doit se battre contre la mort ! Dans ce jeu de forces adverses, l'essentiel a été que la mauvaise complicité des ennemis ne soit pas plus forte que notre bonne entente … »

La femme sentit derrière elle – dans un suivi malaisé – le souffle d'Auréline, et lui tendit la main, accepta d'aller ensemble vers le risque.

Là-haut, après avoir nettoyé la neige de l'entrée, Marie ouvrit la porte de la mine. Un envol funeste parut éclater devant son visage et la fit reculer.

- Que ce soit des chauves-souris ! demanda la femme, qui en fait avait aperçu des corbeaux.

- Quelles chauves-souris ? s'exclama Auréline perplexe.

Marie alluma la lampe à pétrole. Quoiqu'elle eût accompagné deux fois son mari dans la mine, le corridor parut lugubre. En avançant sur une simple raie d'éclairage, elle constata que maintenant les recoins restaient moroses. Des endeuillés rubans remuaient dans l'air. Les étais de soutènement tordaient leurs ébènes, et, au-delà du rayon projeté par la lampe, l'abysse fumait.

Ici, un ennemi lâche aurait pu la coincer sans être vu ni entendu. Car le martèlement des pas, le froufrou des vêtements, le plouf des copeaux et du gravier, se mélangeaient avec leur écho dans un tintamarre irréel. Filtrée à travers la montagne, la pluie ressemblait à l'ébullition de mille récipients sardoniques, où les sorcières mixtionnent.

« Et si on rebroussait chemin ? » hésita la femme.

« Ignorer le péril, c'est accepter d'être détruit par lui. »

La fillette lui pressa la main d'une fiévreuse crispation.

- Ici, Auréline, retint sa mère. Hausse la lampe !

Quelle barbarie ! Quelle différence entre le travail signé par ton père et cette casse ! Les roches abritées, couvertes de poussière, portent des traces. Il y aura des empreintes. Aujourd'hui même, je demanderai de nouveau l'intervention du procureur.

Un caillou visa de quelque part le verre du falot qui vola en éclats et la mèche se mit à fumer. Auréline regarda sa mère qui lui caressa la tête avec un serrement de cœur.

- Maman ! cria Auréline, et un violent coup jeta la lampe à l'eau.

Pendant que dans la galerie aux innombrables bures, l'écho répercutait le choc.

- La mauvaise fée ! dit Auréline en s'échappant vers le mur à une invisible horreur qui passait.

Dans le noir, elle entendit un écroulement lourd. Puis le martèlement de grosses bottes qui s'éloignaient transmettant à l'écho le tapage.

- Maman … chuchota l'enfant épouvantée.

Pour toute réponse, un soupir à peine maîtrisé parvint du sol.

- Maman, répéta la voix de l'enfant, tremblante.

- Chut, chut … fit la mère … On n'entend plus de bruit ? Allume la lanterne … dans la poche.

- Maman ! s'affola Auréline à la faible lueur. Tu es coincée par une grosse dalle.

- Aide-moi, ma fille chérie. Encore un peu. Pousse la pierre avec ton pied.

… Le méchant ne se sent rassasié que par le malheur d'autrui.

- Petite maman … du sang !

- Prends mon foulard, chérie, pour attacher ma cuisse droite. Serre bien fort. Plus fort.

… Ne te donne plus tant de mal pour me tirer par les mains. Je vais me traîner dehors toute seule. Ne t'efforce plus.

… Qu'est-ce que c'est ? Des larmes ? Ou la sueur qui dégouline de ton front ? Pourvu que ce ne soit pas des larmes. La justice, même aux yeux bandés, peut voir. Qui a la conscience pure, doit sortir à la lumière.

*

* *

Le train hantait la nuit, plaintif, avec un geignement de fauve traqué. Lésé. Lionel se réveilla dans le compartiment sans éclairage. Par la fenêtre, il aperçut les brumes étranges, harcelantes, qui fondaient de temps en temps sur les vitres.

Le train se lamentait. Crissait de toutes ses articulations. Courait à travers l'inconnu nébuleux pour s'échapper loin, tel un fauve meurtri, avec des petits dans son ventre.

Lionel se sentit lui-même petit. Depuis quatre jours, il explorait les villes du nord de la Moldavie pour retrouver Ilèana. De l'argent que sa mère lui avait confié pour la nourriture, il ne restait que le prix d'un billet de retour, et sa petite sœur n'avait peut-être plus de pain.

« On reconnaît l'absence de papa, et maman qui est hospitalisée … »

Lionel serra fort les cils pour ne plus la voir, mais les yeux tristes de sa mère devaient poindre sur ses paupières fermées. Il s'allongea sur la banquette de bois. Se mit en boule dans son manteau.

« À la prochaine halte, je ferai demi-tour. Non, je ne la cherche plus, c'est en vain.

Auréline, que fait-elle avec Anne ? … Et ce train qui ne cesse pas de gémir ! »

Le cœur lourd, Lionel s'endormit. À Campulung, il se réveilla étourdi et descendit dans la neige foisonnante.

Au bout de la longue artère principale qui sciait les montagnes, quelqu'un lui répondit :

- Ilèana Ilisesco, infirmière chez nous ? Au dispensaire , plutôt …

Le cœur de Lionel sursauta d'espoir, et sans plus tenir compte de rien, il acheta une boite de bonbons. Sur les marches du dispensaire, il serrait la boite et froissait dans sa poche les poèmes d'amour.

… Et si Ilèana se mettait à rire ?

« Son rire aux éclats de petites luges, sur les hautes glissades ensoleillées … Son rire ! »

Une femme sévère, en tablier blanc par-dessus le gilet de fourrure, lui lança :

- Non, petit, aucune Ilèana chez nous.

Lionel eut du mal à reprendre haleine. Avait-il monté la pente à bride abattue vers l'étoile perchée sur le pic. Mais là-haut, il découvrait que l'étoile était très loin. Qu'il ne l'atteindrait pas !

De retour à la confiserie pour rendre les bonbons, Lionel constata que la boîte de carton s'était écrasée dans l'étreinte de ses bras. Pour arrondir la somme nécessaire au voyage, il frappa aux portes et demanda si quelqu'un avait besoin d'enlever la neige.

Dans une cour, il fendit du bois toute la matinée. Vers midi, Lionel entra au bistrot de la gare et but deux cruches de vin bien chaud à la cannelle et au clous de girofle, comme d'autres bûcherons. Monta dans le train, échiné. S'écroula sur la banquette le visage en bas. Et se dit :

« J'ai noyé mon dernier grain de lucidité dans l'alcool. On se drogue donc, pour faire taire sa conscience. Mais moi, je vais la réveiller !

Papa !

Ma petite sœur !

Maman ! »

Il entendit sa mère :

« Mon fils chéri, à ton âge, on se contente de poésie ! Tu dois devenir un homme ! La conscience, le caractère ! La tête bien organisée ! Une carrière pour devenir utile au monde et pour avoir la liberté de choisir l'être digne de ton amour … »

Lionel était triste de prêter si tard l'oreille aux conseils de sa mère. Mais les paroles d'une vraie mère sont les bienvenues, même très tard. Il les répéta … les répéta.

*

Le soir, le train l'abandonna sur le quai de Rodna, pareil aux vagues de la mer qui rejettent un morceau de bois sur le rivage, après l'avoir longuement rebattu. Lionel se retrouva parmi les gens de sa contrée, au rythme de leurs pas. Les faibles flocons d'un temps mou tombaient dans la fange pétrie par les voitures, chariots, et bottines des passants. Mais Lionel retournait à la maison, et tout lui paraissait ami, même la boue. Il se sentait reprendre des forces et devenir un homme …

Dans un imperturbable isolement, l'hôpital excessivement illuminé donnait l'impression d'un navire moderne ancré dans l'oubli. Coiffée d'un capuchon de laine rouge noué sous le menton, Auréline ouvrit la porte juste à l'arrivée de son frère. Elle ne lui fit pas de reproches, elle ne pleura pas, elle ne se lamenta point. Sans aucun autre mot, elle remua la tête en guise de réponse affirmative à tout ce que son frère lui demandait :

- On a opéré maman ? Puis-je rester auprès d'elle cette nuit ? Cette boîte de bonbons … plairait-elle à maman ? Crois-tu pouvoir attraper l'autobus ?

Auréline inspecta sa bourse pour partager avec lui l'argent du voyage. Sans s'attendre qu'à la station des courses extérieures, bousculée par les tardifs départs, elle allait perdre quelque monnaie dans la neige.

- T'as pas assez d'sous, hein ? ricana un inconnu en la voyant fouiller sa petite poche et compter plusieurs fois sa fortune.

Auréline monta dans un autobus indirect, acheta un billet pour une distance raccourcie, puis descendit au croisement de Sapinet, avant son village. Une femme la regarda par-dessous le bord d'un gros châle qu'elle portait sur la tête.

- Tu serais pas l'enfant des Dona ? C'était pas là ta descente ! Viens coucher cette nuit chez nous !

- Merci, tata … Quel est votre nom ? Pour ne pas vous oublier.

- Tiens ! … Mais tu vas pas faire quatre kilomètres clopin-clopant sur cette cavée ! Avec ta petite lanterne ! Et les loups ?

- Plus de loups, bégaya dans son foulard quelqu'un qui tapait du pied en marge du carrefour pierreux pour se dégourdir.

Ainsi, les montagnards s'éparpillèrent. Et Auréline prit le chemin du Pays d'Or toute seule.

Une petite fille nourrie de rêves et de musique, ne pouvait qu'appeler l'imaginaire pour parcourir ensemble la fuligineuse trouée. Mais son oreille fut sourde aux sons. Ses yeux aveugles à la lumière. La nuit s'épaississait. La cernait. La serrait de près.

À la distance d'une portée de flèche seulement, le chemin se dégagea comme une passerelle par-dessus l'emblavure. Le grand espace tout couvert de neige enlumina une route précaire, défoncée par les tracteurs et les camions. Les faibles flocons avaient rendu gluantes les raies battues sur lesquelles Auréline essayait de se maintenir.

Souvent, elle glissait dans les flaques. Malgré ses bottes de caoutchouc, l'eau sale giclait sur ses genoux. L'amalgame de cailloutis et de terre trempée se colla à ses bottes, formant de lourds sabots.

La petite fille marchait à tâtons, quand elle sentit la pointe d'une pierre sous la plante de son pied gauche. L'eau fangeuse pénétra dans sa chaussure. Ses orteils se ratatinèrent, trempés. Glacés. Le trou de la semelle s'échancra vite, absorbant la boue comme une ventouse. La boue se déplaçait le long de la jambe, qui s'engourdit sous la visqueuse pression.

Auréline tenta inutilement d'ouvrir la fermeture éclair qui s'était coincée. Alors, elle se mit à écoper de ses mains – comme d'un pot – le contenu bourbeux pour soulager le pied. Ensuite reprit son chemin. Pourtant, la botte demeurait une pompe aspirante qui remontait l'eau fangeuse par-dessus bord, comme une fontaine, tout en gardant la pâte à l'intérieur. Cette grosse pâte élastique pétrie de terre et de gravier, s'endurcit. Se fit menottes jugulantes. Épuisantes. Quand Auréline sentit dans la chair un tranchant pierreux, elle voulut pleurer. Crier. La douleur fut vive à couper le souffle. La force l'abandonna. Mais dans un craquement, le caoutchouc trop tendu creva. Les tripes du bourbier se déversèrent de la chaussure.

La petite fille éprouva le besoin de s'asseoir sur le bas-côté pour se reposer, mais n'osa pas le faire. Elle passa la manche de son manteau sur son front en sueur. Et traîna sur un interminable trajet, comme un calvaire, le poids de ses pieds.

*

La giboulée s'arrêta. Au-dessus du village, le massif Inneu habillé de ses argentures étincelait dans la nuit. Le contraste entre ce majestueux paysage et la petite fille, parut accablant. Auréline passait entre les maisons décorées de peintures murales et les portillons de bois sculptés. Seule, dans la rue déserte, à travers l'aboiement des chiens.

Malgré son épuisement, la fillette se demandait avec un déchirement de cœur, où donc vivaient les femmes et leurs filles qui l'embrassaient autrefois ? Celles qui cherchaient jour et nuit sa mère pour une aide, pour un conseil ! …

« Sans doute, aucune n'a su la vérité » soupira Auréline.

« Et même si elles en savaient quelque chose, je leur ai fait la promesse, quand je jouais, de devenir fée. Peut-être m'ont-elles crue ?

… Quand est-ce qu'on a entendu dire dans les contes que les gens aident une fée ? … Ce sont les fées qui ont le devoir d'accomplir le bien pour les gens … »

Un souffle généreux, mélodique, se mit alors à sourdre dans son petit cœur solitaire. Puis quelques fragments musicaux des grands classiques étudiés ou entendus, ondoyèrent dans son ouïe comme si ces compositeurs lui avaient offert un arbre eurythmique de Noël, qu'Auréline touchait, illusoire. Un enchaînement magique d'harmonies vétilles que chacun des maîtres allouaient à la plus jeune pucelle musicienne.

« Ils sont mes seigneurs qui me gâtent … mes confrères, quoi » songeait la fillette entre l'épuisement et le rêve.

À la maison, la lampe veillait dans la cuisine. La petite fille monta les marches et atteignit le châssis. À travers les rideaux, elle aperçut Anne blottie contre le poêle, mais l'ouïe aux aguets et le regard effrayé.

- C'est moi, Auréline …

Anne ouvrit. Auréline avait un sourire presqu'éteint sur ses lèvres bleutées. Les yeux d'Anne descendirent aux pieds de la petite. Elle l'attira à l'intérieur, sur un paillasson, referma la porte et mit vite une bassine d'eau sur le feu. Puis poussa Auréline pour la faire asseoir sur une chaise. Auréline se soumit. Anne lui mit les pieds chaussés dans une lessiveuse d'eau froide, pour pouvoir ôter les bottes en morceaux. Ensuite, elle la baigna jusqu'aux genoux à l'eau propre, tiède et lui frictionna la plante des pieds, les orteils engourdis, les chevilles, avec une serviette de chanvre.

Auréline souriait toujours. Faiblement. Elle mit sa chemise de nuit avec lenteur, but son lait. Se glissa dans le lit de la cuisine et s'endormit tout de suite.

« Quel trajet de supplice pour moi ! Elle est vraiment une petite sœur ! Il ne faudrait pas qu'elle tombe malade ! Pour moi ! » se disait Anne.

Et après un moment :

« Oui, mais je lui ai lavé les pieds. On aurait dit une princesse devant laquelle j'étais à genoux …

Mais non ! Elle n'avait même pas la force de refuser. Un tel chemin dans la boue ! Pour moi … Mais je lui ai lavé les pieds en revanche ! Et la petite princesse m'a laissée faire ! »

*

Un bruit sourd s'éleva peu à peu dehors. Sur ce fond, quelque chose – ou quelqu'un – se mit à frapper fort sur le perron de la maison. Anne pâlit. Ses mâchoires se crispèrent.

« D'après mon trac, c'est le Poignard », se disait-elle.

« Pourvu qu'il ne casse pas la porte ! La courageuse Auréline est si fatiguée ! Comment tenir bon ensemble ? À la première brutalité, Auréline perdrait pied. Peut-être pire ! »

Avec effort, Anne souffla pour éteindre la lampe. Devant l'entrée, les coups devenaient assourdissants. L'effroi s'empara d'Anne. Mais la volonté de défendre Auréline la soutint. Anne posa un petit oreiller sur la tête blonde pour que la fillette ne se réveille pas, puis à tâtons, elle s'arma d'un grand balai, prête à la riposte.

Une tourmente de neige se pulvérisa dans les vitres. Anne comprit que c'était le bruissement du vent hivernal qui envahissait de nouveau le Pays d'Or. Mais sur le perron de l'entrée, les coups se succédaient toujours et lui faisaient serrer très fort le manche du balai. De temps en temps elle jetait un soucieux regard maternel vers la petite fille endormie.

Pendant deux heures, Anne resta en sentinelle, épouvantée, le balai à la main. Quand les coups cessèrent, elle osa parcourir la maison d'un bout à l'autre, jusqu'à la porte d'entrée. Le crissement des gonds et la trépidation des fenêtres se mêlaient au craquement des branches.

Mais à travers les rideaux, Anne ne vit personne. La tempête avait tout recouvert d'une blancheur fraîche, fouaillée par les cravaches du Crivets. Les portillons débridés, par ce vent sans doute, lui apparurent immobiles, naufragés dans une congère. Anne retourna se coucher.

Toutefois, le lendemain, à l'arrivée de Lionel de Rodna, les enfants découvrirent que les volailles avaient disparu. Et que le grenier accessible de l'extérieur, était tout ravagé.

*
* *

Dans le rocher blanchi par la neige, les mâchoires écartées de la grande exploitation minérale – Ferreuse et non ferreuse – La bouche de cendre - avait l'aspect d'une gangrène.

Le propriétaire gêné par le violent passage de l'occupation étrangère, et retenu par la perspective d'une production inutile d'après-guerre, n'avait pas beaucoup investi dans cette mine. Ainsi, les couloirs aux murs escarpés, aux plafonds abattus, sans soutènement, devenaient de vraies passoires pour les petits gaves saisonniers. Les puits d'aération s'obstruaient dans les éboulis rocheux.

- Bonne chance, Lionel ! souhaita Auréline.

Son frère s'avança dans la galerie. Derrière la cadette, Anne regardait sombre. Ses lèvres remuèrent, sèches, sans avoir la force d'articuler un mot. Lionel s'éloignait, gauche, dans une large salopette grise, un chapeau de mineur sur la tête. L'atmosphère moisie le frappait au visage, lui annonçait une longue peine. À chaque pas, il se sentait mûrir, devenir un vieux de vingt ans, de quarante, de quatre-vingt-dix ! L'image de la fille aux yeux bleus, surgit devant lui, comme un flottement d'écharpe. Mais il continua sa marche.

À l'ascenseur au fond du couloir, Lionel balança son falot vers l'entrée, avant d'être englouti dans la bouche de la mine. Dès que les petites filles virent le signal, elles contournèrent le rocher jusqu'au triage des minerais. Il n'y avait là, pour abri, que des hauts toits soutenus par les bouleaux du temps de l'été.

À la première heure, les wagonnets roulants se tamponnaient. Renversaient bruyamment les débris de roches pour que les enfants et les femmes, payés à la semaine, les assortissent d'après le métal contenu.

Mais leur chargement chapeauté de neige pouvait attendre, comme les animaux à l'abattoir. L'humidité donnait aux pierres un aspect crasseux, uniforme et méconnaissable. Et l'assortiment défectueux diminuait le salaire.

Les petites filles s'arrêtèrent ici presque deux semaines pour travailler, sans que Marie le sache. Deux semaines de tempêtes de neige aux envols criards et flagellaires. Malgré l'activité fébrile des mains, Auréline était en état de veille auditive, comme si elle essayait de déchiffrer une partition. De comprendre un secret.

Le vent, aux stridences et aux gémissements humains, s'orchestrait avec les mugissements des forêts, avec le tambour à coups de pierres tombantes. L'orgie de la tempête bâtissait dans son esprit une épopée musicale.

« Auréline apprend la langue du vent », pensait Anne. Elle demanda :

- Qu'est-ce qu'on peut entendre dans ce vacarme ?

- Une symphonie aux tam-tams …

Cependant, la nuit, Anne entendait les soupirs étouffés de sa cadette. Une fois, elle se réveilla aux sanglots d'Auréline et la couvrit de ses bras, par-dessus l'édredon.

- Chuuut … murmurait-elle attendrie, comme s'il s'agissait d'un mioche. Tes parents seront bientôt de retour. Mais ma mère ne reviendra plus. Chuuut … Ne pleure pas. Dis-toi maintenant que c'est moi ta maman, ou ton papa.

Tu veux bien ? Chuuut …

*

*   *

Ce jour-là, le grand vent cravachait si fort, que ses chimères sono-res n'enchantaient plus Auréline. Elle ressentait l'épuisement et la nouvelle bourrasque lui donnait un tremblement continu. Les gants pleins de trous devenaient inutilisables. Ses pieds sans bottes s'engourdirent peu à peu. Le gel ortiait son visage comme une flamme. Pourtant, Auréline résista toute la matinée. Les femmes abandonnèrent la besogne, et recommandèrent aux autres :

- Laissez tomber, les enfants !

Les tourbillons successifs de neige effacèrent toutes traces. Il n'y avait personne à part les deux petites filles pelotonnées devant les amas de brisures, assortissant :

- Pyrite, nickel, cuivre, cobalt, argent …

La neige apportée tournait en rond au-dessus d'elles, se glissait froide sur le sol de béton, pénétrait dans les manches du manteau, sous le col, sous les genoux.

Les doigts d'Auréline raidis sur les pierres n'arrivaient même plus à les relâcher. L'aspérité des pointes s'agrippait à sa peau devenue rugueuse, piquait les fissures guéries et faisait jaillir le sang. Auréline l'essuyait sur l'ourlet de sa robe et continuait le travail. Le sang perlait de nouveau et s'étiolait jusqu'à l'articulation du poignet. Alors, elle l'essuyait de nouveau sur sa robe.

Le monceau de brisures ne diminuait guère. D'après les jets

d'Auréline au rythme ralenti, Anne estima la faible paie suivante et lança :

- Tu t'y prends avec les cailloux comme avec les touches du clavier !

Le corps menu, délicat, d'Auréline, fit un sursaut d'effort. Mais ses doigts refusaient d'obéir et saignaient, rabougris.

- Papa disait qu'on ne doit pas faire ce qui est au-dessus de nos forces, répondit-elle difficilement, les mots entrecoupés par les claquements de dents.

Mais Anne s'obstina :

- Ta maman nous a appris qu'une aspiration ardente entraîne la volonté vers l'accomplissement !

- Vers quel accomplissement ?

- Vers n'importe quoi !

- Non … Nous ne devons pas aspirer à n'importe quoi. Le docteur invité par maman à l'heure de Morale nous l'a conseillé dans ce sens :

« On ne gaspille pas ses énergies pour des petits riens. Nous devons garder nos forces pour un grand moment. Pour un but majeur »[*].

Et la cadette, secouée par le froid, cacha ses mains dans les manches.

- Si, la rabroua irritée Anne. Je m'efforce pour tout ce qui me semble bon et c'est ainsi que je fais des exercices pour le but majeur. Ce n'était pas ta maman qui insistait sur l'importance des exercices ? Même si j'attrape un coquelet, un caneton qui vient aux granges pour picorer … je m'entraîne pour le grand moment !

- Pour un grand vol ! grelotta Auréline.

Anne était hors d'elle :

- Crois-tu que mes mains sont faites seulement pour assortir les cailloux ?

L'allusion poussa Auréline à plonger désespérément ses mains dans l'amas. Et avec une ardeur suicidaire, elle se remit à jeter les dures arêtes irrégulières, en ressentant au cœur leur piqûre.

- Pyrite, cuivre, aluminium, manganèse, cobalt, cobalt …

Le grand patron à son passage fortuit s'adressa au subalterne qui l'accompagnait :

- Pourquoi laissez-vous ces personnes travailler dans la tourmente de neige ? Demain je serai à nouveau réprimandé par le Syndicat.

---

[*] Dr. Michaël Georgesco-Moldoveanu.

… Et ce sont des enfants ! Regardez, même le triage est compromis : L'oxyde de cuivre avec le cobalt !

Anne se souleva sur un genou et regarda aux wagonnets. Fit sonner quelques échantillons Après avoir mesuré avec tristesse la cadette, leva les yeux vers Bénesco :

- Les pierres n'ont pas de cuivre. Elles sont tâchées de sang. Les mains d'Auréline saignent.

- Mais, je ne demande pas de sang ! Je ne veux pas de sang ! J'avais donné l'ordre de ne plus engager les enfants pendant l'hiver.

L'intendant chuchota quelque chose et le patron s'exclama :

- Quoi ! Les enfants des Dona ? !

Mais il s'éloigna dans les tourbillons, rabattant le col de sa fourrure sur la tête. Anne prononça d'une voix qui n'acceptait pas de réplique :

- Lâche ces cailloux, Auréline. Autrement, tu ne pourras plus toucher le piano. Je vais travailler pour toutes les deux, mais tape-moi sur le dos.

Anne se mit à faire étinceler le cailloutis en cinq-six wagonnets à la fois. Pendant qu'Auréline tapotait de temps en temps le dos courbé.

- Plus fort ! Plus fort ! lui criait Anne parmi les chocs minéraux.

… Si ces pierres frappaient le Poignard ! …

Au crépuscule, quand les vertiges de neige prenaient des contours bleuâtres, Lionel surgit tout pâle. Anne haletait en frappant de ses cailloux l'ennemi invisible.

- Anne, repose-toi un peu.

Lionel s'agenouilla pour sélectionner le minerai.

- Chère petite Anne, cela suffit !

Auréline cueillait de ses paumes jointes, les brisures éparses.

« Chère petite », se répétait Anne empourprée; il m'a dit « chère ! » Et remplie de ferveur, Anne éparpilla dans les wagonnets une grêle de débris avec les deux mains.

Le monceau métallifère diminuait.

Après avoir demandé plusieurs fois aux petites filles d'interrompre le travail, Lionel se tut.

Sur le fond de la tempête, ne résonnait plus que le bruit saccadé de l'assortiment. Les yeux d'Anne brillaient toujours. « Chère petite Anne ! Chère ! Il m'a dit : Chère petite Anne ! »

*

C'est avec cette joie au cœur qu'Anne décida le festin. La maison les attendait comme un être vivant, éventé, enneigé. Lionel s'arrêta dehors avec une pelle pour dégager les balcons et les escaliers, pendant que le vent les recouvrait de neige. Puis, le garçon rentra du bois et se retira pour se baigner. Auréline, les mains légèrement bandées, alluma le feu dans la chambre de Lionel. Une savoureuse odeur de rôti provenait de la cuisine. Auréline s'approcha du poêle.
Son frère se dépêcha aussi pour le dîner. Anne garda la casserole couverte avec un enfantin sourire de satisfaction. Puis enleva le couvercle et laissa voir un poulet fumant, gras et doré. Le découpa et le partagea. Lionel prit le couteau, enfonça la fourchette, et les gouttes chaudes et succulentes arrosèrent ses lèvres.

- Mais comment avez-vous cette volaille ? demanda Lionel. Qu'on ne s'endette pas !

- On ne s'est pas endetté, répondit Anne d'un ton sec.

Auréline tressaillit. La conversation avec Anne à l'assortiment des pierres n'était donc pas restée sans suite !

Elle fixa les prunelles étonnées de son frère. Leurs yeux s'attristèrent, se posèrent ensemble sur la place de leur mère, de leur père, se rencontrèrent à nouveau, comme si les enfants se quémandaient l'appui de l'un et de l'autre. Auréline laissa tomber l'aile de sa main. Pencha la tête. Les larmes dégoulinaient sur les joues et gouttaient sur son assiette.

Lionel repoussa le rôti. Trempa sa tranche de pain dans le sel et se mit à mâcher, l'effroi dans l'âme :

« Nous avons sur la table une nourriture volée.

Qu'est-ce qu'on va devenir ? »

Ensuite, il haussa les yeux par-dessus les fenêtres, pour que son regard ne rencontre pas celui d'Anne.

Anne planta ses dents, ostensiblement, dans la cuisse dorée.

Soudain, ses joues se figèrent. Elle resta un instant crispée. Se leva, ouvrit la porte et jeta le morceau dehors, sans même laisser le chat y courir. Comme s'il n'y avait personne d'autre dans la cuisine, Anne ramassa quelques pommes de terre pour les faire bouillir. En attendant, elle éplucha des oignons. Les écrasa de son poignet. Les mit sur la table. Choisit un cœur bien tendre et commença – morose – à le croquer avec du pain.

« Je n'entendrai plus le mot « chère petite », se disait Anne.

« Cette fable réelle a une morale plus cuisante pour moi que tout ce que j'ai lu. »

Rouge de honte, elle se retira pour se laver à son tour. De la chambre des parents qui n'était pas réchauffée, Anne entendit un moment après, une sonate jouée auparavant par Marie. Malgré l'effort pour faire glisser allègrement ses mains sur le clavier, Auréline dut reprendre plusieurs fois l'entame de la sonate.

Anne écouta un moment, de la cuisine, tête baissée. Peu à peu, cette musique lui pénétrait le cœur tourmenté, comme un soupir douloureux de sa mère. Comme la présence rassurante de Marie. Après avoir longuement hésité, Anne alluma une petite lampe à pétrole et se montra sur le seuil de la chambre au piano.

« Tu vas t'enrhumer », voulut dire Anne. Mais Auréline bondit au- devant d'elle. Et l'espace d'un flash de lampe, Anne put apercevoir les traces de sang sur le clavier.

« La voilà tremper les doigts dans les densités voulues », se dit Anne.

« De la boue, de la neige et du sang ! Mais je ne vois pas comment serait-elle plus avancée de cette façon. »

Un peu plus tard, Anne revint chercher Auréline avec une sorte de souci maternel. Auréline se trouvait debout à la fenêtre. Dehors, d'immenses oiseaux de neige déportés par le vent, battaient l'air de leurs ailes blanches.

De temps en temps, ces illusoires volatiles plongeaient dans les congères. Culbutaient sur la pente du jardin. Se jetaient de l'autre côté de la route, en lutte avec les ombres ombreuses.

Ailes blanches, déployées jusqu'au ciel. Ombres mornes, enroulées sur un croassement funeste. Ailes blanches. Ombres enroulées sur le mystère.

*
*   *

Lionel s'éveilla comme chaque jour en sursaut. Les deux fillettes l'attendaient, prêtes à partir. Dès qu'ils ouvrirent la porte, le froid vif et urticant les gifla de face. Leur haleine blanchit leurs cils et les mèches de cheveux d'une poudre givreuse.

Les arbres, les bosquets, les fils télégraphiques, tout paraissait fleuri. La neige crissait sous les chaussures comme si ce piétinement l'avait fait souffrir.

Au carrefour, ils furent entassés dans un camion, avec d'autres mineurs. Hommes et femmes, tous regardaient comme d'habitude, avec attendrissement ces enfants. Comme d'habitude, ils s'adressaient à Auréline :

- Alors la petite fée ! Au lieu d'accomplir des miracles tu vas travailler dans le froid ?

- Tes mains, pourront-elles tenir encore la baguette magique pour diriger le chœur ?

*

À La bouche de cendre, Lionel enfonça sur sa tête le casque protecteur, alluma la lampe à flamme et suivit les mineurs. Dans la longue file d'hommes au pas téméraire et tenace, qui balançait les lampes au rythme de la marche, Lionel y accorda la témérité, la ténacité de ses pas, le balancement rythmique du falot.Il sentait que sa pensée devenait mature, que son énergie s'ordonnait dans ce monde.

Ce monde, où la corvée s'accomplit avec sérieux, avec discipline. Là, où l'amour ennoblit la corvée. Lionel comprit que ces gens ne besognaient pas uniquement pour de l'argent. Ils fendaient la pierre comme les grands chercheurs qui dissèquent l'inconnu. Ils donnaient au lourd travail, le sens altier, par un infatigable amour. Lionel s'extasiait devant leurs gestes de colosses qui tournent la massue métallique par-dessus la tête. Il avait l'impression que toutes leurs forces envahissaient le marteau qui frappe. Au rythme des brefs tonnerres amplifiés par l'écho, Lionel s'arrêta auprès du père-Nistor, dont il était l'apprenti.

Le vieil homme souffrant de silicose, toussait fort ce jour-là et buvait souvent du tilleul.Le contremaître plaisanta sur la peur d'être lui-même guetté par la maladie :

- Vous ne voulez plus de nous, pépé ? …

- Mais non, mon fils, protesta le vieil homme. Ne savez-vous pas que je me suis lié pour toujours avec la montagne ? Alors !

Et après une bonne heure :

- Mais non … Je ne vous laisse pas … La montagne est ma bienaimée, depuis mon veuvage.

Au premier dynamitage, Lionel accourut dans la poussière des silices. Remplit le wagonnet à ras-bord. Puis le poussa de sa poitrine, de ses épaules, de ses bras raides. En tremblant d'effort, il prit un fer à pointe pour creuser des rainures et drainer les flaques d'eau.

- Eh ! Quelle mine serait ici ! lui raconta le vieil homme à travers les ahans qui accompagnaient ses coups de marteau. Moi, j'ai entendu dire aux ingénieurs des grandes écoles, qu'ils mettraient ces monts sous cloche de verre … Tellement il y a de trésors là-dedans.

- Mais c'est dur, pépé … Pourquoi avez-vous choisi ce métier ?

- Oh non ! fit l'homme. Le fils d'Adrien Dona peut me sortir une chose pareille ! Mon petit ! … Que c'est beau d'être mineur ! … De voir que tout ce qui brille sous le soleil, jusqu'aux plumes des enfants qui écrivent – c'est toi qui l'as déterré au prix de la vie. Sans métaux, l'homme aurait une pierre dans une main, un gourdin dans l'autre. Ton papa, mineur éclairé, a dû te le dire.

- Puis-je taper avec le marteau-piqueur ? demanda vite Lionel pour ne plus parler de son père.

L'outil massif lui échappa des mains. Le père-Nistor fit un signe de laisser tomber.

- Je n'ai pas d'entrainement, s'excusa le garçon. Ensuite il songea que l'or est chaud et ensoleillé. Tandis que le fer lui provoquait une véritable répulsion esthétique.

La mine contenait presque toute la gamme des métaux, mais la pyrite dominait, avec la silice. Lionel se rappela que les armes sont en fer. Que le peuple a également imaginé en fer les dents des chiens mythologiques … Les portes de l'enfer !

Pendant que les voiles de fées sont tissés d'or, comme celui découvert par son père. Mais le marteau énorme qu'il n'avait pas pu soulever fut comme un défi. Lionel touchait les outils. Les soupesait. Et les outils, magiques, suscitaient en lui le désir de les manier.

- Prends le pic ! lui conseilla le père-Nistor.

Le garçon se mit à taper comme un pivert qui s'obstine à dénicher l'insecte sous l'écorce. Les débris lui sautaient à la poitrine. Son visage se couvrait de poussière, mais la pointe pénétrait la roche. Lionel rayonna. Une lueur d'espoir s'alluma dans les yeux du père-Nistor.

« L'enfant est de bonne souche de mineur. Il revient à la source. »

- Tu seras un vrai mineur, tu sais, dit-il enfin. Les monts vont s'ouvrir devant toi comme les bouches des enfants devant le docteur qui doit trouver le mal et le remède.

Mais si tu deviens un puits de science, pour soumettre ces bisons à la bosse de fer, aux sabots de cuivre, aux yeux de cobalt, aux veines d'or … Si tu arrives à les maîtriser, n'oublie pas les mineurs ! Parce que ce sont eux qui ont d'abord soumis ces bisons de pierre. N'oublie pas que les premiers mineurs ont été les anciennes déités.

En se cachant dans les grottes pendant les calamités glacières, ou en se battant, dans les Carpates, avec des gros rocs, ces dieux ont découvert l'or, le cuivre …

La voix du vieil homme avait une résonance dramatique et chaleureuse en même temps, et Lionel promit :

- Je n'oublierai pas, pépé!

- Voilà que j'ai parlé avec toi pour vingt ans de solitude.

Fais quelque chose pour les mineurs, insista le père-Nistor, qu'ils ne triment plus dans ces mares souterraines comme nous ! Adonne-toi à la sagesse de tes bouquins, et trouve le moyen de dégotter les gaz avant de faire explosion. Quelque chose qui assagisse la poussière, avant que les gens la respirent dans leur poitrine.

- Je vais le faire, pépé …

Le vieux larmoyait en s'efforçant de ne plus tousser. Puis ajouta :

- Les mineurs sont emmurés par la roche qui s'écroule. Ils sont en plus hourdis à l'intérieur, avec la poussière de roche, comme moi. J'ai subi deux Occupations deux guerres et toute une vie de travail sans espoir de détendre paisiblement mes articulations à l'heure du trépas. Je ne possède que les chemises reçues de ta mère à chaque Noël.

Lionel s'enfiévra :

- Je vais tout accomplir ! Tout, pour les mineurs, pépé. Des galeries en verre ensoleillées ... La sapinière, au fond de la mine ...

*

Quand Lionel quitta les viscères de la terre, les mains et les yeux des petites fixés sur les cailloux, s'embrouillaient dans les voiles du crépuscule, déchiraient les voiles du crépuscule, sans plus distinguer les minéraux.

Le garçon les entraîna précipitamment vers le lieu de transport. Mais trop tard. À la place des camions bloqués sur la route, les grandes luges étaient parties en bouscueil avec les mineurs.

Les flocons tombaient dans un essaimage nuageux. Habillaient les enfants de mantelets fleuris. Autour d'eux, un grand calme. Sur les voies ouvertes, personne. Auréline leva un doigt pour faire écouter aux autres le chuchotement des flocons blancs.

- Vous entendez ?

Lionel la poussa en avant :

- Nous rentrons à pied ...

- Sept kilomètres !

- Cinq, par le raccourci.

- J'ai la grande lanterne.

- Et moi, des allumettes, marmonna dans son foulard Anne.

Ils descendirent la chaussée. Traversèrent le ruisseau. Montèrent dans la forêt comme trois apparences blanches. Et la neige tira derrière eux sa draperie épaisse.

*

Jusqu'aux genoux dans les couches de froid cotonneux, les enfants s'avançaient parmi les arbres, sous la chute continue de la neige. Les sapins aux bras ouverts avaient la douceur des aïeuls sous le tamisage du temps. Sans autre moyen de s'orienter, tous les trois s'arrêtèrent attentifs pour surprendre l'écoulement de la conduite d'eau, quelque part. On n'entendait que le susurre aérien des énormes pétales blancs vers lesquels pointait le doigt d'Auréline :

- Vous entendez ?

Une mèche blanche fumante apparut d'en haut comme un fantôme. La brumaille se glissait parmi les arbres et noyait les flocons de neige. Auréline comptait difficilement les pattes des animaux sur les congères.

L'ombre du soir s'empâta dans un brouillard opaque. Lionel allait en avant et avait le souci de projeter de temps en temps un faible rayon de lanterne en arrière. Mais quand le brouillard les enveloppa dans ses draps humides, étouffants, tous les trois tâtonnèrent – les bras tendus – pour ne pas heurter les arbres.

- L'eau ! annonça Auréline.

De quelque part, bruissaient les sources captées dans le collecteur. L'écoulement augmentait son bouillonnement.

- Plus bas, oblique, sur la gauche, précisa Auréline.

- On est parmi les plants, au-dessus de notre mine, fit remarquer avec émotion la voix de son frère.

À la va-vite, il secouait la neige des jeunes sapins.

- Vous ne sentez pas sous le duvet de neige un sentier battu, glissant ?

- Il y en a qui circulent à la lisière pendant l'hiver ? …

Lionel se mit à vérifier au hasard le lieu, de ses pieds. Il glissa dans la direction d'un petit trou creusé entre les roches :

« Ce doit être une renardière ! »

Un roc semblait récemment déplacé. Le garçon achoppa le long d'une étroite arcade en descente. Y promena la lanterne et s'agenouilla sur le bord.

« Une entrée dans la mine ? Une autre entrée ? »

Les petites filles s'y penchèrent aussi.

- C'est pour cela que papa languit au bagne ! chuchota Lionel suffoqué.

Puis ajouta, en sursaut :

- J'y suis ! C'est par là que quelqu'un a pu descendre pour frapper maman. On découvre la vérité.

« Découvrir la vérité », articulait Anne tout bas. « Il y a toujours quelqu'un prêt à la recouvrir … Comme la mort de ma mère ».

L'eau s'écoulait dans le caniveau, impétueuse. Les enfants ne s'attardèrent pas davantage. Ils quittèrent cette mine enneigée telle une malle aux neufs cadenas où les mites rongeaient à leur guise.

D'autres congères avaient transformé la clôture du jardin en un vallon blanc impossible à franchir.

Les trois enfants dévalèrent la piste habituelle des forestiers, en culbutant. Et le brouillard n'osa plus les suivre. En bas, dans le village, des petits cœurs de lumière palpitaient chaleureusement.

C'est en ouvrant la porte de la maison, qu'ils entendirent les hurlements lointains des loups. Les enfants se regardèrent effrayés. Se barricadèrent. Puis allumèrent le feu, se dégourdirent. Partagèrent le brasier entre la chambre de Lionel, celle des parents, et la salle de bains. Ce fut enfin la baignade, la préparation des vêtements et du goûter pour le lendemain.

Anne jetait de temps en temps un regard vers Lionel, quémandait un signe de pardon pour l'histoire du rôti. Mais Lionel ne voyait plus que l'entrée secrète à la mine des Nains. Ses songes gravitaient en spirale concentrique, pareil à l'aigle avant de foudroyer en piqué la vipère sortie sur le grand chemin : celui qui avait pillé la mine.

*

Après quelques exercices au piano, la cadette vint se mettre au lit à la cuisine. La chaleur mettait en feu ses joues, quand elle entendit dehors un bruit de bottes qui trottinent.

- Lionel … Auréline, appela doucement une voix fatiguée. Ouvrez à grand-maman !

- C'est mamie ! cria la cadette et rejeta son édredon. Elle accourut en chemise de nuit.

- Les petits à maman ! Mes poussins !

La mère de Marie franchit le seuil couverte de neige avec des besaces pleines sur l'épaule, un panier à la main droite, un autre à la main gauche. Elle se pencha pour déposer son fardeau. S'échappa de la tendre accolade d'Auréline et tira par la porte entrouverte les courroies de quelques autres besaces et la poignée d'un coffre poussé par derrière.

La cadette cria de nouveau :

- Ilèana !

Lionel entendit ce nom et s'attarda, ému, avant d'entrer. L'amour lui parut ridicule avec la vie de sa mère en danger, le père sur la paille des cachots, et la mine des Nains à la merci du Poignard. Il avait une petite sœur d'une fragilité attendrissante et Anne qui s'accrochait désespérément à lui. Lionel se demanda même s'il aimait toujours Ilèana. Blessé par son indifférence, honteux de ses voyages inutiles.

Dans la cuisine, la cadette sautillait, joyeuse. La grand-mère ôta son manteau fourré, ses châles, et resta dans une longue jupe plissée – la longueur des costumes nationaux d'avant la première guerre mondiale. Elle arrangea ses cheveux blancs humides, et embrassa longuement les petites. Puis se mit à vider ses besaces.

Lionel eut enfin le courage de mettre les pieds dans la cuisine, décidé à ne pas perdre contenance. Ilèana dressait la table et se tourna vers lui, naturelle comme une fleur précieuse qui ne saura jamais comprendre la peine du jardinier. Son baiser imperceptible, distrait, sur la joue du garçon, lui fit sortir des épines par tous les pores. Il se réfugia dans le cellier – pour le rangement des provisions apportées – surpris de son propre agacement.

« Je ne l'ai pas vraiment aimée. Tout s'est trop vite éteint », se disait-il.

Pourtant, Lionel trouva plus raisonnable de se tenir à sa place.

« L'ai-je donc oubliée ? » se demanda-t-il encore une fois.

« Quand on n'aime pas, on n'écrit plus de poésie. On n'a pas de rêves. Ni d'espoir.

… Mais oui, j'ai l'espoir pour papa, pour maman, pour nous tous ».

Lionel se retira dans sa chambre et resta un moment penché sur ses pages de poésie. Voulut-il noter quelque chose ? Les mots refusaient de jaillir pour le retour d'Ilèana. De temps en temps, il feuilletait ses vers, comme on regarde un lys brisé avant de fleurir.

Au souper, Ilèana eut du mal à lui arracher une réponse. Et alors Lionel eut le sentiment qu'il se trouvait en présence d'une nouvelle Ilèana, que l'autre n'était plus.

Mais la grand-mère était là ! Elle avait vendu ses moutons pour prendre soin d'eux.

« Fini de besogner ! Cependant, je dois revoir le père Nistor. Il a tant de choses à m'apprendre » pensa Lionel. « Quand papa va rentrer, je vais travailler avec lui.

Je vais aller à l'école polytechnique pour transformer les profondeurs de mines en parcs naturels, aux rayons diffus de soleil … »

Rêves et songes arrivaient de partout. La pensée du jeune homme était l'horizon où mille hirondelles dessinaient de vives rosaces, apprêtaient le grand envol.

*

*   *

Au long de plusieurs semaines, Ilèana put voir Stèlor une seule fois. Elle se trouvait à la station d'autobus pour envoyer une lettre à Marie. Lui, fier et solitaire, l'avait mesurée comme s'il s'agissait d'un objet sans valeur qui ne mérite pas d'y perdre de l'argent.

« Je suis très pris », s'était-il excusé.

« Quand aurais-je du temps ? Je n'en sais rien ».

Le cœur d'Ilèana se fit tout petit. Pourtant elle pensait :

« Madame Dona va m'emmener au Conservatoire et je serai une grande cantatrice ».

Mais le soir, elle écoutait de son lit le vent froid. Loin du chant. Loin de rêves. Accaparée par les soucis de la famille Dona non moins qu'une Cendrillon par la cendre.

« Et si je n'avais pas quitté l'auberge ? », se demanda Ilèana.

« Si je vivais toujours dans le faste de Bénesco ? … »

*

Heureusement, Marie suivait les leçons des enfants, de son lit d'hôpital. Sa mère allait chaque semaine la voir, avec de la pâtisserie et les thèmes à corriger. Marie guidait la lecture. Indiquait de nouveaux thèmes. Répondait aux questions mises. Parfois, elle écrivait des lettres que le garçon lisait à haute voix dans la cuisine, qu'Anne choisissait de transcrire :

« Au milieu de l'inconnu incompréhensible où nous vivons, guettés par l'imminente disparition, le vrai bonheur de l'Homme est de vivre la beauté morale, cette fierté d'être alpha et oméga d'un instant de lumière ».

« Chacun peut refléter les défauts et les qualités des autres mais on devient ce qu'on a choisi d'être ».

« Le vol est un témoignage d'impuissance ».

« Les gens s'emparent de l'effort du cerveau des autres pour des buts mesquins, surtout pour se vanter avec la création étrangère et pour en tirer le profit.

Oui, c'est abject, le vol des idées, le vol de la création !

Et si quelqu'un réussit, tout en volant, à se faire une renommée, il ne sera jamais le vrai créateur. Il restera toujours l'usurpateur, le vulgaire voleur, que ce soit le seul à le savoir !

L'encens de la consécration monte vers son vrai dieu, même à travers l'imposture ».

« L'Homme de génie peut tout se permettre, les lois des mortels ne s'imposent pas au génie, mais c'est lui qui ne se permet rien de ce qui peut ébranler la justice et la société, la loi morale fait partie de son être. »

*

Un jour, Ilèana put voir de nouveau Stèlor au départ de l'autobus. Le moteur vrombissait. Le jeune homme haussa les épaules :

- Je ne sais pas ce qu'on aurait à se dire !

Ilèana réussit à prononcer timidement :

- On voudrait avoir recours à ta compétence. Lionel a découvert une entrée secrète à la mine des Nains.

Et le cœur de la jeune fille frémissait.

- Voyons donc cela …

- Viens chez nous samedi soir.

- Ah non, j'ai déjà une invitation.

La jeune fille devenait la caillasse décrochée du sommet qui dégringole sans arriver tout au fond pour mourir. Elle arracha pourtant la promesse du jeune ingénieur de se rencontrer le samedi suivant, au carrefour.

*

C'était le soir. Il ventait. Une froide pluie mélangée de grêle épaisse tombait, lustrait les vêtements. Très vite, Ilèana parut trempée dans du gros sel. Humide. Le grésil cinglant lui amortit le visage. Au carrefour, personne. Le vent fouaillait les branches de verre cassantes, sifflait dans les fils du télégraphe. Amoncelait – comme à la pelle – ce concassage de glace phosphorescent.

Pas un être humain dans les rues, pas un aboiement. Chacun se trouvait bien au chaud, dans les maisonnettes parsemées au pied de la montagne. Seul le vent tournait de son fouet les grains cristallins qui obliquaient en vagues averses. Et à l'inverse. Peu à peu, les mains d'Ilèana gelèrent. Peu à peu, elle ne sentit plus ses orteils.

« Oh, Stèlor ! » pensait la jeune fille.

« Peut-être es-tu en train de te battre avec ce temps féroce pour venir me voir. Je voudrais ouvrir de mon souffle une allée fleurie pour toi. »

« … La petite Auréline va frapper l'air de sa baguette magique, pour faire surgir un château de rêve pour nous deux. Mais moi, je courrais vers ton logis, pour y mettre de l'ordre, pour aviver le feu et préparer de bons petits plats pour toi.

… Et si tu veux que je te chante … et si tu veux que je me taise … et si tu m'embrasses …

Oh, Stèlor, vas-tu venir ? … »

Stèlor ne vint pas.

Il grésillait sauvagement. Il faisait nuit. De l'auberge, la lumière inondait, impudique. La jeune fille fondit en larmes :

« Il a le cœur de me laisser attendre là ! Si madame Dona le savait ! »

« Prends soin de ta santé », lui avait-elle conseillé sur son lit de souffrance. « La santé préserve ta voix. Quand ton chant va triompher, tu auras tout. »

Ilèana repartit vers la maison en mettant péniblement un pied devant l'autre, comme une poupée de porcelaine sur la glissure de la route.

La grand-mère, les petites et Lionel se trouvaient dans la cuisine. Tous attendaient la réponse de Stèlor. Quand Ilèana ouvrit la porte, Lionel interrompit sa lecture et Auréline bondit du lit pour l'accueillir.

Ilèana voulut desserrer les dents, sans réussir. Elle évita les regards qui la fixaient et ôta son manteau.

D'après la lenteur de ses mouvements, les autres se rendirent compte qu'elle était transie de froid. Auréline et Anne prirent ses habits ruisselants, couverts de petites écorces de glace, et les pendirent pour sécher. Les cils d'Ilèana s'allongeaient sur les cernes bleuâtres, en donnant à son visage une tristesse déchirante.

Anne comprit que la jeune fille n'avait pas rencontré Stèlor. Anne comprit vite et fut la proie d'une révolte ardente contre cet ingénieur plus glacial que les glaçons. Sur-le-champ, elle lui aurait passé les menottes ! En frictionnant les mains d'Ilèana et ses pieds avec des serviettes humides et sèches, Auréline riait :

« Auréline est toujours une enfant, elle n'a même pas encore de vrais seins ! » se dit Anne. « Comment peut-elle comprendre ce que c'est, l'amour ? »

La grand-mère demanda, mécontente :

- Ce garçon-là ne t'a pas raccompagné ?

La jeune fille murmura quelque chose.

- Et pourquoi ne l'as-tu pas fait entrer ? Par ce temps de chien ? Il aurait pu se réchauffer un peu. Surtout que tu l'as fait sortir pour nous.

La vieille mère s'approcha de la fenêtre pour entrevoir :

- Il n'y a nul homme dans la rue ...

Ilèana devint visiblement gênée. Auréline se jeta sur les vitres :

- Il a dû prendre le chemin de l'autre côté.

- Où, mon poussin ? Là, c'est un poteau de télégraphe.

- Non, mamie. Je n'ai pas montré le poteau. Stèlor est loin ...

- Dans cette houle, tu peux voir même le prince charmant !

- Et alors ? gesticula Auréline. Ce prince charmant doit être le « garçon ».

- Hum, je crains qu'il soit un charlatan qui te fasse faire du mauvais sang, ma pauvre fille.

- Mamie ! Apprends-moi le crochet, tu me l'as promis ! s'empressa d'ajouter Auréline.

- Maintenant ? Si tard ? Et à Ilèana ?

- Tu m'entends, ma fille ?

- Mamie, raconte-nous de tes légendes. Un conte bleu, mamie, comme du temps de notre enfance, je t'en prie ! De tout cœur !

« Elle aussi a compris », se dit Anne. « Comment Auréline sait-elle tout ? »

La grand-mère contait :

- Saisie par la crainte que son père trouve le feu éteint, Ilèana – Fleur d'acacia – monta dans un arbre très haut et regarda partout, jusqu'à ce qu'elle pût apercevoir, loin, loin, une étincelle. Et partit chercher du feu, sans avoir autre éclairage dans la nuit, que ses longs cheveux d'or …

Ilèana eut un faible sourire pour la cadette. Elle ne voulut rien manger. Embrassa la main de la vieille femme et partit se coucher. Se glissa presqu'inerte dans les draps et tira un édredon. Peut-être une couche de neige ? Elle frissonnait de temps en temps. Ses paupières devenaient lourdes mais cuisantes, impossible de les fermer. La jeune fille ouvrit grand les yeux comme si elle avait regardé dehors par la fenêtre de l'auberge, comme si elle avait vu Stèlor à l'intérieur, aise de l'être.

Une vie entière lui sembla écoulée, depuis le merveilleux soir où Stèlor fut prêt à l'embrasser. Ilèana sourit. Un flot de chaleur l'inonda. Stèlor se présenta devant ses regards, avec les yeux absents, découpés en miroirs bleus. Elle voulut le retenir. Mais il se déroba brusquement, libre et maître de lui, comme le soleil levant qui s'échappe de l'horizon.

Ilèana se mit à répandre des pleurs qui mouillèrent ses tempes, ses cheveux, ses oreilles, son cou. Les lèvres gercées, la bouche entrouverte, la jeune fille soupirait fort. Soudain, le clavier sonna.

« L'air de Solveig », murmura-t-elle. « Auréline joue pour moi … »

La petite fille se maintenait avec effort dans le pianissimo, pour ne pas réveiller la grand-mère qui dormait à la cuisine.

Ilèana suivait la mélodie et se mit à fredonner mentalement. Les mots immortels – simples et confiants dans l'amour – devenaient les siens. Mots de sagesse et de caresse. Mots de sérénité.

Ilèana s'endormit, souriante.

Sans allumer, Auréline continuait l'air. Anne se glissa dans la chambre du piano et mit sur les épaules de la fillette un châle. Puis resta les bras croisés, pour percevoir à travers le clair-obscur, la lueur de rêve de ce visage enfantin, tendu vers elle – ce visage qui ne cessait pas de l'émerveiller.

Dehors, les petites boules de glace frappaient, rythmiques, les vitres, comme les sons d'un orchestre en sourdine soyeuse. Jetaient dans la chambre de menues fulgurations.

Les mains d'Auréline qui frôlaient à peine les touches, avaient le palpite ailé des papillons qui, tantôt se volatilisent tantôt réapparaissent de cette obscurité opalescente.

*

« On donne trop d'importance à ce personnage inhumain », commenta Lionel en lui-même, sans se mêler visiblement de l'affaire.

*
* *

La couche de neige s'attardait en avril collée à la terre, chétive, mousseuse. Et s'effaçait avec des soupirs, comme un être de trop.

Marie Dona, revenue de l'hôpital, écoutait, dans un fauteuil au soleil, la fonte pétillante. Son fils contempla, triste, les cheveux de sa mère devenus argentés en quelques mois, ce visage à l'aspect d'ivoire déterré, à fendre le cœur. Avec ses paupières closes, elle semblait assoupie. Le garçon remonta les marches lentement. La femme le sentit sans donner aucun signe. L'image d'Adrien revivait en elle, perdu en adoration pour une autre. Elle s'inclina, vaincue.

Chaque parcelle de son corps se transformait en larmes, s'écroulait en amas de grains liquides, comme cette neige de trop. L'enfant qui perdure en Homme toute sa vie, l'enfant qui garde, en Homme, la candeur et l'espoir, ce cœur de Marie enfant, voulut soudain se réfugier dans les bras ouverts de sa mère, ou de son père, ou de la forêt, ou dans les pages d'un livre.

Mais les bras des parents restèrent fermés, les livres et les bourgeons. Marie s'écroulait en amas de grains liquides. Semences de pleurs qui se laissent absorber par le sein accueillant de la terre.

« Et les enfants ? » se rappela Marie.

Le jeune Adrien, étudiant, surgit ensuite à brûle-pourpoint dans son souvenir, comme le lever du soleil.

À l'époque, Marie finissait les cours de philosophie, en même temps que la classe de piano. Après un mariage paysan, oint par la confiance angélique de sa mère, Marie suivait son élu sur les terres de leurs ancêtres, au cœur de la Transylvanie.

« Tu seras la reine de nos montagnes » lui promettait-il.

Élans et rêves de la jeunesse, furent l'offrande sacrée, au mythe de l'amour unique.

Marie tenta de voir dans cette évocation l'autre Marie, aux longs cheveux épars sur le dos et aux prunelles pétillantes de joie, courir main dans la main avec son mari, chevaucher dans les montagnes, ensemble, bâtir de leurs bras le nid d'un bonheur si éprouvé. L'autre Marie, la jeune d'autrefois. Qui faisait à présent la course inverse. Un désir insensé de récupérer le temps, se leva dans l'âme de la Marie d'aujourd'hui. Un désir fou de retenir cette fille aux tendres années, de lui reprendre le paradis de fraicheur !

La femme étouffa un appel :

« Ma jeunesse, revient ! »

Mais la jeune, la jolie, s'enfuit riante en contresens de la vie, en arrière très loin …

« Ma jeunesse ! Ma jeunesse ! » hucha follement la femme au désespoir de l'irréparable. Elle suivait toujours des yeux l'autre Marie, la superbe, la fulgurante, l'éclair disparu. Et criait de toutes ses forces, muette :

« Reviens ! Reviens ! »

Tandis que sa chair en grains liquides, s'écroulait vers la terre, dans la terre, comme toutes les semences mises à mort.

« Les enfants ! … »

*

… Le silence fut alors transpercé par une ondine mélodieuse :

« À la passerelle fleurie » …

Aussitôt, la chanson ramena la femme dans le tangible :

- Ilèana, l'air est trop frais pour tes cordes vocales.

- Oh ! ma dame chérie, pleura la jeune fille qui s'approchait.

- Ma petite, sais-tu quel miracle renferme ta voix ? La musique fait renaître, la musique ennoblit. C'est l'art avec lequel un créateur de génie peut changer le monde par ses interprètes.

- Je voudrais seulement que Stèlor m'aime …

- Ilèana, la sympathie de ce jeune homme valait tout juste la senteur évaporée du chardon, sous le coup du soleil – le soleil qui était en toi.

- Stèl, un chardon ?

- Pire encore ! Il t'a laissée attendre dans le verglas, comme un sadique et – d'après le docteur – le sadisme résulte d'un défaut congénital.

- Ah non ! Non ! la contredit amoureusement Ilèana. Stèlor est bon … Pur ! … Son baiser serait une promesse. Un serment. C'est par honnêteté qu'il m'évite.

- Allons travailler, murmura Marie, qui sentait la discussion sans issue. Mais j'ai l'impression que ce Stèlor ne s'envolera guère assez haut pour toi. Vous n'avez pas la même force d'élévation ma chérie.

On peut soupçonner la vérité, on peut la saisir, même si on refuse de l'accepter.

Marie conduisit la jeune fille dans sa chambre, où se trouvait maintenant le piano-forte reçu de madame Nicholson. Ensuite chercha son fils.

*

Lionel avait déplié sur le bureau de son père des cartes, cahiers, rouleaux de papier calque.

- Mon fils chéri, regardons les projets de papa pour l'exploitation aurifère. Tu étais en train de les étudier ? Tu en comprends quelque chose, toi ? Mon bébé mineur ! On aura bientôt la permission de voir papa qui va nous donner un conseil.

… Pourquoi es-tu accablé ?

- Pour papa !

… et puis, tant de camarades se sont moqués de moi, quand j'ai dû me retirer du lycée ! Ils savaient quelque chose de ce gisement extra-ordinaire. Et après ! …

- Ne fais pas cas de ton bonheur, mon fils. Ne confie point ta chance à celui qui est malheureux ! Surtout … surtout … apprends à monter vers les cimes avec les yeux baissés pour savoir descendre le front haut. Les yeux en bas, pour ne pas oublier ceux dont tu t'élèves. Le front haut quand tu as la conscience pure.

- Serait-ce possible que papa eût… articula Lionel difficilement, la mauvaise conscience ? Pourquoi était-il si atterré ? Dis, maman … Et toi qui le gâtais, pourquoi ne l'aimes-tu pas comme avant ?

Pardonne-moi maman … On n'a pas le droit de juger ses parents. Mais qu'a-t-il fait ?

Les joues de Marie parurent poudrées de neige.

« Voilà, mon fils qui me demande des comptes. Il ne m'était pas permis de laisser le père de mes petits anges sombrer dans le désespoir ! L'homme qui inclinait vers le mal arriva ainsi à décliner dans le pire.

Il aurait fallu que je lui pardonne. L'amour pardonne … Je n'ai pas su renaître, même si ma préoccupation majeure a été de le sauver de la prison. » Lionel regardait sa mère avec insistance. La femme comprit que sa réponse était déterminante pour l'honnêteté, pour la constance de son fils.

« Les gamins », poursuivait Marie en elle-même, « apprennent les péchés des parents et quand ils sont prêts à glisser, ils ne se réfrènent plus. Je ressemble à papa, se disent-ils. On fait des coups semblables. »

- Mon fils chéri, c'est un complot qui a piégé papa, s'en sortit enfin la mère. La preuve ? Quelqu'un empêche l'expertise. Mais qu'est-ce que cette nouvelle carte ? La carte du Cœur d'Or ?

- J'ai fait l'esquisse d'après la pierre de papa et Anne a réussi à l'agrandir. Je veux piocher plus loin, s'anima Lionel.

- Mais c'est enfantin !

- Oh, maman ! … Je ne suis plus un enfant !

Lionel prononça les paroles avec une légère nostalgie. Fier en même temps d'avoir mené une dure bataille, comme les vétérans.

- Compte sur moi, maman ! Je vais sauver notre père !

La femme regarda son fils au fond des yeux. Sans aucun doute, il n'était plus un enfant.

Elle l'avait vu s'empourprer d'amour et de pudeur pour Ilèana. Et l'imagina tête en l'air sur les routes de Moldavie comme il l'avait avoué. Quoi donc lui a donné l'équilibre ? Le rappel des conseils des parents, bien sûr. Mais en l'occurrence, la responsabilité et la discipline dans l'effort l'ont plutôt muri. Marie Dona pensa au jeune médecin enseignant invité à l'heure de Morale. Ce docteur avait une vaste vision de l'avenir :

« L'éducation de la conscience.

Une école du sérieux.

Structurer le potentiel de l'adolescent, pour qu'il devienne Homme. »[*] Par ces réflexions, le jeune docteur venait à la rencontre de son mari, et d'elle-même. Dona junior en faisait foi. Et en mentionnant le souvenir d'Adrien, dans son for intérieur, le désir de vivre et d'aimer

---

[*] Dr. Michaël Georgesco-Moldoveanu.

s'empara de Marie.

Mais qu'est-ce qu'il y avait derrière les murs gris de la lointaine prison et dans la tête de l'homme ? Du hall, Marie entendit avec joie Ilèana déclamer. De l'autre côté résonnait tantôt la pianine, tantôt la voix d'Anne. La femme ouvrit doucement.

- Veux-tu reprendre ? demandait Anne – le dos tourné vers la porte.

Auréline parut tendre son esprit vers des sources à peine perçues qu'elle transposait, mélodiques, à tâtons.

« Auréline compose » découvrit avec émotion la mère.

- Tu as modifié ! constatait Anne. Maintenant, ici, j'entends le vent. Ici, les pierres.

La forêt sous l'orage … Les cailloux …

Le vent ? L'eau ?

Le vent ! …le vent … le vent …

C'est drôle ! En hiver, tu percevais des symphonies dans la tempête de neige. Or, à présent, bien installée dans les bras d'Orphée, tu prêtes l'oreille aux souffrances d'autrefois.

Très concentrée, Auréline continuait au piano.

- Qu'est-ce qu'il y a plus loin ? se passionnait Anne. Tu pleures ? Ou tu ris ? Tu ris dans les rafales de vent !

Et cette partie ? Tu aimes quelqu'un qui ne t'aime pas ? Qu'il ose ! Je vais lui apprendre !

« Tiens ! » constata Marie. « Anne aussi a changé … »

Ilèana vint en coup de vent et les petites découvrirent enfin Marie sur le seuil.

- Qu'est-ce qu'elle joue ? s'enquit la jeune fille. J'aime beaucoup ! …

Le soleil envahit le visage d'Auréline. La jeune fille se mit à fredonner en dansant la composition. Dehors, Ninette hélait. Ilèana sortit en vitesse et rentra au débotté.

- C'était Ninette, raconta la jeune fille. Ce qu'elle voulait ? Je n'en sais rien. Je l'ai envoyé promener.

- Comment ? s'exclama la femme. Et si elle avait réellement besoin de toi ?

Mais en soi-même, Marie continua :

« Sauf si c'est sa mère qui l'a envoyée prendre des nouvelles de nous. Elle aime flairer le sang qui coule de nos blessures. »

*

L'exploitation dans la mine des Nains reprit. Le neveu du père-Nistor et André, leur jeune ami, furent d'accord pour un travail à partage fraternel du métal précieux. La mère de Marie mit en jeu ses économies pour l'achat de l'explosif et pour faire doubler le blindage de la porte, l'entrée secrète …

Lionel avec le père-Nistor donnaient les indications d'après les projets d'Adrien : en rectiligne, en spirale, en aval, en amont. L'or ne fut dépisté qu'en bluettes éparpillées. La roche s'avéra stérile. Très rare, une petite fibre courte, une mince feuille pliée en torsade habilement cachées dans le roc, furent cueillies pieusement et vendues à la banque.

Ensuite, le cailloutis se renversait en masses inutiles, indifférentes. Marie et son fils fouillaient fébrilement parmi les versions des projets miniers. Le jour où Marie se mettait en route pour voir son mari, Pierre et André arrivèrent :

- Tante Marie … nous cessons.

La femme s'y accrocha de nouveau :

- Adrien va me donner les directives. Le moindre angle qui nous sépare du rayon indiqué, donne une orientation différente. On s'est éloignés du filon.

- Soit ! accepta Pierre. Mais nos femmes disent qu'on ne paie pas le savon pour notre bain.

*

Marie avait rejoint son mari. Malade, il paraissait une planche de sapin noirci par le mauvais temps. Le cœur brisé, Marie lui demanda de faire l'effort moral de se remettre.

- Pour les enfants ! le supplia la femme.

Il remua la tête, humilié.

- Pour moi aussi, ajouta Marie d'une voix tremblante.

- Pour toi aussi ? … reprit l'homme très ému.

Et Marie éclata en larmes.

*

Au retour, les travaux commencèrent à travers un dédale de couloirs en toiles d'araignée. Les chemins butèrent sous la vaste coupole d'une caverne aux dimensions hyperboliques et aux murailles à gros traits primitifs.

- C'est le palais des Géants ! dit le père-Nistor qui était venu conseiller Marie. On se trouve au premier lieu du commencement du monde ! Du temps des dieux, de l'aïeul des dieux …

À ces mots, les jeunes gens frappés de stupéfaction, laissèrent tomber.

*

* *

À l'orée du bois, Lionel et sa mère attendaient les mineurs amis. L'animation matinale des chants et des ramages leur donnait le courage d'attendre encore. Auraient-ils attendu plus d'une heure ! Veine attente ! Le désespoir de Marie Dona s'échappa loin vers son mari, comme un cri ! Ces portails, ces portails rouillés, verrouillés, entre son âme et le bonheur !

Qu'elle puisse faire sauter leurs cadenas, les briser !

Mais en tendant la main, Marie touchait dans l'imaginaire la froidure, l'impassible fer.

Anne et Auréline arrivèrent sur les proéminences du puits des Nains. La cadette aperçut sa mère attendant. Les paupières baissées de sa mère signifiaient revers. Mal à l'aise, elle se retira vers la clôture du verger parmi les plants.

L'ampleur du réveil matinal se calma. Auréline s'allongea dans l'herbe. Un narcisse blanc s'accrocha dans ses cheveux. La brise faisait ondoyer sa robe de crêpe roumain ajouré. La fillette contemplait le ciel d'une muette imploration. Dans cette harmonie paisible, son petit soupir fut la plus pieuse prière qui soit montée vers un dieu de justice.

Instantanément, son état d'élévation fut empoigné par une puissante pulsation. Les mains pressées sur sa poitrine, Auréline entendait dans ses oreilles de mystérieuses vibrations, vivaces comme les rondes, attendrissantes comme les *doïnas*. Il semblait que tous les cœurs des ancêtres chantaient en profondeur.

« Le Cœur d'Or ! … » tressauta la fillette.

- Maman, j'ai entendu le Cœur d'Or !

Malgré le sérieux qui lui modelait chaque jour davantage l'aspect, les gestes et la raison, le poète Lionel voulait tant croire à un miracle. Il se jeta à terre, sans déceler aucune palpitation dans le bourdonnement printanier.

Anne aussi douta :

- Peut-être est-ce ton cœur ?

Auréline mit de nouveau l'oreille sur l'herbe.

- Chut … chuchota la petite.

Et Auréline se leva comme un rameau d'olivier annonciateur.

Il semblait que la terre enherbée s'exprime à travers son haleine.

Ou qui sait ? Le souffle d'Auréline insufflait vie à la nature.

Marie se trouvait devant une vision qu'elle n'osait pas croire. Dont elle n'osait pas se méfier.

« Il y a des mystères auxquels on arrive par la voie sensible … comme l'amour », pensait Marie.

Lionel tenait ses pupilles rivées sur la cadette. Il se disait que l'inspiration est celle qui mène à la grande poésie, à la découverte scientifique.

« Jusqu'à la fin, rien ne doit m'étonner d'Auréline », commentait à son tour Anne. « Elle ne cesse pas de m'émerveiller ».

Ensuite, Anne conclut, réaliste :

- On va trouver de l'or !

Après une brève oscillation entre poésie et découverte, Lionel décida :

- Qu'on entre dans la mine !

Marie sentait le besoin de réfléchir. Même si quelque chose d'inexplicable l'attirait dans la même vague, elle voulut gagner du temps :

- Mes enfants, si on fait la moindre erreur, la montagne risque de s'effondrer sur nous. L'homme peut tout reconquérir sauf la vie et la conscience. Notre vie est en jeu !

- Mais la conscience ? riposta Lionel. On ne peut pas ignorer le battement d'un Cœur d'Or …

Ainsi la mère ouvrit la mine des Nains.

*

Quand il souleva le marteau pour frapper sur la pointerole fichée dans le roc, Lionel se considéra sur les hauteurs des héros. Avec un bruit horriblement sec, l'instrument métallique roula par terre, les corridors poussèrent des lamentations discordantes et le jeune homme s'arrêta pour reprendre haleine. Anne, Auréline et Marie se tenaient plus loin, derrière, les lanternes et les falots allumés à la main.

Lionel jeta un regard circulaire pour choisir un autre mur. Chercha dans sa poche les notes de son père. Se mit à déplier une carte. Sortit la boussole et dit :

- À droite c'est notre jardin. Les galeries firent chorus :

- Jardin … jardin.

- Auréline, appela Lionel à mi-voix, entends-tu le Cœur ?

- Le cœur … incitait en sourdine l'écho.

La fillette indiqua de sa main le mur opposé, à droite de la rotonde. Son frère transporta les outils, tergiversa. Auréline colla sa paume, juste sur la limite compacte qui se trouvait dans un renfoncement du mur. Lionel y fixa le fer, puis souleva le marteau avec la conviction que c'était lui le dauphin des dieux Géants, même s'il ne mesurait qu'un mètre cinquante-neuf.

Intimidée par l'évocation des ancêtres tellement illustres, la barre pointue s'implanta comme une épingle dans le mur gris. Ce signe de domination fut pour Lionel une source d'énergie. Après chaque pause, il s'enhardissait, soulevait le marteau et marquait les coups. L'outil glissa subitement à l'intérieur. Cette deuxième couche du mur parut tout à fait différente.

« Peut-être y a-t-il un minerai plus faible ? Un roc infiltré d'or ? » se demanda le jeune homme.

« Ou bien, c'est le voisinage d'une pépite de métal pur ?

À moins que ce ne soit une autre géode ! Ou le Cœur d'Or ! »

Lionel chassa cette supposition. Quoique son espoir ne fût que le poussin qui doit sortir de l'œuf.

Quand il frappa la dernière fois de son marteau, le fer s'enfonça jusqu'à la poignée. Le jeune homme le retira vite. Introduisit avec attention une infime quantité de dynamite. Alluma le bout du fil et s'enfuit en repoussant en même temps les autres. La détonation ne fut pas forte. Ni la poussière trop épaisse. On aurait dit que le vent dissipait le pollen d'un champ de maïs. À travers ce nuage ocre rouillé, de grandes planches s'affaissèrent, frontispices dont les colonnades s'étaient effondrées.

Ensuite, explosa l'or, une cascatelle de braises, de vrai copeaux de buches ardentes, par-dessus lesquels jouaient, en mille flammèches, les rayons des lampes.

Le tintement, la musique des clochettes et cloches d'or s'harmonisèrent dans une rapsodie de rondes qui s'éparpillaient, s'allongeaient en écho. Les couloirs sinueux reprenaient à l'infini le son, les chants, le ding-ding. Tandis que, d'un tréfonds, grondait d'allégresse le Cœur.

Quoique Lionel ne tînt pas tout à fait pour acquise l'idée des esprits miniers, il attendit la capricieuse fée de l'or. Ou les lutins. Ou les Géants …

Mais l'amas du brasier resta immobile, avec des nitescences, à chaque balancement du falot. Et le jeune mineur demeurait les yeux fixés au sol. N'était-il pas étourdi par le souffle de l'explosion. Par le gaz ? Ou, peut-être rêvassait-il à grande bride, évanoui ?

Qu'on sape tant de temps et que ce soit lui qui trouve le fantastique bassin aurifère ? Les joueurs du hasard passent parfois une vie pour tenter en vain la chance. Pourtant, il y en a qui gagnent ! Pourquoi ceux qui ont souffert ne le mériteraient-ils pas ?

C'était de l'or ! Un poète en était le maître réel ! Or ! Or ! … Or ! …

… Mais voilà qu'Auréline s'approche, escalade le vrac des lingots naturels, et ôte ses souliers comme si elle avait dû mettre le pied sur un lieu très pur. C'est alors que Lionel, absorbé par les précieuses mottes, leva les yeux. Le fond trouble, d'où ce trésor avait culbuté, s'éclaircissait pareil au jour naissant.

Dans cette aube, surgit éclatante une gigantesque racine d'or, aux fibres vigoureuses plantées en bas, alentour. Une racine d'or parsemée d'énormes brillants, qui flamboyaient comme les yeux vifs. Ou c'était l'âtre d'un immatériel feu ? Un incandescent autel, aux marches tracées en rayon de soleil. Un vrai cœur, peut-être, dont les artères pulsaient la lumière ?

Auréline monta les marches. À l'oscillation d'une lampe, les reflets furent si intenses, que ceux qui regardaient eurent le mirage d'une fillette qui grimpe nu-pieds sur les flammes. Une bruine de tendres couleurs aspergeait, soufflée par les vents contraires, et voilait Auréline comme un halo. Tout en clignant des yeux, la main en visière, la petite fille scruta la coupole étroite qui s'allongeait vers le haut. Sortit un soupir. Et d'un geste simple, prit la fleur blanche de ses cheveux et la déposa sur l'autel. Sacerdotal.

Soudain, le grondement rythmique des profondeurs s'apaisa.

Auréline se sentait-elle peut-être la pousse de cette racine ? Petite fée vestale de l'âtre au feu invisible ? L'ange de l'autel ? Pour son frère, la fillette s'inscrivait au-delà du réel : dans une Histoire sans époque.

Anne songeait :

« N'est-elle pas le poupon que j'ai dorloté à la place de sa maman ?

Maintenant, comme les fées, Auréline a bien retrouvé le cadre de sa générosité.

Ou peut-être l'apothéose de sa mort ? … »

À cette idée, Anne ressentit un saisissant désarroi avant de pouvoir continuer en elle :

« Auréline s'enivre de cette beauté, comme de celle de la prairie. Mais quel est le beau qui apaisera sa soif ? La nature ? L'art ? La liberté ? L'amour ? Ou bien sa propre mort en apothéose dans ce sanctuaire ? Alors, sa mort serait une immortelle inscription dans la palpitation du Cœur d'Or. Sa mort ? »

Anne se sentit de nouveau troublée.

À la seconde, la mère fut secouée par la crainte que l'enfant qui vivait enfin son monde imaginaire ne soit perdue et s'avança pour la reprendre.

*

*   *

La mine fut scellée. Fermeture avec sirène d'alarme. Vigile, Pierre, le neveu de Père-Nistor.Dans la maison Dona, tous frémissaient d'impatience et d'espoir. Des jours et des jours, ils portèrent sur le visage les reflets du trésor, sans qu'ils puissent communiquer avec le chef de la famille. La fillette, au moins, vivait encore dans le halo du sanctuaire. Des jours d'émotion avant de se réunir sous la bonne étoile égarée chez eux.

- Les petits à maman, d'abord tirez d'affaire Adrien ! leur conseilla la grand-mère en crochetant dans un fauteuil de bois.

- D'abord Papa.

- Papa.

- Qu'on sauve monsieur Dona !

« La famille entière l'aime » pensa Marie.

- Maman, déclara Lionel en chef de tribu. Nous sommes enfin riches ! Après avoir mené à bien nos propres rêves, on fera la charité avec le surplus.

« Qu'est-ce qu'il dit ? » se demanda la mère. « Ce gosse détient des milliards, et ne se soucie point des autres jeunes, des paysannes, des mineurs ?

… Pourrait-il se consacrer à la poésie ? …

Celui qui est mesquin dans la vie ne deviendra pas grand dans l'art ».

Le cœur serré, Marie l'interrompit :

- Mon fils, on n'a jamais de trop et on n'est pas capable de prodiguer en toutes circonstances.

- Bien entendu, maman, une maisonnette à père Nistor …

- Quand on a les moyens pour des nobles utilisations, c'est honteux de jeter seulement une miette à quelqu'un ! répondit Marie désenchantée. Ces gens n'ont pas besoin de notre aumône, mais de la grande part qui leur revient.

Et Marie rappela aux enfants combien le peuple roumain avait sué, ce qu'il avait subi en ces lieux. Que les braves ont versé leur sang pour libérer, pour défendre cette terre.

- Sans Lionel et Auréline, qui ont d'emblée réussi leur coup, cette chose précieuse aurait pu dormir tout au fond … se permit de souligner Ilèana.

- Même si c'était vrai, quel découvreur, quel inventeur a gardé pour lui son chef d'œuvre ? D'ailleurs, le chemin vers l'Idéal est bâti par les rêves, les efforts et les sacrifices de tous …

Lionel se rapetissait dans sa chaise, sous l'œil attentif d'Auréline.

- Quel est votre avis, mes chéris ? reprit la femme. Celui qui utilise la culture et la civilisation, autrement dit, qui profite de tout ce que le cerveau et la peine humaine ont donné, sans rien faire à son tour pour les autres, celui-là est-il un Homme, ou un parasite ?

Auréline se réjouit :

- Petite maman, alors Lionel est un vrai Homme, parce qu'il pense aux mineurs. Il veut introduire le soleil dans la mine. Et les arbres … et le chant des passereaux.

- C'est vrai, confirma toute cramoisie Anne. Lionel veut transformer le marécage de la mine des non ferreux en un parc naturel.

- Il projetait la modernisation des mines, résuma Ilèana.

« Qu'ils sont unis, ces enfants ! » constata Marie.

La grand-mère jeta un coup d'œil vers Marie par-dessus ses lunettes. Les traits de Lionel se détendaient. Il élargit ses épaules. Se rehaussa dans la chaise. Marie lui adressa la parole :

- Pourquoi n'en as-tu rien dit ?

- Père Nistor, expliqua Lionel, prévoyait la fermeture des « Ferreux et non ferreux ».

Ilèana se mit en peine :

- Dans ce cas, madame Dona, que va-t-on faire avec tant d'or ?

- J'ai rêvé, mes enfants, d'une école d'où la jeunesse puisse sortir honnête.

- On est honnête par sa naissance, rectifia la mère de Marie.

- Naturellement. Tout homme normal est né honnête, acquiesça Marie. Mais au passage de l'enfance à la maturité, le cerveau fait un effort si grand pour contrôler l'organisme en développement, que l'être humain devient très vulnérable. C'est pour cela que toute tentative de corrompre le poussin de l'homme est un crime. Et le souci pour l'éducation et la sagesse, est une bénédiction.

- Il n'y aura plus que d'école d'État, lui évoqua Lionel.

- Oui, mes petits. Pourtant, quelle que soit la pédagogie adoptée, les préceptes moraux seront perpétués.

Auréline se leva, lumineuse :

- Maman, dis-nous ce qui est le plus beau à réaliser dans cette vie.

Marie couva la petite fille de son regard.

« Dans une terre stérile, ne poussent que des épines », pensa Marie.

« Mais ces enfants sont la glèbe saine où je peux répandre le blé ».

Remplie d'espoir, la femme leur confia sa manière d'agir :

- Dans la vie, le tout est de se dépenser pour le bien du monde et pour rendre l'homme meilleur.

La fillette s'extasia :

- Maman, qu'on ne touche pas au Cœur d'Or ! Un Cœur d'Or ne doit pas être vendu ! Qu'on le garde là, dans son sanctuaire !

Marie vivait un grand instant. La petite fille disait tout haut ce qu'elle n'osait pas décider d'entreprendre : un musée naturel du Cœur d'Or !

Lionel s'enthousiasma :

- Les gens vont se sentir comme les lumières qui jaillissent du Cœur d'Or, comme les pousses de la même racine. Tout le monde va venir ! Ce serait le trésor du Pays d'Or!

Pensif, Lionel appuya le front sur sa main. Puis s'exclama :

- Mais bien sûr ! À la chute de la capitale Sarmisegetusa, sous les Romains, le roi Décébal accourut vers ces lieux. Pas loin d'ici, les Romains lui ont coupé le chemin.* Peut-être cherchait-il son ancestral autel du Cœur d'Or ?

- Les autels des aïeuls se dressaient sur les cimes des Carpates Méridionales et Occidentales, ou dans d'autres lieux, inaccessibles, mais ouverts …

---

* Dr. Michaël Georgesco-Moldoveanu.

Lionel insista :

- Pour les temps d'infortune, ils devaient avoir aussi des sanctuaires souterrains, de l'ancien Dieu ! ... Sinon, pourquoi Décébal chevaucha-t-il en traversant toute sa Transylvanie, accompagné uniquement par le Grand-prêtre Vésina ? Voulut-il sauver la Dacie par son Cœur d'Or ? ...

- Tout est possible, murmura Marie. Ancestral autel caché aux tréfonds, comme les catacombes ultérieures, ou sanctuaire effondré dans un cataclysme, ce Cœur d'Or est l'emblème de notre éternité sur cette terre ...

La grand-mère mit de côté son tricot :

- Maintenant, les petits à maman, remercions Dieu. À genoux ! Toi aussi, Anne !

*

C'était en reprenant au piano les airs passionnés des grands rôles qu'Ilèana pouvait le mieux s'imaginer vêtue des toilettes les plus extravagantes. Quelques pépites massives lui suffiraient même pour l'achat d'un château ! rêvait la jeune fille.

Ainsi tout en suivant sur le clavier la ligne mélodique, Ilèana percevait en même temps le frou-frou de ces futures robes longues, d'organza, de soie, et pourquoi pas tissées d'or ? À son tour, Lionel fouillait la bibliothèque à la recherche des livres sur Décébal, sur ses précurseurs. Toute autre préoccupation du jeune homme étant exclue, Anne suivit Auréline au jardin.

*

Face à face avec sa mère, qui lui conseillait le discernement, Marie se représenta tout-à-coup Adrien, comme dans un départ précipité l'un vers l'autre. Elle accourut donc imaginaire à la rencontre de son mari, lui enlaça le cou de ses bras.

Sur le versant de la montagne, Anne observait Auréline sans qu'elle ait le courage de l'importuner. Auréline paraissait à l'écoute.

« Peut-être reçoit-elle un message du Cœur d'Or ? » se demandait Anne.

« Sinon, quelle secrète voix peut-elle déchiffrer dans cette polyphonie des passereaux ? »

Nu-pieds, dans une chemise de linon blanc toute brodée, Auréline demeure attentive. Parfois, semble fredonner. Ou chuchoter avec l'âme de la terre.

184

« Ou avec Dieu ?

… Auréline retrouve Dieu partout. Moi, nulle part.

Dieu a dû lui révéler la découverte du Cœur d'Or !

C'est Dieu qu'elle invoque dans les prairies. C'est pour cela qu'Auréline joue si divinement du piano. »

Anne souhaita brusquement qu'elle puisse elle aussi parler avec Dieu.

La petite fille tourna la tête vers Anne :

- Tu entends ? …

Auréline se maintenait la main levée en l'air, dans le soleil. Couleur de ciel, couleur de fleurs, s'accrochaient à ses joues, à ses cheveux, à ses bras. Le zéphyr soufflait dans les plis brodés d'Auréline comme s'il ondoyait une mélodie qu'Anne soupçonnait, sans entendre.

Au retour du jardin, les deux fillettes virent de loin la grand-mère au balcon de la cuisine :

- Marie vous a appelées ! Il y a quelque chose de beau à la radio.

Dans le hall, Marie avec Ilèana et Lionel écoutaient assis.

La Septième, de Beethoven ! sursauta Auréline, et resta debout.

De temps à autres, elle essayait discrètement sur les plis de sa robe un clavier figuratif. Ou faisait rebondir ses doigts pour s'intégrer à cette envahissante symphonie. Et de plus en plus ravie par la symphonie aimée, de plus en plus ensorcelée, Auréline en reprit les rênes et se mit à diriger de son coin l'orchestre invisible.

Elle paraissait une alouette qui se lève par-dessus les champs de blé vers le soleil, enivrée de lumière et de chant.

Le rythme généreux de ses mains, devenait volcanique. Semblable à la symphonie !

- Auréline ! Tu sèmes de l'or ou du feu ? demanda Lionel.

- Auréline fait jaillir la liqueur miraculeuse, pour rendre l'Homme meilleur …

La fillette ne les entendait pas. Elle vivait uniquement la divinité de la musique.

*

*   *

La Pâque roumaine est le printemps spiritualisé. Le symbole de son éternel recommencement sur la terre. À l'heure suprême de la floraison, quand la voute constellée n'est qu'un arbre fleuri, quand la lune décroissante a glissé au dos des montagnes laissant la clarté derrière elle, comme une ouverture des cieux, les cloches de l'ermitage résonnent aux mille échos, vives et gaies. Les gens sortent alors d'une attente millénaire. Comme à travers les millénaires. Ils décrochent le poids de l'hiver de leurs épaules. Et endimanchés en renouveaux vestimentaires et spirituels, propres, impeccablement propres, ils se rassemblent devant l'église en respectueux silence.

La corole des hautes forêts environnantes se tait, olympienne. À l'instant la porte de l'Autel fleurit. Ou c'est une étoile qui surgit !

- Venez, prenez la lumière !

Les enfants s'approchent avec leurs cierges tendus, les allument et leurs petites mains dansent comme les bourgeons éventés qui éclosent.

Par la porte de l'église, la lumière passe d'Homme à Homme. D'un siècle à l'autre. Les lueurs, par centaines, ruissellent, vivaces. La vallée n'est qu'un miroir du firmament. Ou le ciel n'est qu'un reflet de la vallée. Habillés de guipures blanches et de rosée, les arbres ceinturent le lieu de l'ermitage, se penchent et ouvrent leurs yeux étincelants. Les hommes ouvrent leurs cœurs. Ils écoutent avec émotion une nouvelle si vieille ! Nouvelle, qui les rehausse, parce que la Résurrection est leur printemps, leur espoir de vaincre la mort, depuis que l'Homme est Homme.

- Le Christ est ressuscité !

Le récitatif des fidèles répond :

Vraiment, il est ressuscité !

Le chœur entonne le petit chant, unique au monde par l'éclat de sa joie pure :

« Christ est ressuscité » !

Puis les gens reprennent le chant. Trois fois. Neuf. Douze ! Il y a dans leur mélodie fervente, une soif de liberté, de bonheur.

Il y a le message d'un espace millénaire qui inscrit les hyperboles des cieux. Ces cieux attisent les yeux des Hommes. Et les Hommes implantent leurs racines dans la terre et la sanctifient.

Mais pulsée de la terre, la sève remonte dans les fleurs et palpite dans les cœurs et allume les flammes et anime les étoiles.

Et la lumière des étoiles redescend aux cierges et passe aux regards des Hommes et des fleurs, comme un sourire. Comme un rire de joie. Un souhait. L'heureux cri de fraternité !

La Sainte fête vitale !

Respire éternel !

*

Marie enlaça les petites.

Anne, qui était venue à la Résurrection pour la première fois, donna elle aussi une accolade à Marie. Pour la première fois.

Joints à Lionel pour lui embrasser la main, les jeunes gens et les enfants du Pays d'Or l'entourèrent. Les hommes et les femmes. Seulement Stèlor se tenait loin, à côté de Ninette et de Bénesco. La patronne de l'auberge manquait.

Au retour, dans le fleuve des villageois qui roulait ses bluettes vers le Pays d'Or, Marie sentait son mari marcher comme auparavant à ses côtés, la rassurante main de l'homme à son bras.

« Il pense à nous … à moi » … se dit Marie, en larmes.

Et les rossignols qui avaient retenu leur souffle, se mirent à triller des hymnes paradisiaques.

*

* *

Auréline et Anne revenaient de la leçon d'anglais par le bois. De petits chœurs de passereaux s'harmonisaient avec le lent battement des feuilles. Sous le soleil, le foin sauvage vert tendre, gorgé de sève, jetait des étincelles et de chaudes bouffées de parfum.

Auréline y entra passionnée, caressant l'herbage. Puis s'arrêta, un étonnement extatique sur le visage. Tendit l'oreille dans la direction de la mine des Nains, comme si elle espérait un appel. S'inscrivit enfin dans l'orchestre du printemps, les doigts trempés dans l'air lumineux. Des abeilles folâtraient autour d'elle. Quelques papillons s'agrippèrent à sa robe.

Anne eut la bizarre impression qu'Auréline n'était pas Auréline mais un arbuste. Foin blond. Fleur. Petite étoile qui palpite dans l'herbe, les doigts, tâtonnant, vers le soleil, son clavier céleste.

« Il y a des êtres », songeait Anne, « qui sont auréolés dès leur naissance comme Auréline, qui portent leur nimbe toute leur vie ; leur mort même est une apothéose … »

« … Me voilà capable de l'enterrer à intervalles réguliers » … « Qui donc va me guérir de ce dépit continu ? »

Stèlor surgit alors, avec ses longs yeux étroits, semblables aux fjords bleus, dans l'allée sapinière. Il reconnut Auréline et haussa les sourcils.

- Bonjour ! On cueille des fleurs pour Ilèana, expliqua Auréline.

Elle doit s'habituer à recevoir des bouquets. Maman dit qu'elle dépasse Patti, qu'elle va concurrencer la Callas. Et maman va aussi lui faire des robes d'or, l'une tressée, l'autre en mailles qui traineront par terre … Elle chante l'air de Violette, à couper le souffle. Et quand elle est Lakmé, Gilda … Margareta …

Auréline devint fiévreuse. Pressant fort les mains contre sa poitrine, elle s'obstinait à transmettre, à transplanter son admiration pour Ilèana dans cet iceberg.

Puisque Stèlor s'éternisait dans son expectative, Auréline s'aventura :

- Même les opéras vont changer pour elle. Ni l'officier ni le prince, ni Faust n'abandonneront Ilèana sur scène. Parce que, autrement, les spectateurs vont se moquer d'eux, ils pourront les siffler … ou … les battre ! … Et maman disait qu'elle devrait épouser un grand cœur ! Un … un … génie !

Et le visage d'Auréline resplendit en un sourire de triomphe.

À ces paroles et à ce sourire, le jeune homme hésita. Son orgueil s'adoucit comme les glaçons figés dans la gouttière, qui se font surprendre par la chaleur. Il eut l'impression d'avoir laissé échapper un carrosse magique. Un carrosse qu'il pouvait rattraper encore.

« Que Stèlor soit bon et gentil », souhaita la fillette. Et tout son esprit se condensait dans ce désir. Peu à peu, dans son cœur germait le désespoir des mamans, qui veulent insuffler la vie à l'enfant moribond.

« Qu'il soit bon, qu'il devienne meilleur … »

Le jeune homme se jeta à l'eau :

- Je vais passer voir Ilèana.

Auréline respira profondément et prit la main d'Anne pour un espiègle sprint.

- Ilèana ! ! ! Stèlor va venir en visite.

Ilèana resta consternée. Les bleuets de ses yeux ouverts.

- Stèl ! gesticula Auréline pour se faire comprendre. Il arrive cet après-midi.

Les coroles des bleuets se tournèrent, comme soufflées par un vent, tantôt vers Anne, tantôt vers la cadette :

- C'est vrai ?

Auréline rythma les mots d'un mouvement de sa main :

- C'est vrai !

- Oui … confirma l'autre, avec un mélange de sourire et d'hostilité pour Stèlor.

Ilèana s'illumina :

- Il vient ! ? Mes sœurs chéries !

La jeune fille les embrassa, pivota sur ses talons, applaudit. Auréline se mit à sautiller, fredonnant au hasard : il vient, il vient !

Mais Ilèana ne se contenait pas de si peu. Elle demanda aux petites si Stèlor avait bonne mine.

- Et comment s'est-il arrêté ? Et qu'est-ce qu'il a dit au juste ? Et n'a-t-il rien ajouté ?

Puis, la jeune fille s'inquiéta : Madame Dona n'était pas à la maison ! Pourront-elles se débrouiller seules ? Bien sûr, garantirent les petites. La grand-mère va les aider. Il y a des coquelets, du beurre, un tas de bonnes choses pour préparer les gourmandises à leur hôte. Quelles ne perdent pas leur temps !

Ilèana trépida d'impatience :

- Commençons. Le ménage d'abord !

La fillette essaya de la calmer :

- Il n'y a pas une semaine que maman a fait le grand nettoyage pour les fêtes. Et ce matin, elle a épousseté toutes les chambres avant de partir.

- Ah non, ça ne suffit point.

Transportée d'allégresse, Ilèana courut pour apporter un seau d'eau de source aux tulipes. Elle changea les pas de tarentelle en gavotte, et renversa le deuxième seau sur ses pieds. Se mit à rire avec des éclats mélodieux.

Anne dut accepter finalement ce jeune homme qui ramenait la belle humeur, et remplit d'eau les vases, pendant qu'Auréline les trainait vers la pelouse.

Parmi les jacinthes, les petites avaient les tressauts des limiers qui flairent. De temps à autre, Ilèana s'arrêtait, soufflait sur les tulipes, ouvrait leurs pétales de ses doigts.

Puis les petites mirent la maison à l'envers. Des carpettes au balcon et sur les marches, comme pour les princes et les princesses. À l'entrée, des vases pleins de fleurs. La collection de ceintures, d'anciens portemonnaies fleuris, de flutes, d'écharpes, dépliées même tordues, exhibées dans le hall campagnard.

Toutes les blouses roumaines, les jupes, les costumes, ramassés, prêts à choisir, les rubans et les agrafes de maman.

De l'eau pompée au réservoir de la salle de bain pour se laver après tant d'agitation. Quelques bigoudis pour les boucles de la jeune fille !

Auréline découpait des fruits confits, des raisins secs. Ilèana pétrissait vigoureusement la pâte, un fichu sur la tête. La grand-mère tourna calmement, au-dessus des charbons, de tendres coquelets.

- Ce n'est pas le garçon qui te faisait faire du mauvais sang il y a quelques mois ? demanda la grand-mère à Ilèana. Marie est-elle au courant de cette visite ?

La cadette alla au devant :

- Si maman n'était pas partie pour les emplettes et pour chercher les experts de la géode, elle l'aurait su ! Et si papa avait été à la maison, nous aurions pu faire les fiançailles !

La fillette parlait avec importance et au pluriel, comme s'il ne s'agissait pas seulement d'Ilèana mais de toutes les trois.

La grand-mère hocha la tête :

- Bon, mais chez les braves gens, il convient de se mettre tous à table, ma petite Ilèana. Un garçon est plus correct à ton égard si tu n'en fais pas qu'à ta tête …

*

Le soleil déclinait.

Dans la cuisine, les assiettes, les couverts astiqués, les verres brillants sur les plateaux, en attente pour un grand dîner. Les gourmandises répandaient par vagues, des exhalaisons piquantes à l'ail, au citron et laurier, suivies par les baumes délicieux des brioches farcies aux noix, et gâteau de fête imbibé de vanille. La grand-mère jeta un coup d'œil par-dessus cette abondance. Elle se déclara contente que chaque petite pourrait devenir cordon bleu. Après avoir mis encore une buche au feu, pour maintenir la chaleur des plats, elle descendit dans la basse cour et se fit prendre d'assaut par le piaulement et le gloussement des volailles.

Devant la maison, Ilèana s'arma de patience. Anne lui arrangea les longs cheveux tantôt en chignon, tantôt en fusées de boucles, avant de les laisser épars sur le dos, avec un ruban de velours fantaisiste à la nuque, d'après une vieille photo de Marie. Grimpée sur la marche supérieure, pour être au même niveau qu'Ilèana, Auréline lui passa la houppette de maman, puis sauta sur la pelouse. Anne lui agença les plis de la jupe nationale de soie brodée. Recula pour la voir à distance, avec Auréline. Et toutes les deux furent d'accord que l'ainée était parfaite. En quelque sorte, elles la considéraient comme leur œuvre.

Une brise encensée balaya les arômes gastronomiques. Les merles, les bouvreuils, les sitterelles, fendaient l'air avec de brefs pépies. Le loriot s'arrêta au sommet d'un tilleul. Et les passereaux se turent pour l'écouter.

Ilèana remuait la tête avec une gracieuseté rêveuse. Alors ses cheveux luxuriants, soyeux, froufroutaient.

- Ils ressemblent au ruisseau après avoir purifié l'or, sourit la cadette.

Anne jeta un regard vers les reflets roux et dorés des boucles.

- Tes yeux, ajouta la fillette, le ciel qu'on voit s'approcher le soir des fenêtres.

Anne contrôla l'exactitude de la comparaison et déclara que le bleu des yeux était plus profond.

Stèlor fit son auguste entrée par la porte et Ilèana s'arracha au jeu pour l'accueillir. Anne et Auréline, embarrassées, se sentirent de trop et s'évanouirent dans la nature. Presque euphorique, Ilèana leva les yeux vers Stèlor, mais elle frissonna de froid.

Plus blanc que la blanche cire, solennel et abstrait, il regarda par-dessus la jeune fille, au loin, vers les somptueuses guipures du verger, aspira leurs effluves et progressa sur le sentier de la cour accompagné par Ilèana, sans la voir, comme si un tyran visitait ses palais, annulant par son dédain, l'humble existence de sa garde. Ils pénétrèrent dans le jardin.

Les pommiers en habit virginal s'ouvrirent avec grâce par-dessus leurs têtes. Se levèrent en hautes arcatures dentelées. Un bruissement s'amorça peu à peu dans le verger, comme si les innombrables rameaux en fête, avaient appris le passage des jeunes gens. Dès qu'une pousse vibrait, la couronne entière de chaque arbre devenait frottement et mouvance, pour se tenir prête, leur faire des accolades et la bise enfantine. La végétation devenait touffue. Les ramures se courbaient jusqu'à la terre. Dans leur chemin, les deux jeunes parurent entrelacés de serpentins. Parés de cordelettes liliales.

Parfois, leurs mains se touchaient. Ou les tempes. Et alors ils s'éloignaient vite. Et à nouveau, ils s'approchaient sous les tunnels caressants, veloutés. Un délicat parfum les enveloppait, s'insinuait suave dans leur haleine, dans leur être. Jusqu'à les étourdir.

Ilèana ouvrait la voie pour Stèlor, en repoussant l'inflorescence. Et dans cette avalanche de brindilles qui se pliaient, s'échappaient en l'air, dans ces pluies précipités de pétales, elle devenait tout sourire comme une mariée dans l'émoi des voiles, embrassades, et félicitations.

Du jardin ils franchirent le plissement de la mine aux merveilles. Contournèrent de loin le promontoire, à l'intérieur duquel évoluait la construction de la cage du Cœur d'Or. S'avancèrent sous les éternels sapins. Gravirent l'herbe où les perce-neige s'entassaient comme les agneaux blancs, aux instants zénithaux de l'été.

Le surnaturel chant du rossignol de montagne ranima dans l'ouïe d'Ilèana, les mots, mi-jeu d'enfants, mi-prophétie, d'Auréline :

« Tu vas toucher les confins du miracle, comme le rossignol ».

À travers les vapeurs de millions de violettes et narcisses ivres de soleil, les deux jeunes gens montèrent plus haut. Très haut ...

Stèlor s'arrêta dans une clairière d'herbe vierge, sous l'arbre qui tamisait des paillettes lactées. Le rossignol se tut. On entendit un chuchotement de source.

Ilèana s'assit, timide, soumise. Et à genoux.

- Viens plus près de moi, dit-il de cette voix profonde qui l'envoutait. Tu as peur ?

La jeune fille se mut vers lui comme dans une hypnose.

Il avait le visage d'un démiurge en marbre.

À côté, Ilèana s'effaçait, fusionnait dans un superbe décor pour lui. Mais son espoir s'allumait, bleu, dans son iris.

- Oh Stèl ! Je te regarde comme si tu étais un dieu.

Et les petites mains jointes pour une supplication, s'abandonnèrent avec mollesse dans les mains du jeune homme. L'offrande le combla. Car une déité de marbre se laisse toujours combler.

L'espoir est une grâce, qui n'appartient qu'aux pauvres et merveilleux mortels.

- Oh Stèlor ! ...

Stèl attirait vers lui la jeune fille.

À l'instant, elle retint son souffle, avec l'éphémère anxiété de vivre un rêve. Ensuite, elle ne craignit plus. Ne comprit point.
Stèlor l'approchait. Stèlor la serrait dans ses bras. Son cœur se mit à battre follement.

« Sois sage, ma petite, sage », rappelait la voix de Marie, dans un coin de son esprit.

Mais les larmes du bonheur vacillaient en elle, et l'amour en pleurs criait :

« Il m'aime ! Il m'aime ! ... »

Ses lèvres furent touchées par la bouche de Stèlor, comme par un bout d'éclair qui l'ébranla. L'éclair glissa des lèvres au cœur, éparpilla ses flammèches dans le corps entier.

... Les anémones se frappèrent corole contre corole. Zéphyr incita les rameaux du pommier à la tamisée continuelle de pétales. Mille étoiles descendirent tout bas, clignotèrent, se renversèrent dans l'herbe. Se ravagèrent parmi les fleurs et les aiguilles de sapin.

Les lèvres s'embrassaient toujours, buvant une vive liqueur de feu.

Alentours, la lune émaillait la prairie d'une lumière féerique, laissant au secret de la pénombre, l'amour.

*

* *

La patronne de l'auberge intercepta au passage sa fille qui rentrait en cachette, l'attrapa vivement et se mit à la secouer :

- Qu'as-tu fait, malheureuse, d'où viens-tu ?

Ninette s'arracha et tourna vers sa mère une expression rebelle :

- Je suis telle que tu m'as élevée ! Le sexe n'est pas seulement une question d'entreprise.

Elle haussa les sourcils pour imiter la mère :

- Je fais ce que je t'ai vue faire.

- Tu insinues ... dit à voix basse la femme.

- Ah ! Ah-ah ! ricana sa fille avec insolence. J'ai regardé l'autre fois par le trou de la serrure ...

La mère lui asséna une gifle, et la fille rougit, se mit à se lamenter avec des bruyants accents. Se jeta sur un divan, la face dans les coussins.

- C'est tout ce que tu avais à vendre ! Niaise ! Tu n'as rien trouvé de mieux que le garçon du bar, qui s'est enfui avec la caisse ? Pour commencer maintenant la rigolade avec le cuisinier ?

- À qui la faute ? rétorqua Ninette. Je n'ai pas d'amies. Toi et papa, vous avez été des égoïstes. Votre préoccupation a été l'or et la bonne vie. Avez-vous pensé que je serais seule au monde, si je n'ai aucune sœur, aucun frère ?

La femme resta éberluée. Mais, tendant l'oreille, s'empressa vers l'entrée sans prendre soin de changer sa robe de chambre. La voiture de Bénesco était arrêtée devant l'auberge. La femme jeta un coup d'œil dans la glace du vestibule, et prit une expression affable.

- Bonjour, amie, la salua le grand patron avec un sourire courtois. Tu n'en sais rien? Les Dona, je veux dire madame et son fils, ont décelé une fabuleuse floraison du filon. Le Cœur d'Or, paraît-il. Une sorte de colossale racine de métal jaune, dans l'ensemble, d'une valeur inestimable. Le petit ingénieur est fou. C'est Hélène qui l'a mis au courant.

La femme demeura interdite. Mais de même que le gros clou est mieux enfoncé par une forte frappe du marteau, l'abaissement subi par cette nouvelle, devint le propre soutien de la femme.

- Cet or ne m'échappera plus !

Bénesco souriait :

- L'or d'autrui devient ton obsession ! Retourne-toi. Tu sais que l'idée de vol m'a toujours dérangé ! Grâce au ciel, cette mine a deux gardes pendant les travaux de l'ascenseur.

- Quel ascenseur ?

- Un titanesque lift, qui rendrait accessible en direct ce miracle carpatique, en vue d'un musée naturel.

- Ah ? … Plus simple donc de sortir l'or.

- Écoute-moi, Vénus ! Pas de vol ! Tu comprends ?

Vénus prit un air hilare :

- Et puis quoi encore ? On jette l'or pour le musée. Nous pourrions lever l'ancre pour filer avec !

… Ta moitié, partie en catimini, se paie des croisières sur la Méditerranée. Comment te débrouilles-tu avec le syndicat et leur contrôle ? Attends-toi chaque jour à l'étatisation.

Le grand propriétaire s'assit dans un fauteuil, but un verre d'eau jusqu'au fond. La femme fit un clin d'œil complice :

- Notre fidèle Poignard a deux mecs malins que je viens d'héberger …

Bénesco s'indigna :

- Poignard ! Ce troglodyte que je n'ai pas pu empêcher de dévaliser la géode !

… J'ai vu des gens repentis. Après avoir glissé dans le banditisme, poussés par un malheureux esprit d'aventure, ils gardaient en eux le sens de l'humanité. Mais cette masse de force primaire, dont la règle de conduite est subordonnée à des féroces intérêts ! Ce rustre ! … Il a eu la barbarie d'arracher la dentelle d'or de la géode pour la fondre ! Un chef-d'œuvre unique de la nature ! … À part le fait que Dona est en prison, innocent, et que je dois toujours me taire pour couvrir ton ingérence dans l'affaire. Je me sens coupable !

- L'or et l'amour, incluent souvent le remords … lança la femme en dérision.

Mais en son for intérieur, poursuivit sincèrement :

« Pour Adrien Dona … Je le regrette. J'aurais aimé l'aventure, peut-être plus. Oui, beaucoup plus … »

Et à haute voix :

- Aie l'œil ouvert ! L'ingénieur, qui en sait long, peut te mettre au pied du mur pour gagner Leny.

Bénesco avoua, revigoré :

- J'ai raconté au petit ingénieur – pour le mettre à l'épreuve – que la mine des Nains tombe dans le patrimoine de l'Association. Eh bien, ma plaisanterie l'a fait blêmir.

- Penses-tu ! Il ne va pas lâcher le morceau ! L'idée que Leny soulève le fiancé de ma fille, me tape sur les nerfs. Tu ne peux pas le virer ? Non ? Ni le transférer ailleurs ? …

- Ne crains rien, assura l'homme. Le petit ingénieur n'a pas de discernement. Il confond la vivacité avec l'intelligence, le pharisaïsme avec la sincérité, la manière avec la finesse. Il prend le grand amour pour leurre, et son masque, pour vraie passion. C'est un type médiocre, qui ne sait pas distinguer la valeur de l'imitation, ou le naturel du frelaté. Son critère de sélection reste la perspective matérielle !

- Vous, les hommes, vous restez puérils toute la vie dans le choix des femmes. Leny, pourtant, sort du commun.

- Mais il ne l'a pas vue.

- À la lumière de l'or, il va la voir.

- Et tu tiens qu'on l'empêche ! Est-ce qu'au besoin, tu prendrais soin de moi ?

- Évidemment ! répondit la femme

Et en aparté :

« Dans quel pétrin va-t-il me fourrer ? Moi-même j'ai du mal à y voir clair dans mes combines. Dans le cas d'un coup dur, je dois m'en sortir avec mes deux ballots dans le dos.

L'homme promit :

- Je l'enverrai à Cluj où j'ai des amis. À ma connaissance, ils cherchent à marier leur fille. Le petit ingénieur, qui est un animal décoratif, ne trahit pas son manque d'esprit. Ses manières bien policées, ressemblent à de la distinction.

- Que la fille le couvre de sa farine, insista la femme.

- Qu'elle feigne d'avoir toutes les qualités possibles. La première impression, aussi fausse qu'elle soit, reste marquante pour l'homme quelconque. Frappé par les vertus, il deviendra indulgent pour n'importe quel défaut. Tandis qu'à la moindre imperfection, il n'aura plus d'yeux pour les mérites. Qu'il se fasse avoir ! Qu'il soit châtié ! Il a mis en doute Ninette.

- Si tu n'as pas veillé sur elle … D'ailleurs, ma Vénus, avec tes conceptions libertines, ta fille devait mal tourner !

La femme éluda le sujet avec la cigarette entre les doigts. Puis, revenue grave :

- Ces conceptions n'étaient pas destinées à l'usage de mon enfant … J'aurais voulu marier sagement Ninette avec l'ingénieur.

Ninette pénétra dans le salon, irritée :

- Fiche-moi la paix, mam', une fois pour toutes, avec ce beau roide ! Ce collet monté !

La mère s'énerva :

- Tu écoutes aux portes ! ?

- Oui, parce que tu m'enquiquines avec ce mec ! Il marche comme s'il voulait suspendre son menton au bout d'un poteau.

Sans broncher, la femme échangea seulement un regard avec l'homme et Ninette sortit sans sourire.

- Quelle vanité tirera Leny de notre échec ! conclut péniblement la femme.

- Je téléphone ce soir-même à mes amis de Cluj, confirma l'homme pour l'amadouer.

- Je t'en remercie. Car seule la jeune fille d'une grande ville, saura faire sauter le pas très vite, à cet imbu de lui-même. Leny vient de Suceava ; des Roumains du fond de l'Histoire comme en armure de seigneurs. Ainsi, que la femme d'Adrien Dona ! Dès qu'on les provoque, on réveille leur conscience, l'honnêteté, la foi, comme du temps d'Étienne le Grand, quoi ! On les écrase et ils se relèvent. Dans leur poitrine, ils ont neuf vies, qu'ils sacrifieront à leur idéal.

… Pour moi, … un petit rien !

Si Leny a commencé par l'idéal avec l'ingénieur …

« Elle n'est pas illettrée » rumina Bénesco. « Mais la culture ne sait ni annuler, ni masquer les défauts, elle ne peut que les aiguiser ».

Puis l'homme tint à mettre les choses au point :

- D'abord, le père de madame Dona est originaire d'ici, de Bistrita.

Il reprit son expression amusée :

- … Mais toi, d'où es-tu amie ?

- D'où ? répondit la femme avec une âcre grimace. Je suis citadine. J'ai connu avec papa dix capitales ! C'est le diable qui m'a jetée, il y a deux ans, dans ce trou, l'héritage de cette gargote bien achalandée, surtout le puits stérile qu'on croyait celui du Cœur d'Or.

- Tous, ont rêvé de cette richesse inouïe, signala l'homme. C'est pour cela que tu t'appropries le droit d'en bénéficier.

La femme se composa une mimique évasive :

- À propos de Leny …

L'homme s'entraîna :

- Quant à Ilèana, je me réjouis de ses prouesses de cantatrice, grâce à madame Dona.

- Ne raconte pas d'histoires, l'interrompit la femme désabusée. Serais-tu content de la voir bras dessus-bras dessous avec l'ingénieur ? et la vertueuse épouse de Dona, triomphante ? Ah, celle-là ! Si quelqu'un pouvait la compromettre ! … Je le ferais boire à l'œil, pendant toute une année !

Bénesco repoussa cette possibilité d'un geste.

- C'est un désir vain ! On ne peut guère approcher cette dame, sans enlever son chapeau. Elle est comme une sculpture de grand prix, et placée très haut. Si on l'éclabousse, on ne dira pas : Quelle statue sale ! Mais on condamnera l'infâme qui l'a salie.

La face de Vénus se défigura. Crapauds et lézards sortaient de sa bouche :

- Cette blanche comme neige, cette m'as-tu vu ! Elle s'affiche en costume paysan, avec l'air d'une reine populiste ! Ébouriffant ! Tu as voulu l'embabouiner à sa sortie de l'hôpital en lui envoyant ta voiture, et sa majesté a préféré l'autobus ! Eh bien, si personne n'est capable de lui tourner la tête, que le Poignard lui torde le cou ! Je vais lui proposer l'affaire !

Bénesco s'épouvanta :

- Tu es vraiment folle ! Dispense-toi de ce monstrueux Poignard et de sa bande : ils ont sur toi une influence néfaste.

- C'est elle que tu défends !

- C'est de toi que je me soucie ! À part que madame Dona est un professeur d'élite. Et sa petite Auréline une enfant prodige, d'après la directrice.

- Pourquoi pas Ninette enfant prodige ?

Bénesco retint difficilement son rire. Puis prit au sérieux cette question :

- Tu aimes tellement ta fille ?

Séance tenante, la femme sentit choir sa propre vie. L'homme la vit pâlir, baisser les paupières, se courber.

- Ninette n'est pas ma fille … confessa la femme à mi-voix. Sa mère s'est brûlée la cervelle quand mon mari a divorcé d'elle.

- Oh ! s'exclama l'homme. Et dans son for intime : « Tu as toujours poussé les gens, vers l'infortune ».

- Oui, sa mère s'est tuée à cause de moi ! répéta la femme. Et comme je n'ai pas d'enfant …

- Pourquoi tu n'en as pas ? demanda l'homme plutôt pour masquer un frisson intérieur.

La femme se crispa. Serra les dents. Ses yeux allumaient de vertes rainures.

- Mon premier mari, avec son ami qui pratiquait les fausses couches, m'ont poussée au malheur. Je les ai toujours maudits.

Ninette se détacha d'une ample draperie.

- Ainsi, tu n'es pas ma mère !

Saisie par la panique, ravagée, la femme fit un geste comme pour se défendre d'un désastreux coup du sort.

Ninette éclata en pleurs :

- Qu'avez-vous fait de ma mère ? Qui est-elle ? Où est-elle? Pourquoi ne m'avoir jamais rien dit ?

- Ninette ! Ninette ! suppliait la femme. Arrête, ma petite !

Mais rien ne pouvait plus réparer le gâchis.

- Ah ! Tu n'es pas ma mère ! J'aurais dû m'en douter ! C'est pour cela que tu me mènes les yeux bandés jusqu'à m'abêtir. Tu te moques de moi. Tu me brusques ! Ah ! Ton dressage à la taloche, c'était ça !

- Ninette !

La fille s'enfuit en sanglots.

- Ne la laisse pas seule, conseilla le grand patron. C'est le moment d'une explication avec elle. Ou bien c'est son père qui devrait lui en parler.

- Son père n'est jamais là, quand il le faut.

- Peut-être, pourrais-je intervenir moi-même ?

Presque souffrante, la femme se montra réfractaire à toute idée :

- J'ai perdu ma peine pour cette fille !

- Ton pessimisme n'est pas fondé, contredit l'homme. L'adoption sauve tant d'enfants et rend heureux tant de parents !

- Pas moi ! interrompit la femme à bout de nerfs. Mon bébé, tel que j'aurais pu l'avoir, ma chair et mon sang, mon vrai bébé, je ne l'ai pas. C'est la faute à celui qui a mis la griffe de la mort dans mon ventre.

Qu'il soit maudit ! Maudit !

Bénesco se tut. Ne sachant plus comment arranger la situation, il fit une remarque risquée :

- Tu rejoins les soi-disant préjugés de madame Dona.

- Celle-là ? Elle est sur mon chemin, comme d'habitude … Mais pourquoi me la rappeler au dépourvu ? Pour m'écraser ? Ou, tu veux qu'on se lie d'amitié, qu'on fasse toutes deux, pour toi, un paisible harem ?

- Tu es en train de me faire affront, amie, disconvint le grand patron, sur un ton doctoral. De notre temps, oui, les intelligences doivent effacer les écarts et s'unir ! …

Mais la femme s'emballa :

- Tu l'admires, non ? Tu la crois femme parfaite ? … Ah ! Ah ! La fidélité conjugale est due, pour une bonne mesure, aux échecs des relations extraconjugales ! Tu n'en sais rien ! Aussi, la vertu des femmes réside souvent dans la discrétion des hommes.

… Ou peut-être tu l'aimes ! Avoue que tu l'aimes !

… Hein ? Tu es à genoux devant cette madone ! Tu es fou d'elle. Tu rampes, tu te traines, tu donnerais ta vie pour le jeu de ses pieuses prunelles ! Ah ! La sainte nitouche ! Attention, je l'ai dans le collimateur, et je vais lui river son clou. Mais pourquoi lambines-tu ? Va-t-en ! Cherche-la, mendie !

Et les invectives se transformèrent en piaillerie :

- Mais va-t-en, patron déchu ! Don Juan fantoche ! Flambard ! Je te haie ! Je te haie !

Avili, amer, les lèvres tremblantes, Bénesco mesurait l'abysse de son déclin.

À ce moment précis, la porte claqua ouverte par un brutal coup de poing. Poignard fit son apparition et vociféra :

- Madame discutaille, madame s'embéguine au salon, pendant que moi, le cocu, à la souillarde !

Ninette, nerveuse, riait derrière lui. Le grand patron, écœuré, porta ses pas vers la sortie et murmura :

- Voilà la vérité …

Mais la venue de l'intrus et le départ de Bénesco rappela l'or. La conjoncture, loin d'atterrer la patronne de l'auberge, l'incitait à l'astuce :

- La vérité ? Savez-vous quelle est la vérité ? Ou êtes-vous capable de me dire ce qu'est la Vérité ?

Pris au jeu, Bénesco s'arrêta, redevenu hautain. Il sembla se vêtir de sa cotte de mailles médiévale, pour la plus noble cause :

- « La Vérité ? Un point symbolique, dont la position fixe dans le réel, organise la pensée humaine ! ... »[*]

- Ah ! Ah-ah ! railla la femme, ayant l'air de se baigner dans un débat philosophique. La Vérité ... n'est qu'une parole inventée par les escrocs, pour mieux tromper les autres escroqueurs. Qu'en dis-tu, Ninette ?

La jeune fille répondit, tournant le dos :

- La Vérité n'est qu'une bouche cousue, qui fait faire la sourde oreille. Vous, compère, demanda-t-elle sarcastique à Poignard avant de quitter la chambre – quelle est votre éminente opinion à ce sujet ?

- Connais pas, moi.

Le rire délivrant qui suivit en guise de réplique, persuada l'hôtesse de la maison que dans cette détente, elle tenait les ficelles pour combiner un plan sur l'or. Mais c'était sans compter avec le soudard décidé à en découdre avec elle !

- Pourquoi grognez-vous, monsieur ? Prenez place, l'invita la femme, obligeante.

- Salope ! explosa-t-il. Ta bâtarde m'a craché des injures !

- Tu es soul ! s'exclama la femme. Comment peut-on t'injurier quand tu n'es que juron concrétisé ! Oses-tu nous traiter de tous les noms ? Dehors !

- Sans blague ! Dis d'abord au chef qu'il débarrasse le plancher ! Dis au vieillard que je t'ai eue dans mes bras !

- Toi ? ? ? Tu es malade ! Ou alors, j'ai dû mal dormir dans tes crasseuses pattes. J'ai dû avoir un sale cauchemar, si j'ai tout épongé, parce que je ne garde nulle ordure dans ma mémoire et dans ma maison. Allez ! Sors, gadouille !

Le Poignard se précipita vers la femme, les yeux exorbités, menaçant, et la saisit par le cou, prêt à l'étrangler.

Mais le grand propriétaire n'avait pas encore enlevé sa cuirasse. D'un dernier geste chevaleresque, il le repoussa, le jeta contre le mur, puis sortit, excédé.

Quand l'autre s'en revint du choc pour contre-attaquer, la femme lui riposta, rapide, un pistolet à la main :

- En arrière, Poignard ! Tu as commencé à reprendre du poil de la bête. En arrière, je te dis ! Je ne suis pas la mélancolique Léonore que tu as butée.

---

[*] La définition donnée par le Dr. Michaël Georgesco-Moldoveanu

… Pauvre idiot ! Tu as raté l'occasion. Le Cœur d'Or, ça existe ! Un bloc de milliers de kilos !

- Ça existe ! gémit-il.

Resté dans un égarement morbide, il répéta :

- Des milliers de kilos d'or … Des milliers de kilos d'or.

La femme le chassa.

- Va-t-en maintenant, Poignard ! J'en ai marre ! Tout l'hiver tu as gratté bêtement les morceaux de géode, au lieu de fouiller plus loin. ..

Pour ajouter après quelques secondes :

- Va t'en taper d'autres ! Leny, par exemple. Elle pourrait t'introduire mieux que le chef, dans le nouveau secret de la mine des Nains. Va guetter le Chaperon, vieux loup abruti !

*

* *

« Ce matin, Stèlor va venir ». Ilèana se leva en sursaut et couvrit les fenêtres. Les montagnes s'estompaient dans un brouillard mauve.

« Il n'aimera pas ce ciel » pensait la jeune fille tout en aérant son lit. Elle courut à la salle de bains sur la pointe des pieds. Puis retourna et, devant la glace, ôta les épingles de ses boucles. Les cheveux fluèrent en molles ondelettes par-dessus les épaules, jusqu'aux genoux.

« Par contre, je suis belle ! Oh ! Mon amour ! »

Ilèana regardait avec étonnement les eaux du miroir où vivaient ses iris aux bluettes azurées. Cligna des cils. S'élança le cou. Le para de perles. Fit flotter ses cheveux. Les tordit en chignon pour les monter. De nouveau s'étira le cou souple et fragile comme une tigelle blanche. Les lèvres rouges et les joues rehaussées de fard lui vont bien. Ça fait mal au teint ? Non, elle ne le croit pas. Car elle sera éternellement belle.

Honnir le beau, quelle action d'éclat pour celui qui est laid. Mais si on est joli à ravir, on boit de sa beauté, on l'étale, on en fait l'offrande, on la gaspille jusqu'à la ruine.

Au septième ciel, Ilèana dansa toute seule sur une musique imaginaire et fit gondoler sa combinaison devant la glace. Elle mit un peignoir bleu, sa tenue pour les répétitions de scène. Laisse ! Madame Dona lui a promis les plus beaux atours. Ce matin, la dame chérie va partir à Cluj pour les emplettes …

La voix de Marie résonna dans le hall :

- Tu es réveillée, ma petite Ilèana ? Nous partons.

La jeune fille ouvrit la porte et se pencha pour recevoir le baiser d'Auréline.

Anne la regarda, grave, pendant que Marie lui conseillait :

- Sois très sage, ma petite …

Ilèana rougit, marmonna quelque chose.

- Reçois Stèlor dans le hall, ajouta Marie, avec votre grand-mère. Dommage qu'il arrive le jour où j'ai la permission de visiter Adrien.

- Et les emplettes ?

- Les emplettes ? Après ! Mais ce ne sont pas les costumes qui rendent célèbres les cantatrices. Et dans la vie quotidienne, le luxe des petites filles comme toi, fait peur aux jeunes hommes. Allez, mets-toi à l'étude, ensuite lis. Sois raisonnable. Promis ? Voilà que Lionel nous attend …

Restée seule, Ilèana se mesura dans la glace et n'eut pas le cœur d'enlever le peignoir. Cette couleur lui encadrait merveilleusement le décolleté blanc. Elle passa donc une fois de plus la houppette de Marie sur les joues, intensifia le rouge à lèvres.

… Comment va-t-elle accueillir Stèlor ?

« Stèl chéri … C'est ça : chéri ».

… Qu'il vienne plus vite ! À huit heure moins le quart, il a dû arriver à la gare de Rodna ! Maintenant, il prend l'autobus.

Ilèana est si émue !

Qu'elle aligne les carpettes. Qu'elle espace les fleurs dans le vase. Qu'elle lise.

Elle ne peut pas lire !

Ilèana s'installa au piano et commença l'air de Cio-Cio-San.

« Comment sait-il le créateur, tout ce qu'une femme peut vivre en attendant l'être aimé ? »

Ilèana ressent l'inquiétude !

« Si madame Dona savait que j'ai perdu la tête l'autre jour, dans les bras de Stèl ! … »

« … Tout homme qui aime une fille ou une femme sans être décidé à l'épouser, la dégrade », lui avait enseigné cette dame chérie.

Mais Stèlor est honnête ! Elle avait sous-entendu qu'il allait venir décider … le futur … le mariage, pour sûr !

Cette fois-ci, elle allait lui sauter au cou et le couvrir de baisers. Puis, chanterait-elle pour son amour jusqu'à rendre son âme en chantant ! Et à part le chant ? Qui saurait mieux l'aimer, le comprendre, le soigner ? « Attends » se dit la jeune fille.

« Est-ce que ça m'ira bien d'être sa femme ? »

Elle s'imagina avec un bébé dans les bras. Stèlor incliné vers eux. Ils pourraient aussi se promener au bord du ruisseau. Si Bénesco les rencontre, elle ne le regardera point. Que le satyre avec lequel elle a dû se bagarrer, ne soit pas sur leur chemin. Il vaut mieux qu'elle s'en aille avec Stèlor ailleurs. Qu'on ne sache plus son nom.

La jeune fille se leva pour voir par la fenêtre. Sans doute, il avait raté le premier train. L'oreille d'Ilèana capta le faible écho de la course de neuf heures. C'est avec celui-là qu'il arrive de sa ville natale. Mais là-bas, personne ne peut la critiquer ?

Il y en a qui, sans se faire prier, propagent des commentaires venimeux : « Cette fleur, faire un si bon parti ? »

Vénus avait tant trouvé à redire ! Les gens mauvais ne s'intéressent aux autres, que pour leur faire du mal !

Pourvu que Stèlor n'ait rien appris ! Qu'il n'ait demandé conseil à personne ! On doute facilement d'une fille toute seule, inconnue, même si elle est sage comme une bonne sœur. Mais quand on a des soupçons ? ...

Revenue de la basse-cour, la grand-mère lui rappela son petit déjeuner. Puis sortit sur le grand chemin, avec un panier plein, pour offrir du pain aux chercheurs de blé. Ilèana vérifia sa montre. L'horloge. Regarda par la fenêtre le long du chemin. Défit son chignon, peigna ses cheveux, les tordit en coiffure montante. Se mit au piano, essaya plusieurs fragments de Traviata. De Rigoletto. Peer Gynt. Répéta les airs devant le miroir.

« Si Stèlor n'est pas encore là, il ne pourra s'arrêter ici que pour peu de temps. Demain matin, il doit se trouver à Cluj.

Un tout petit peu, mais qu'il vienne ! »

Juste pour la demande en mariage, comme il le lui avait fait en quelque sorte comprendre ...

... Et qu'allait-elle répondre ?

« Stèlor, chéri, tu es mon espoir, tu es ma vie, je serai un être nouveau. Je te rendrai heureux.

Pas comme ça, autrement :

Mon chéri, je t'aimerai toujours, compte sur moi.

Mais non, plutôt tout court : mon amour !

Oh, qu'il vienne ! Qu'il vienne ! »

Ilèana passait du miroir au piano et du piano à la fenêtre.

Regardait l'heure, tendait l'oreille, se remettait au piano.

Tout à coup, se dévoila le sentiment qui la tourmentait :

« Mais s'il ne vient pas ? »

Les larmes lui emplirent les yeux. Elle les essuya vite, pour ne pas s'enlaidir.

« Ce n'est pas possible ! Je suis belle, plus belle que toutes. »

Mais confrontée dans la glace, Ilèana trouva ses yeux presqu'éteints, sa bouche crispée. La grand-mère ouvrit la porte :

- Que c'est beau ce que tu chantes ! Mais tu étudies trop ! … Et le garçon ? …

- Il ne nous est pas venu à midi par élégance, grand-maman. On va lui garder pour cinq heures des petits gâteaux secs.

Après un déjeuner rapide, Ilèana prit un livre, contente qu'il puisse aimer les gâteaux. Stèl va l'embrasser … La jeune fille ferma les yeux, mais revit Bénesco lui bavant sur la joue. Et le satyre bagarreur ! Mais pourquoi se les rappeler maintenant ? Va-t-elle donc s'en souvenir toute sa vie ?

Avec un effort désespéré, Ilèana s'installa au piano pour déchiffrer Lucie de Lamermoor. Elle finit par s'engager au solfège. Très tard, elle tressaillit :

« Stèlor n'est pas venu. Qu'est-ce qui s'est passé ? Ma punition ? »

Les fleurs de ses yeux perdaient les larmes bleues, pétales qu'elle ramassait avec attention du coin de son mouchoir. Le jour, aux mains de vieil argent, couvrait son visage pluvieux devant les vitres. Sept heures du soir !

Ilèana vérifia sa montre. De nouveau la pendule. Sept heures. Sept heures partout !

Le doute s'était transformé en peur.

« Il fera ce trajet ferroviaire sans s'arrêter. Je ne peux pas y croire ! Pitié ! »

… Oui, avec ce retard, Stèlor n'aura plus le temps d'arriver au Pays d'Or. En allant de sa ville natale vers Cluj va-t-il essayer de l'apercevoir par la fenêtre du train à Rodna ?

Qu'elle aille donc à la gare !

« Il n'y a plus d'autobus ! Tiens, un vrombissement qui descend de la mine des Nains ».

Couverte en grande hâte d'une pèlerine de pluie, dont la cagoule va sûrement la décoiffer, la jeune fille courut vers le grand chemin.

- Ilèana, où vas-tu ? appela la grand-mère en la voyant monter dans la cabine d'un camion.

Le chauffeur démarra, heureux de conduire une jolie colombe. La jeune fille ne lui répondit que par une inclinaison de tête. Muette et presque sourde, elle entendit pourtant Ninette devant l'auberge :

- Mam' ! Leny a été enlevée par un camionneur …

Les phares perçaient le brouillard dans les gorges des monts. En approchant de Rodna, les brumes se raréfièrent. D'un côté et de l'autre, les arbres se pourchassaient sans répit. Sous les clignotements des réverbères, Ilèana descendit, remercia le chauffeur et s'en fut sur le quai à l'arrivée du train.

« Un miroir pour mes yeux ! »

Ses yeux avaient la couleur des brumes violacées. Ombreuses.

« Est-il dans ce train ? » se demandait la jeune fille. « Sera-t-il fâché, que je l'attende ? Pourquoi se fâcher ? N'a-t-il pas annoncé sa venue ? Si, mais il s'est ravisé. Peut-être n'a-t-il pu venir. Que je le voie quelques minutes ! Seulement quelques minutes. Et quoi lui dire en si peu de temps ? Je sais quoi, je trouverai, mais qu'il vienne ».

Avec une puissante bouffée de vapeur, la locomotive géante freina devant la plate-forme caillouteuse.

Parmi les gens qui trépignaient d'impatience, dans un va et vient de sacs et bagages, Ilèana s'accouda – grêle et anonyme – et osa héler :

- Stè-lor !

Les voyageurs la regardèrent par les fenêtres, amusés. Un militaire s'adressa aux autres :

« Oh, la belle petite ».

Ilèana longeait les wagons.

- Stè-lor ! … Stèlor ! …

- Il n'est pas là, mignonne, plaisanta un vieux monsieur de deuxième classe. Tu t'es fait avoir …

- Stèloor … ! !

Le train s'ébranla.

Stèl n'était donc pas venu ? Comment ! Ou il n'avait pas entendu l'appel ? Ou, il n'avait peut-être pas voulu lui répondre ?

La jeune fille avait perdu son souffle. Il ne restait qu'un train de nuit à onze heures, et en l'attendant, elle se tapit sur un banc solitaire. Sa beauté en larmes se défigura. Le faible brouillard se transformait en flocons.

- Hé ! Pour quel train languissez-vous ? Hé, petite nièce ! Ne voyez-vous pas qu'il neige ? Entrez dans la salle d'attente !

Ilèana suivit des yeux l'homme aux épaules chargées de besaces et à la démarche mal aisée. L'homme simple, plein de sollicitude. Pour elle, qui ne voyait que Stèlor !

Oui, c'est pour Stèlor qu'elle donnerait sa vie ! Mais … auprès de lui, ne serait-elle pas capable des miracles ? Comme Auréline, comme ceux de la maison Dona, qui pensent toujours aux autres …

Maintenant, elle demande pardon à ceux qu'elle a côtoyés, avec indifférence. Qu'ils lui accordent un petit délai pour devenir cantatrice, ou plutôt, la femme de Stèlor ! Puis tout sera possible ! Elle n'oubliera personne !

Soudain Ilèana eut honte de sa petite vie antérieure. Bénesco lui revint en mémoire, l'approchant de sa poitrine en chemise de soie parfumée. Bénesco l'embrassait jusqu'à la faire cracher d'écœurement. L'image de cet homme ne la quittait plus. Il sentait le cognac et l'embrassait toujours. La jeune fille cracha de nouveau et s'ébroua d'horreur comme un cheval. Se leva pour se dégourdir les jambes. Se remit sur le banc.

Les réverbères parurent bluter des flocons de neiges. Ilèana se tourmentait encore :

Comment a-t-elle eu le front d'aspirer au bonheur ? Quelle audace ! De toute façon, elle n'aurait pas dû perdre la tête dans les bras de Stèlor ! Il a pu se dire :

« Une midinette, pas plus ».

Et n'avait pas voulu revoir une telle fille.

Ses larmes ruisselaient :

« Par amour pour toi, je me suis purifiée, Stèl !

Qu'on se voit un seul instant ! »

Une fois de plus, un seul instant lui parut ce qu'il faut, pour rétablir la confiance et faire ensemble le bon choix d'une vie. Ensuite l'espoir s'affaiblit. Le froid la pénétrait en même temps que le doute. Ses paupières s'alourdissaient. Les pieds lui gelèrent. À plusieurs reprises, elle fut prête à s'assoupir. Chaque fois, elle tressaillait avec un douloureux réveil du cœur.

« Oh Stèl ! Je t'aime, je t'aime, je t'aime … »

Il n'y avait maintenant plus qu'un quart d'heure, avant l'arrivée du train. Plus que onze minutes. Neuf. Huit. Sept … Cette attente fut affreusement longue !

Des personnes sortirent sur le quai. Ilèana s'y joignit en tapinois. Que cherchait-elle tard, la nuit, à la gare ? Elle ne verrait pas Stèlor.

« Oh, qu'il vienne, qu'il vienne ! »

Et son visage se crispait.

« En vain, Stèl a dû aller à Cluj dès le matin, il va se fiancer à une autre.

Non ! Non ! Non ! »

- Stèlor, Stè-loor ! Stèl ! …

En réponse, le train se tut, ensommeillé. Ça et là, clignaient quelques petites lampes. Après, les wagons s'endormirent dans l'obscurité.

Ilèana n'osa plus appeler. Grimpa une marche, et longea les couloirs. En passant, elle ouvrait les compartiments, fouillait les coins et les recoins.

Les voyageurs s'étaient assoupis au hasard, courbatus, éreintés. Les uns sortaient la tête du col de la veste, la mesuraient du regard et retombaient sur leur dossier de banquette, impassibles.

Ilèana traversait le dernier wagon quand le signal de départ l'accula au cri :

- Stèloor …

- Où est-ce qu'on est ? Quelle gare est-ce ? fit quelqu'un qui baillait.

- Stèloor ! Stèl ! répéta Ilèana plus fort.

- C'est un manque de bon sens, quand tout le monde dort ! commenta hostilement une dame.

- Qu'est-ce qu'il t'arrive ? l'apostropha un homme. Pauvre écervelée !

Le train se mit en marche.

Malheureuse et sous l'invective, la jeune fille tâtonna l'escalier du wagon et bondit en l'air.

- Ah, l'étourdie, s'exclama une femme à la fenêtre. Elle était prête à se faire tuer !

Le train s'éloigna. Quand le chef de gare vit la jeune fille se relever des cailloux et courir vers la route, il fut soulagé. Ilèana gémit. Son épaule droite était en feu et lui consumait furtivement la poitrine. L'oppressait avec lourdeur.

« Stèl n'est pas venu ! … C'est fini !

Stèl n'est pas venu … n'est pas venu …

Qu'est-ce que ce mal qui me ronge de l'épaule jusqu'au bout des doigts ? »

La figure d'Ilèana vieillit. Son corps se refroidissait.

« Oh ! Stèl !

J'ai dû me casser le bras ! Stèl n'est pas venu … Ma main !»

La neige tombait plus épaisse et fondait sur la rue vide. Sur son visage, se transformait en larmes. Elle, n'avait plus de larmes. Une violente douleur la perça des ongles jusqu'aux entrailles.

« Ma main, je me suis fracturée la main ! »

La jeune fille se mit à gémir tout en marchant jusqu'à la sortie de la ville, où le dernier réverbère faisait luire un paysage confus, de neige.

Les faibles brumes, fantasmes surpris dans leur cavale, reculèrent. L'image de Stèl se dessina dans sa mémoire, avec l'ovale taillé en marbre blanc par un grand sculpteur, et les yeux comme les fjords scandinaves.

Ilèana fléchit soudain à genoux. Ses pleurs se cassèrent dans la nuit en funestes cantiques. À chacune des cascades sanglotantes, son corps paraissait prêt à vomir sa vie.

Combien de temps ?

Les figures de la famille Dona ressortirent enfin de l'oubli. La jeune fille, transie de détresse, regarda leurs mains tendues pour la sauver de la noyade. Cependant cette vision la transposa dans l'ambiance de la maison.

« Mais tu es en train de jouer ta vie dans un étrange décor » parut dire Marie Dona.

« Si maintenant les loups surgissaient ? » ajoutait Anne.

Et Auréline avec son merveilleux sourire :

« Une prima dona déchirée par les loups sur la scène ? Ce serait trop cruel … »

Doucement Ilèana recouvrait son intelligence. La vigueur de sa jeunesse prenait le pas sur la désolation. Elle se leva lucide.

« Où suis-je ? Pourquoi je pleure ?

Stèlor m'a-t-il réellement promis quoi que ce soit ?

Rien, ce garçon n'est pas un vulgaire menteur, mais il n'est pas non plus assez noble pour s'engager. Stèl n'a même pas été capable de me dire qu'il m'aime. La magnanimité lui manque.

… Oui, Stèlor se trouve parmi ceux qui s'accrochent à la prudente parole d'honneur pour se faire une bonne réputation, tout en escamotant leurs actions irresponsables. Madame Dona m'a mis en garde ».

Brusquement, dans le brouillard, scintillèrent des yeux de fauve.

« Le Poignard ! »

Secouée de frayeur, Ilèana marcha d'abord à reculons. Puis fit demi-tour vers la ville et prit la fuite.

Sa pèlerine claquait dans l'air comme un drapeau. Elle l'arracha. La jeta. Ses cheveux défaits en longues mèches avaient la turbulence des crinières sauvages. La jeune fille courait désespérément, ses talons tambourinaient le chemin. Elle entendit son halètement, la pulsation du sang dans ses oreilles. Pendant que dans son bras, une torche en torsion flambante calcinait l'os.

Après avoir dépassé le réverbère périphérique, en direction du centre, la poursuite cessa et la jeune fille ralentit, presque étouffée – la bouche ouverte – le cœur battant.

De sa main gauche, elle essaya de retordre ses cheveux. Ses cheveux retombèrent lourdement. La tentative de se coiffer de la main droite lui déclencha une douleur si atroce, qu'elle gémit en abandonnant ses ondulations en désordre.

La ville se taisait, innocente. Sur la rue, il n'y avait plus âme qui vive. Les rares maisons, pelotonnées dans les brumes sommeillaient leur dormance du premier temps du monde. Ilèana traversait la ville, comme la pâleur de la lune parmi les arbres nus.

Soudain, dans le brouillard, se distinguèrent des ombres chancelantes, hideuses. La voix de Poignard se remarquait comme un ordre. Ilèana comprit qu'il incitait une bande de jeunes gens ivres, qui s'approchaient. La coinçaient. Des hurlements, des acclamations éventrèrent la nuit. Quelqu'un réussit à l'attraper.

Ilèana poussa un cri.

- Un bécot, poulette !

- Mais c'est qu'elle se débat !

- Ces cheveux te rendent fou !

- Mon bras ! Mon bras ! Lâches ! cria Ilèana au milieu d'eux. Ah, ma main !

- Qui y a-t-il là-bas ? …

- Qu'est-ce que ce scandale ? interpella une voix d'homme tout près.

- Rentre, père. Ils sont peut-être armés !

- Au secours ! appela Ilèana. Au secours ! ! À moi ! Aaah ! Hhhh !

- N'étranglez pas la belle !

- Mets-lui dans la bouche ce mouchoir !

- J'l'tiens par les pattes. Jolies pattes !

- Celui-là est soul, C'est les bottines qu'il bise.

- Ta gueule !

- Gare, gare ! Son bras est souillé de sang ! Débarrassez-vous d'elle !

- Deux flics, les gars ! Dégagez !

*

*　*

Quand Marie Dona descendit de l'autobus au pied de la montagne, le Pays d'Or l'accueillit avec ses fleurs vives, comme les cris de gaieté. Mais dans le déclin du jour, une foule d'hommes rentrant de la mine s'écoulait vers ce pays.

À leur poignante vue, Marie s'interrogea si ses meilleures intentions pour le village, n'étaient pas chimériques, si le Cœur d'Or pouvait sortir de son tourment ce peuple maltraité par l'Histoire.

La femme se ressaisit :

« Le doute fait perdre la bataille, avant même de l'engager. »

Pourtant, prise à la suite des gens, elle oublia d'emprunter l'habituelle déviation. Se retrouva devant l'auberge. Aperçut plusieurs camionnettes chargées de bagages, et la patronne – dans une élégance de violet et argent – prête à s'en aller.

Soumise au martyre de ce passage, Marie leva les yeux avec un regard, dont la transposition sur la toile aurait pu ramener les humains, sanctifier le tableau lui-même.

En réponse, un tac-tac de talons se fit entendre, accompagné par de violents claquements de portes et vrombissements de moteurs. Ce tapage fit se retourner la multitude en lente marche, de même que le ruisseau qui tout à coup refluerait ses flots, vers l'arrière. C'est ainsi, que les gens se trouvèrent face à face avec Marie.

- Comment va oncle Adrien ? demanda prévenant le jeune André.

- C'est vrai, madame Dona intervint l'une des femmes en attente, sur le bord de la route, mademoiselle Ilèana a failli se faire tuer ? Dis donc !

Marie lisait dans les yeux et la voix de cette femme une accusation et son cœur se mit à battre avant de répondre :

- Je vous ai prévenus qu'un crime impuni attire de nouveaux mauvais coups. C'est la faute à tout le monde.

- Ça alors ! se récria la femme vexée.

Un jeune homme se mit à rire et s'éloigna.

Mais les autres entourèrent Marie. Les passants et ceux qui étaient sortis à la porte s'approchèrent pour lui imputer :

- Madame Dona, les mauvaises langues disent que c'est votre faute. La jeune fille se trouvait chez les rupins, dans l'abondance …

- Vous avez embrouillé les choses aussi avec la fille de Léonore !

- Avec tant de bouches à nourrir, vous avez mis dans le pétrin votre mari.

- Ou vous êtes comme celles qui sont venues piocher au fond de la mine et qu'on a dû brancarder après deux jours seulement de ce travail d'homme ?

Le groupe entier voulut se remettre en route.

Marie Dona réveilla toute la force de son être, sa révolte et sa souffrance :

- Arrêtez !

Les gens s'immobilisèrent. Ils ne lui connaissaient pas cette voix.

- Vous êtes responsables, proférait Marie, de tous les maux qui ont été faits ou qui seront faits ici ! Un homicide s'est accompli, deux faux témoins ont sauvé le tueur, et vous les avez laissé faire. La mine où mon mari a travaillé pour pouvoir protéger deux orphelines a été pillée. Mon mari en prison innocent, moi-même à l'hôpital, et vous n'êtes pas intervenus ! Ne vous rendez-vous pas compte que le tueur incite maintenant les jeunes gens au vice, au crime ?

- Mais ils ne sont pas des nôtres ! protesta une femme.

- Ils sont tels que vous les avez laissé devenir, soutint Marie. Tous les enfants de la contrée suivront l'exemple du Poignard ! Les vôtres aussi … tant que la justice ne sera pas faite !

- C'est exact, Marie, reconnut père-Nistor.

- Elle est sensée, apprécièrent quelques-uns.

- C'est sa voix qui porte …

- Elle est forte.

- Vous voyez clair, avec cet empoisonneur, intervint un vieux contremaître. Dans les villages voisins, il y a aussi d'anciens occupants, les parents du Poignard. Avec eux, il n'y a rien à faire …

Marie se révolta :

- Pourquoi tenez-vous de tels propos sur les anciens occupants ? Voici André. Il m'est venu en aide comme un fils, à côté de père Nistor et de son neveu. André, n'est-il pas hongrois ?

- Oui et non, railla un homme. D'ailleurs, un tiers d'entre eux, pour le moins, sont comme lui, des Roumains magyarisés, du temps des persécutions qu'on a subies.

- Alors, dites-vous leur « frère » ! insista Marie. Tendez la main fraternelle à ceux qui vivent dans notre Transylvanie. Soyez accueillants et altruistes comme toujours.

- Parce que vous aimez les Hongrois, vous ? souffla une voix isolée.

- Bien sûr, que je les aime, pour leurs qualités : ils sont énergiques, entreprenants. Unis entre eux !

- Peut-être chérissez-vous aussi les Turcs ?

- Oui, chaque été, avant l'occupation et la guerre, nous avons connu des Turcs près de la Mer Noire. Ils sont sérieux et honnêtes. On peut compter sur leur parole.

… Voyez-vous ? L'âme commune des peuples, mes amis, est très humaine. Tout homme de ce monde reste une divine étincelle, tant qu'il ne se noie pas dans le malheur d'autrui.

- C'est vrai, ajouta, pensif, père-Nistor, un proverbe dit que les roses fleurissent sur les épines. Mais pas sur toutes les épines …

- C'est ça ! l'interrompit un autre agacé. Des jeunes Roumains, ou l'Aubergiste, ont pu s'associer avec le Poignard, mais pour faire mal !

Un vieux voulut rétablir la paix :

- Pensons plutôt à ceux qui se sont unis pour accomplir de bonnes choses, comme le Roumain Jean Corvin de Hunyade, prince de Transylvanie, le père du roi Mathias Corvin.

- Aussi aux compositeurs magyars, Bartok et Kodaly qui ont tant aimé notre folklore ! souligna Marie Dona. Lizt au moins, est allé écouter notre musique populaire même dans les autres provinces roumaines. Auréline vous en a joué du piano, à la fête.

- Oui, votre fillette, se rappelèrent quelques-uns. On a beaucoup aimé !

- Eh bien, reprit Marie, alliez-vous avec tous les peuples contre le Mal ! Unissez vos forces contre tous les maux, pour défendre nos enfants. Pour que tous les enfants poussent comme de bons frères. Vous, qui avez su garder le Cœur d'Or depuis le commencement du monde, dans votre poitrine comme au sein de la montagne, surmontez la mémoire du martyre, pour pouvoir aimer. Maintenant notre Transylvanie est libre ! Le Cœur d'Or a battu pour nous ! Nous l'avons découvert …

Les yeux des gens s'étonnèrent à ces derniers dires. Ils s'illuminèrent. S'effrayèrent. Échangèrent entre eux des regards. Puis les cris fusèrent :

- Le Cœur d'Or, vous dites ?

- Le Cœur d'Or ?

- On enlève le cœur des ancêtres ?

- C'est un pêché !

- Le Cœur d'Or anime nos montagnes depuis le temps des dieux.

- Le Cœur d'Or !

- Notre Cœur !

- Sacrilège !

Et les éclairs noirs, éclairs bleus, éclairs verts, jaillissaient des yeux de la foule.

Marie éleva la voix :

- On n'a pas touché au Cœur d'Or !

Mais la foule scandait avec ses bras, comme le tonnerre :

- Grand péché !

- Sacrilège !

- Au nom de Dieu ! redit fort, le plus haut et le plus fou – Marie. On n'enlève pas le Cœur d'Or ! C'est votre Cœur, le Cœur de vos aïeux, de vos enfants. Mais c'est aussi le Cœur de mes ancêtres. Et d'Adrien, de Lionel, d'Auréline, d'Anne.

… On a l'accord du Ministère pour faire un musée de la mine des Nains ! Aidez-moi pour mieux assurer la garde …

Le revirement fut brusque.

Le silence devint profond.

Les pics des montagnes parurent au ras de la route. Ou bien les millénaires en pétrification sur les figures des gens ?

Père-Nistor engagea le village à une prestation volontaire. Ensuite les gens se turent.

Marie se sentit de nouveau confrontée à l'atout éternel des montagnards. Elle se détacha d'eux, s'éloigna, comme la lune glissante au-delà des sommets.

*

- Qu'est-ce qu'il y avait ici ?

- Qu'est-ce que cette gonzesse a craché ? demandèrent deux engagés, venus de loin.

- Nous a-t-elle critiqués ?

- Comment s'appelle-t-elle ? Où est-ce qu'elle habite ? Vous n'en savez rien ? Qu'on l'attrape, alors !

- Courons après !

- Ça suffit ! ! s'écria hors de lui André. Laissez-la tranquille ! Elle est une vraie mère pour nous !

- C'est plus qu'il n'en faut, ricanèrent les deux.

- C'est la femme d'un mineur, vous entendez ? reprit André.

- Tant pis !

- Même ses enfants ont travaillé à la mine cet hiver !

- À d'autres !

- Restons-en là, les gars ! conseilla Pierre à son tour aux deux faiseurs d'embarras. Votre mic-mac ne marche pas chez nous. Dites-vous bien que les us et coutumes d'honnêteté, ne changent pas dans le Pays d'Or.

Ici, nous sommes unis !

*

Marie longeait la haie de son jardin, quand Bénesco arrêta la voiture à deux pas et descendit en hâte :

- Mes hommages, madame Dona.

- Oh ! Monsieur, s'exclama la femme et refusa de lui tendre la main.

- Madame Dona ! Oublions les malentendus …

- Les malentendus ? !

- Quand on vit sous la menace du présent, madame Dona, on ignore les petits ennuis.

- Où voulez-vous en venir, monsieur Bénesco ?

- Madame, je vous ai toujours trouvée digne d'admiration. Nous sommes très seuls et en danger.

- Justement, votre amie vient de partir.

Le grand propriétaire demeura quelques instants pensif, les yeux dans le vague.

- Elle est passée avec armes et bagages dans un autre camp.

De notre temps, Judas ne se pend plus, il vit pour dépenser agréablement ses trente deniers …

Comme Marie ne faisait aucun commentaire, l'homme abrégea :

- Madame Dona, j'ai réussi à faire arrêter le Poignard et j'aurais voulu me porter à votre aide pour la géode. Mais il n'y a maintenant qu'une seule issue pour moi : fuir à l'étranger. Cependant, votre présence ici devient aussi périlleuse. Le Cœur d'Or est sous la surveillance comminatoire.

Venez avec moi, venez avec les enfants, j'ai un avion cette nuit. Ma fortune d'ailleurs serait à votre disposition. J'aimerais donner un sens à ma vie. Vos enfants ont besoin de grands espaces européens pour développer leur talent.

- Et Adrien ?

- Il ne vous mérite pas …

Marie se sentit pâlir.

- Je vous avais cru pour le moins poli, monsieur.

- Pardonnez-moi, madame, c'est tellement urgent de prendre une décision. Vous ne savez rien de ce qui se passe. Ici, le relief montagneux a retardé un peu la contrainte.

Si l'homme surprenait à temps la vérité de son temps ! …

Marie n'en revenait pas. Néanmoins, elle demanda :

- Auriez-vous surpris à temps cette vérité ?

- Mais qu'est-ce que la vérité ? demanda Bénesco.

- La vérité ? Le suprême équilibre de la conscience, face à l'Absolu …

- Un patron mineur, madame, doit obligatoirement posséder l'esprit inventif et le sens de la gestion. Pourquoi voulez-vous qu'il ait en plus le doigté pour conduire les travailleurs ?

- Je ne faisais pas référence à vos conflits professionnels, monsieur, mais je crois que savoir conduire les gens, c'est tout simplement les aimer.

- Vous avez raison, madame Dona, mais c'est un moment crucial, choisissez la liberté !

Marie tressaillit :

- La liberté ? … Tant que nos Carpates n'escaladent pas les frontières pour s'enfuir, tant que nos rivières ne désertent pas ces vallées, tant que les enfants poussent toujours de cette vieille terre bénie, mon âme persiste en Roumanie !

Je vis l'Europe de mon terroir, à l'instar de nos ancêtres, qui ont bâti la liberté européenne, de leur sang sacro-saint …

*

*   *

Auréline courut pour accueillir sa mère, les bras ouverts. Marie la serra contre sa poitrine et embrassa la tête d'Anne, qui s'approchait grave, avec un muet besoin de caresses.

Au balcon, sur son lit de repos en plein air, Ilèana dormait comme une blanche fleur narcotisée par la lumière de la lune. La femme soupira. Pour sauver cette jeune fille, seulement quelques jours auparavant, elle lui avait donné de son sang. Mais la jeune fille s'était vite remise. Les heures de *canto* étaient prévues pour bientôt.

*

Après le minutieux classement des comptes, Marie descendit à la cuisine d'été, aux murets de verdure, où les enfants et leur grand-mère l'attendaient autour du repas. Une sourde rumeur de voix d'hommes montait de la rue vers la pente. Marie frissonna. Sa première crainte fut pour la santé de son mari. Mais ces travailleurs aux pas cadencés de conquérants, qui s'approchaient autoritaires et s'encadraient dans la porte comme chez eux, qui étaient-ils ?

Marie frissonna de nouveau.

- Nous sommes les mandataires pour la nationalisation des mines et des entreprises, lui annonça celui placé tout en face. Donnez-nous la clef du puits des Nains. On restitue aussi les mines concessionnées.

Le cœur de Marie battait à tout rompre. Elle demeura quelques instants muette.

« Le Cœur d'Or ! Le Cœur d'Or ! Le sacrilège du Cœur d'Or ! », se répétait la femme. Elle s'appuya sur Lionel puis sur une chaise, avant de se tenir d'aplomb pour lire la Délégation écrite.

- Les clefs ! Les clefs !

- Les clefs ! vociférèrent les inconnus.

- Sceaux et clefs sont déposés à la banque, répondit enfin Marie. … Au fond de la mine, il y a un trésor unique, préservé avec l'accord du Ministère pour un musée naturel national.

- On ne tient compte d'aucune destination, répliqua un compagnon.

Marie s'accrocha :

- Quel que soit l'objectif ? On ne doit pas sacrifier l'avenir pour un besoin passager.

- Nous n'en savons rien … Et vous, ne quittez plus la maison avant le matin !

- Souciez-vous plutôt de ceux qui connaissent le secret du trésor, répliqua Marie, vexée.

- Ça suffit, et faites ce qui est dit ! riposta un inconnu en lui empoignant la main.

Un autre le poussa du coude. Et en sourdine :

- Tais-toi, et va vite au téléphone. Le puits des Nains déborde de richesse.

Au milieu du groupe, cette altercation devint bousculade avec des geignements. Puis trois hommes coururent dans la nuit.

En s'avançant d'un pas ferme, les bras croisés, mais fortement résolu, Lionel jeta un défi sous-entendu aux gens. Sans tarder, Anne serra les poings et se rangea aux côtés du garçon.

Le Fondé de pouvoir parut pacificateur.

- Ça ira …

Marie Dona, haute en couleurs, laissa échapper un chuchotement :

- Espérons-le …

Pourtant son cœur n'avait plus de frein :

« On commence mal » …

- Quelle est la situation vis-à-vis de la banque et du fisc ? demanda le Fondé de pouvoir …

- L'impôt proportionnel est à jour même pour le trésor. Mais l'exploitation ne peut pas continuer. Je vous déconseille de vous emparer de cet or. Vous détruirez le plus précieux des patrimoines. Vous mécontenterez aussi les aborigènes …

- Oubliez l'utopie d'un musée naturel !

- Et l'expertise pour la géode volée ? insista de nouveau la femme. Vous ignorez que depuis sept mois mon mari est en prévention, innocent. Monsieur Bénesco vient de me promettre son concours.

- Bénesco est mort … un arrêt du cœur … lui communiqua l'homme, tout bas.

Marie Dona dégringola de mal en pis.

- Quand ?

- Il n'y a pas une heure. Bonsoir. Et quand même, cette nuit ne quittez pas la cour.

L'équipe s'en alla, reprenant la même marche cadencée. La femme demeura un bout de temps livide. Les enfants la dévisageaient, en silence. Elle entendit sa mère :

- Ces polissons, prêts à la volerie ! …

- On va garder le Cœur d'Or … encouragea Marie.

Néanmoins, elle ressentit un soulagement d'avoir assuré les enfants, le mas du père-Nistor, l'aide aux étudiants. Aux bébés du village. Et un peu d'argent pour le procès d'Adrien.

- Ne t'en fais pas, maman, essaya de la tranquilliser Lionel. Papa nous a dit que c'est un autel Pélasges, dressé sur un geyser. Ou bien qui s'est effondré sur un geyser. C'est le mouvement de l'eau qu'Auréline a pu entendre. La dislocation serait impossible. Elle provoquerait le jaillissement de l'eau, l'inondation de la mine. Même amené sur des roulettes à la surface, par l'ascenseur, qui pourrait transporter cet autel en cachette ? … Même si on le casse à la dynamite ! …

Auréline s'effraya :

- Briser mon Cœur ?

Marie ressentit le frisson. Le cœur d'Auréline passait aux mains des gens ignorant le guet noir du Poignard.

« Cette ombre qui menace l'ombre. »

Le jour où Marie voulut reprendre la leçon de *canto*, elle retrouva Ilèana au milieu des partitions, affalée par terre, les cheveux en désordre sur son visage – comme une pauvre brebis houspillée, réchappée aux loups, dans les torrents de ses larmes.

- « Il ne vient pas … Il ne vient pas »[*] … bredouillait la jeune fille parmi les sanglots.

---

[*] L'Opéra Faust

- Tu ne cesses pas de surenchérir dans le pitoyable ! l'apostrophait Anne en claquant la porte.

Marie s'agenouilla sur le tapis auprès d'Ilèana.

- Ma petite, l'opéra signifie chant, non pas sanglot. T'identifier à l'héroïne, c'est autre chose que de t'y confondre. Tu entends ? Reste lucide, ma chérie ! Tu n'es que la cantatrice qui exprime en mélodie l'âme de Violette, Gilda, Margaret, Lakmé …

- Je suis si malheureuse ! gémit la jeune fille.

- Alors, en interprétant le personnage qui meurt, tu veux mourir ?

La jeune fille remua la tête, affirmative.

Marie reposa la main apaisante sur la tête ébouriffée :

- Réfléchis ma petite aux paroles de notre docteur, quand on l'a invité à la classe de Morale, en automne :

« Laissez pour plus tard la décision de mourir, ou de tuer, toujours pour plus tard – c'est si facile de le faire ! – et donnez-vous la peine de vivre et de faire vivre l'Homme.

Ce n'est que la vie, qu'on a du mal à inventer ».[*]

La jeune fille pleurait toujours.

- Tu sais Ilèana qu'il y a un lieu commun pour le suicidaire et le criminel ? Un jardin fleuri métamorphosé en cimetière.

- Oh ! Non !

- Si. Relèves-toi du drame de ta vie, pour insuffler la vie au drame artistique ! Tu pourras te mesurer avec la plus prestigieuse voix – celle de la Callas – qui t'a bouleversée en l'écoutant à la radio.

- Oui, l'autre soir … soupira la jeune fille.

- On va tenter encore de l'écouter sur les ondes étrangères, pour l'admirer, pour apprendre aussi les secrets de son art.

- Oui …

- Je rêve tant pour notre petite Ilèana d'une telle compétition.

- La croyez-vous possible ? …

- Sans doute ! Mais alors, fini les pleurs. Promis ? …

- Oui, madame Dona … C'est juré !

La jeune fille embrassa les mains de Marie et se mit à monter ses cheveux en chignon.

Pendant que la femme laissait planer son regard inquiet sur cette pauvre mioche souffreteuse, arrachée à la mort périodiquement.

- Reculons le *canto* et allons faire une répétition de français au jardin avec Anne et Auréline, qu'en dis-tu ? lui proposa Marie.

---

[*] Dr Michaël Georgesco-Moldoveanu

Et dans son for intérieur :

« Sans égards aux tracas, ses sentiments pour le jeune homme ont été plus persévérants que les miens pour le père de mes enfants.

L'orgueil, ou plutôt les problèmes à résoudre, ont suspendu toute mon affection pour lui. Quelle erreur !

L'amour inclut le devoir, mais le devoir ne saura pas se substituer à l'amour.

Cependant, je n'ai pas cessé de l'aimer.

La jeunesse fait des gambades au-dessus des pièges. Pourtant, si les jeunes d'une seule génération prêtaient oreille à la sagesse, ils ne se perdraient plus dans un cercle de malheurs. Leurs bonds en avant rompraient la chaine de l'incompréhensible qui nous entoure. »

*

À travers le feuillage vert des arbres, le soleil descendait ses abeilles de lumière, sur la pelouse. Auréline se tournait de temps à autre dans la direction du Cœur d'Or.

Anne, malgré son effort pour la bonne prononciation des voyelles françaises, ne put se passer d'un muet commentaire :

« Elle croit toujours que le Cœur d'Or est vivant … »

De la porte cochère, Lionel venait les rejoindre. Il avait une expression que Marie ne put pas déchiffrer.

- Est-ce que cette partie de l'examen s'est bien passée ? demanda-t-elle soucieuse.

Lionel fit un geste, comme si les épreuves ne signifiaient pas grand-chose par rapport à ses formidables capacités.

- Maman, assura la cadette. Aucun de nous ne rate son examen de passage.

Lionel répondit à l'insistant regard de sa mère :

- J'ai vu Stèlor. Il est rentré à La bouche de cendre.

Auréline poussa un cri d'allégresse et bondit de l'herbe très haut, comme si elle avait voulu percer l'atmosphère :

- C'est vrai ??

Une vive rougeur colora les joues d'Ilèana. Ses iris flambaient bleus.

- Il est venu ! Il est venu ! criait la fillette.

… Vous voyez bien qu'il est venu, reprit-elle en se tournant vers les autres.

Mais la petite fille rencontra le soourire sourire de sa mère, l'impénétrable expression de son frère, la vue embrumée d'Anne.

Auréline chancela. Puis se pencha vers la jeune fille dans l'herbe, avec la vitesse d'un oiseau, pour défendre son petit. Elle lui couvrit les yeux de sa main droite. Et de la gauche, lui ravagea le chignon et fit glisser la longue chevelure sur son visage, à l'abri de tous les regards.

- Stèlor est venu ! Tu seras une cantatrice étoile. Je veux dire stellaire ! ...

Il est venu ... Stèlor est venu ...

*
* *

Les démarches pour l'expertise furent menées à bout par Marie. Devant le surnaturel âtre de la rotonde fortement éclairée, le groupe des spécialistes discutait avec animation entre les deux gardes. Marie aperçut de loin Stèlor.

Au beau milieu d'une conversation scientifique, il conservait sa tenue astrale, ou plutôt, misait, arrogant, sur son esthétique. Aussi, la femme nota une certaine chaleur dans l'expression du jeune homme. Surtout quand il dardait son regard sur l'autel incandescent, ses yeux s'attisaient, avides, ou bien c'était la luminosité de l'or qui se mirait en eux ?

À la vue de Marie, les hommes se turent et l'accueillirent. Pâle et grave, les yeux veloutés, avec l'argenture de ses cheveux, semblable à une discrète réplique d'un nimbe, elle portait par-dessus la blouse roumaine une longue tunique blanche brodée de fil noir. Les étrangers la regardèrent admiratifs. Après une brève présentation, ils se déplacèrent ensemble sur les lieux de la géode – soigneusement préservée par Marie. Aucune empreinte n'était décelable. Toutes les pierres brisées lors de l'explosion provoquée par Poignard, avaient disparu depuis l'hiver.

- Voici le fond de la géode, comme un bonnet ! s'exclama un ingénieur des Carpates Occidentales, qui roula un bout de roc troué, le bord en bas, immergé dans l'eau, et pris pour une pierre quelconque.

Les spécialistes se groupèrent autour de l'objet décisif pour l'enquête. Au creux, à l'emplacement du voile d'Or, de petits fils brillants tremblaient, tordus, rompus. La preuve était suffisante. En plus, à l'intérieur, les empreintes avaient pu se conserver intactes.

Mais la géode relevait d'une grande importance géologique. Après la notification de ce nid insolite, et son emballage précautionneux, le comité retourna au dernier point de l'exploitation aurifère et fit demi-cercle devant l'Autel ancestral, ce Cœur d'Or légendaire.

- Quelle bonne étoile a eu notre jeune mineur, dit un ancien à l'égard de Lionel, dont le nom avait été prononcé à plusieurs reprises.

- Dommage qu'il soit en train de passer ses examens !

- Et vous, madame, demanda un ingénieur étranger, vous avez eu le cœur de donner ce trésor de conte pour un musée archéologique naturel ?

- Un tel message des ancêtres appartient au pays, à l'humanité, murmura-t-elle avec modestie.

En plus, il ne s'agit pas seulement d'un intérêt historique sans précédent. Mais les gens sont attachés jusqu'à la superstition à ce Cœur d'Or qui parle de notre permanence ici.

Je crois que la science doit défendre ses valeurs contre tout abus malsain !

Un bon ami d'Adrien, le savant qui déchiffrait les écritures archaïques[*] et l'histoire des ancêtres, appelé par Marie de Bucarest, souligna :

- Dans l'épopée l'Iliade, on parle d'un calice gravé en or offert par les Traces au roi Priam, et de divins Pelages aux armes d'or, comme seulement les dieux doivent en porter ». Mais beaucoup de leurs merveilles, qui plaident si éloquemment de nos millénaires, ont été détruites par tant de barbares; cambriolées. En voilà maintenant quelque chose d'inouï ! Les incrustations de cet autel relèvent d'une inscription protolatine , que j'aimerais déchiffrer.

Son frère, le médecin tant estimé par Marie pour sa brillante pensée compléta :

- Toute noble réalisation qui n'est pas couronnée à temps risque de se faire broyer par les mandibules des imposteurs.[**]

---

[*] Il s'agit du savant J. Moldoveanu, le père de la Daco-Tracologie.
[**] Dr M. Georgesoco Moldoveanu.

L'éclairage électrique faisait jouer des flammes autour de l'autel en forme de cœur. Stèlor se pencha, souleva une barre de quelques kilogrammes et la soupesa longuement :

« J'ai perdu l'occasion, semblait-il se dire, mais à coup sûr cette famille a dû s'en assurer pleinement ».

Le jeune homme prit pour point de mire Marie, croisa son regard. En la saluant de nouveau, il posa la pépite et embrassa la main tendue, comme si cette main devenait un or plus certain.

- Ilèana va bien, madame ? Puis-je lui rendre visite ?

Marie hésita. Pourtant c'était la seule chose attendue par sa protégée.

- Vous serez le bienvenu.

Au crépuscule, après le départ des scientifiques, Stèlor vint. Cette visite prenait une telle importance qu'Auréline imagina un funambulesque menu. Des plats savants, plutôt alambiqués, avec lesquels Faust lui-même aurait pu se régaler.

Anne et Ilèana prêtèrent la main à la cuisine. La table fut dressée sur le balcon abrité, avec des lampions sur les pilastres de bois. Lionel remplit une corbeille de fruits du verger. Mais quand Ilèana lui tira la manche pour qu'il tienne compagnie à l'invité, il se déroba dignement pour une petite réunion de poésie avec ses amis du village. Anne le suivit des yeux s'en allant couvert d'une cape, sous la pluie battante.

Seule Auréline rendait, à sa façon d'enfant terrible, l'attente de l'hôte agréable, devant la maison, sur le balcon en habit de roses blanches et de géraniums.

Stèlor avait l'air amusé. Mais de temps à autre, il jetait un regard vers l'espace d'entrée du hall campagnard, curieux d'apprendre pourquoi cet aspect rustique n'avait pas été changé en salon palatin ? Ces gens là ne seraient-ils pas moins riches qu'il l'espérait ?

- Tu veux que je te joue du piano ? demanda Auréline.

Elle ouvrit la porte de la chambre au Beckstein en grand, essaya plusieurs pièces de Bach, Chopin, Brahms et Beethoven. Opta pour l'Appassionata. Marie la perçut de la cuisine et se tint près de la fenêtre ouverte. Après l'élan de joie et la profonde méditation sur cette joie, Auréline se déchainait avec une force musicale qui émotionna Marie.

La grand-mère se signa :

- De certitude, cette gamine joue comme un chérubin !

Ilèana devint haute en couleur comme tous les amoureux qui s'approprient le chant du rossignol. Anne brillait de tous ses feux.

Au balcon, Stèlor lui-même fut captivé. Il pénétra dans la maison et s'approcha du clavier.

La petite fille s'exalta davantage. Atteignit le sublime extatique. Et levant les yeux vers le visage du jeune homme, elle vit un chaleureux sourire. La fillette baissa les paupières. Acheva la sonate, son offrande à l'amour. Et aux anges, que Stèlor soit bon, que ce soit elle, qui l'ait adouci par la musique, Auréline s'attarda – les mains abandonnées sur les touches – comme soumise à un sortilège.

- Excellent ! … Mais tu es une vraie, une grande pianiste, Auréline !

- Beethoven est grand !

Debout, Stèlor ne la quittait pas des yeux, avec un enthousiasme inhabituel.

- Tu sais, Auréline ? Je n'ai plus entendu – je t'assure – quelqu'un jouer d'une façon aussi extraordinaire ! L'artiste de génie peut seul, porter au sommet, comme toi, l'interprétation d'une œuvre. Tu devrais faire des concerts !

Auréline tressaillit :

- En robe du soir ? Comme Ilèana ?

D'un saut, elle tapota le chiffonnier. Les portes s'ouvrirent – à sa baguette magique – et mirent devant Stèlor la féerie des parures. À ce moment, le jeune homme embrassa du regard le riche panorama des meubles sculptés en filigrane roumain, les tableaux qui, à son avis, valaient une fortune.

Auréline tira la robe de bal pour Violette et l'agença sur son menu corsage en laissant s'allonger à terre le faste des volants. Puis présenta le costume de fête de Margareta. Mit le boléro de Lakmé. Fouilla, fébrile, certains joyaux pour la ressemblance avec la fille de déité. Parvint enfin à renverser l'énorme cassette à bijoux qui brillantèrent le tapis.

Pour le jeune homme, c'était ce qu'il fallait. Ilèana ne manquait pas de dot. Il redressa bien sa taille, oublia Auréline et fit quelques pas pour profiter de cette circonstance. Pourtant, s'introduire dans la cuisine aurait pu faire preuve d'empressement impoli.

Le jeune homme se maîtrisa. Mais ce retard ne risquait-il pas de devenir fatal ? De nouveau, il se dirigea vers le fond du hall. Et les bonnes manières qu'il s'imposait, l'empêchèrent de commettre une imprudence.

Peu avant le dîner, Stèlor se précipita vers Marie pour demander la main d'Ilèana. La jeune fille lui tomba dans les bras, tout en pleurs. Il était évident que la femme ne pouvait rien objecter.

Néanmoins, Marie ajouta :

- Ilèana est mineure … Nous obtiendrons la tutelle officielle à la libération d'Adrien.

- Maintenant, il sera innocenté plus vite, madame.

- Je m'en doute, après l'expertise … bien que les juges soient nouveaux, les gens de la banque aussi.

- Je vous donnerai mon concours, madame Dona.

- Ce que monsieur Bénesco m'avait promis le soir de la Nationalisation. Pour des références techniques, je pense …

Mais Stèlor précisa :

- Je me porterai témoin pour vous. Le dimanche d'avant ce malheureux pillage du trésor, j'ai été invité par l'Aubergiste au déjeuner, avec Bénesco et Poignard. Ils m'ont demandé les détails connus sur la fameuse géode carpatique d'autrefois. Bénesco ne se sentait pas à l'aise. Après une altercation avec la dame, il nous a quittés en les accablant de son dédain.

Marie s'arc-bouta contre la table, frappée de stupeur. Ce jeune homme tenait une preuve si éloquente pour l'expertise, et au mépris de toute morale s'était tu ! Il s'était tu, pendant que son mari croupissait en prison ! Et quand, en pleine difficulté, les enfants lui ont parlé de la deuxième entrée dans la mine, il s'est lâchement esquivé ! Quelle conscience avait-il ? Marie fut sur le point de le mettre à la porte. Elle dut prendre en considération le long chemin d'Ilèana vers l'aboutissement de son pauvre amour. Mais se demanda si cet homme faisait le bonheur d'Ilèana. Si elle-même ne se salissait pas avec le témoignage d'un tel homme.

« Celui qui s'allie avec quelqu'un de malhonnête pour obtenir la liberté, devient-il vraiment libre ? », se disait Marie. Le jeune homme saisit le moment critique et ajouta :

- Bénesco m'a interdit toute immixtion dans l'affaire. Le jour suivant, nous sommes partis pour l'Institut de Recherches à Cluj, puis à Bucarest. Nos déclarations après coup, n'auraient pu qu'aggraver les attaques dirigées contre le patron, en tant que tel. Récemment, quand j'ai renoué avec votre maison, j'ai été expédié à Cluj et retenu.

… Mais j'aime Ilèana.

La femme ne lui demanda pas pourquoi il n'avait donné aucun signe de vie à la jeune fille avant qu'il pose les yeux sur le Cœur d'Or.

« Qu'on fasse donc, foi à l'honnêteté de l'homme … » accepta la femme.

Heureusement Lionel venait d'« irrompre » du déluge pour tendre

à sa mère la feuille trempée – avec des vers écrits sous l'averse :
  Lointain, une main luit
  au clavier
  Ramure mystérieuse aux mille ouïes
  Le « c'est » ? … Et « ce serait ? » … Et « il était ? » …
  Ses longs cheveux peignés par la pluie …

*
* *

- **P**apa est libre ! Libre ! Libre !

- Bonjour, toutes les coroles qui se décillent ! Coquelicots gentianes et … camomille ! Que les forêts s'emplissent de joie, d'amour ! Papa est libre … Bonjour tout le monde, bonjour !

Les cris avaient éclaté dès l'aube, quand le télégramme d'Adrien arriva. Marie pleurait d'émotion. Sa mère allumait les petites lampes à l'huile dans toutes les pièces devant les icônes, et remerciait Dieu.

Comme la surprise outrepassait les habituelles réjouissances d'Auréline, elle détala nu-pieds, en chemise de nuit – dehors, dans l'herbe – suivie par Anne et Lionel. Remontant dans le verger, tous les trois se balançaient aux branches, sautillaient, se surpassaient en trouvailles de rimes – car le Roumain est né poète – au moins d'après un dicton !

Sur la montagne, la forêt se clarifia, très pure, comme dans l'instant premier des commencements. Les broussailles fumaient encore – des ondulations blanches de brume se levaient, s'infiltraient parmi les rameaux d'épicéa.

- Frères sapins, balancez vos bras, et riez aux éclats !
- Écoutez-nous, vallées, sommets !
- Chantez, rossignols ! Chantez votre *doïna*, bergers !
Auréline tressaillit :

- Vous avez entendu ? Un écho de *doïna* ! Les bergers ont dû recevoir notre message sur les cimes !

La fillette surmonta les proéminences de la mine des Nains, dont les gardiens – des gens du pays – regardaient avec indulgence.

- Ici, le Cœur d'Or ! émit de toutes ses forces Auréline.

- Cœur d'Or ! Or … sonnèrent les gorge des montagnes.

- Oooo ! … ééééé, donna de nouveau la voix d'Auréline.

- éeee ! Résonnèrent les défilés.

- C'est curieux que de ce point la voix devient si ample, commenta Lionel. Du temps de nos ancêtres, les Daces, il fut sans doute lieu sacré ! Car toutes les données convergent : l'autel d'or, ce petit plateau de la mine, aux étranges protubérances, devant l'amphithéâtre des vallées …

Auréline sillonna les hautes herbes, rentra dans le jardin, se coucha doucement sur le foin regorgeant de rosée, comme sur l'onde. La végétation touffue, à peine appesantie par le corps d'Auréline, la fit rebondir sur ses bras élastiques, pareille aux ressorts. La fillette roulait en bas sur la pente et répandait la rosée en l'air, à chaque vague successive.

Presque maternelle, Anne s'inquiéta :

- Auréline ! Attention !

Puis rencontra le regard de Lionel. Un bref regard, mais si intense, qu'il paraissait sourdre d'un conte mystérieux. D'un monde magique à venir. Anne put seulement un instant refléter ses étoiles, dans ce regard. Vite, avec franchise, Lionel prit la main d'Anne pour courir ensemble vers la maison.

*

À la cuisine, ils trouvèrent la cadette enveloppée d'un drap sec dans les bras de Marie. Auréline se blottissait au sein de sa mère, près de s'y confondre. Marie la serrait sur son cœur et l'essuyait sur la tête en aspirant de temps en temps ses mèches blondes.

« Sa mère la respire comme un parfum » pensait Anne.

« Maman était-elle heureuse avec moi ? Maman ne riait pas. Ne pleurait pas. Elle suait. Le front de maman était toujours en nage : quand elle lavait le linge, quand Poignard la rudoyait, ou quand il la frappait. Une fois, je lui ai arrangé son fichu glissant, et j'ai touché la sueur de son front. Elle était chaude ».

Anne revoyait sa mère avec tendresse et douleur. Cependant,

quelque chose la rendait confiante et bonne – un regard qui lui avait paru sourdre d'un monde magique. Un regard qu'elle préservait au fond du cœur pour la vie.

Auréline pria sa mère :

- Embrasse aussi Anne, maman … elle est ma sœur …

La fillette glissa sur le côté, entraina le drap jusqu'au piano. Là, elle se mit à fixer musicalement les menues étincelles d'une matinée si explosive.

- J'ai bien l'impression que tu veux composer le poème des Carpates, remarqua Lionel sur le seuil de la porte. J'ai reconnu le buccin, la *doïna* jouée à la flûte, l'écho … Tu l'as créé pour papa ? …

*

Le lendemain, leur père annonça quelques semaines de retard.

- Que diriez-vous d'une fête populaire pour l'arrivée d'Adrien ? suggéra la grand-mère.

Marie accepta illico.

L'émulation était pour elle un chemin sûr, pour le dépassement de l'Homme. Elle espérait par-dessus tout, qu'une manifestation culturelle serait opportune pour le Pays d'Or et les villages voisins, après un an sans aucune fête scolaire. En plus, Ilèana aurait là une vraie répétition générale, avant son concours au grand Conservatoire. Et puis, quelle joie pour Adrien !

Les préparatifs s'ébauchèrent.

Sur la montagne du Cœur d'Or, du matin jusqu'à la tombée de la nuit, sonnait tantôt le clavier d'Auréline, tantôt le chant d'Ilèana. Le chœur et la pièce murirent sur le balcon de l'entrée. Mais parce que les villageois s'arrêtaient sur la route pour les entendre, Lionel, avec ses camarades – et en outre tous les enfants du village – se cachèrent dans la basse-cour pour garder la surprise intacte.

Le choix de la pièce avait été délicat. Lionel sélectionna :

- « Le jour se lève » ou « l'Aube », les tragédies du martyre de la Transylvanie.

Marie opposa un non catégorique :

- La représentation de ces œuvres n'a plus de sens après le rattachement de la Transylvanie à la patrie roumaine. Qu'on oublie la souffrance et qu'on tende la main pour la paix. Le Roumain a depuis toujours gardé en lui un cœur d'or. Quand l'étranger passe devant la porte à l'heure du repas, le Roumain l'appelle pour partager son pain. Qu'on soit toujours nous-mêmes !

- Alors, une pièce d'Alecsandri ?

- Caragiale ?

- Une comédie française ! « Le médecin malgré lui », de Molière.

- Et la confiance des paysans dans le docteur qui a peine à s'installer chez nous ?

- « Roméo et Juliette ». Que Juliette soit Ilèana.

- Et Roméo ? …

- Maman, tu aimes la morale sans compromis d'Ibsen, comme « Le canard sauvage », « la Résurrection » …

- Notre public paysan n'en est pas encore assez averti.

- On a oublié le drame « Coucher du soleil ».

- C'est ça mes chéris … La pièce historique avec les derniers éclats d'Étienne le Grand, ce prince de Moldavie qui au quinzième siècle, durant ses quarante six années de règne, a conduit quarante six guerres de défense, et après chaque bataille, a construit une église pour remercier Dieu. Il était petit, mais le peuple l'a nommé « le Grand ». Et le Pape de son temps l'a surnommé « Le Défenseur de la Chrétienté ».

Lionel se parait bientôt de la blonde chevelure d'Étienne le Grand. Dommage qu'il ne pouvait pas peindre un bleu sur ses yeux.

- Tu ne veux pas jouer, Anne ? Même pas réciter une poésie ?

- Non !

- Anne va nous aider, j'en suis sûr, intervint Lionel.

Et Anne s'engagea dans la peinture de programmes, que le garçon qualifia de « vraies merveilles ». D'ailleurs c'était Anne qui décidait les heures de répétition. Anne partageait le droit d'étude au grand piano à Ilèana et Auréline.

Quant à Marie, elle sublimait le désir du bonheur familial jusqu'à y englober les gens de ces lieux, du pays, du monde entier ! Était-ce télépathie ? La pensée d'Adrien arrivait aussi comme une chaude brise qui passait sur le visage de Marie, qui se glissait dans son cœur. Quand elle parlait de son mari, un feu rayonnait dans son visage. Ainsi, Lionel découvrait sa mère à nouveau amoureuse de son père. Il lui souriait, compréhensif, complice.

« Adrien m'aime toujours … c'est moi qu'il aime », se répétait Marie, béate, et avait du mal à reprendre son sérieux pour travailler avec les enfants. Car l'âme des répétitions restait Marie. Au bout d'une dizaine de jours, Ilèana put affirmer :

- L'Air des Clochettes, de Délibes, c'est tout ce que je veux chanter ! Je vous en prie, madame Dona, je vous en supplie ! Permettez-moi de le chanter pour Stèlor !

La jeune fille, qui parlait avec Stèlor seulement à table, en présence de toute la famille, prolongeait son rêve dans l'air de Lakmé.

Quand Ilèana s'exerçait – en cachette – à la mimique, c'était le tour d'Auréline au grand piano. Plusieurs fois par jour. Et des après-midi entiers. Auréline avait une hâte, une impatience d'apprendre et de se parfaire.

Pour les concertos, Marie rendait de sa chambre – à la pianine – la partie orchestrale et facilitait les entrées pianistiques. Alors, à travers les espaces des portes ouvertes, Auréline s'émerveillait :

- Tu entends, maman, Beethoven ? Les stances de son clavier astral me brûlent les doigts …

Ou bien :

- Tu entends, maman, tu entends ? Grieg filtre de ses mains la source miraculeuse des forêts immortelles.

Et à la reprise de la même partie pour piano :

- J'ai l'impression que je roule au bout des doigts, la transparence des gouttelettes musicales …

Auréline sautait du lit au chant de l'alouette. Elle plongeait son visage au point d'eau, capté dehors dans un nid de pierres. Faisait clapoter l'eau avec ses bras nus, tel un caneton novice. Changeait de chemise, lissait les ondelettes blondes sur ses tempes et se mettait au piano dans la chambre d'Ilèana.

Quand la jeune fille prolongeait ses rêves dans la fainéantise, la cadette se contentait de l'ancienne pianine. Mais contrainte par les limites sonores, la fillette forçait les touches. Alors, la dissonance réveillait enfin Ilèana.

Auréline se mettait au piano Beckstein. Pour une réconciliation sure, elle débutait par un motif dansant, du classique ou d'elle-même, inventé ad hoc. Ilèana improvisait avec plaisir un ballet ahuri. Souvent, Auréline continuait de la main gauche, indiquant de l'autre le rythme d'une grâce plus rêveuse.

- Notre chérubin travaille à jeun ! protestait la grand-mère.

Un jour, en la regardant jouer un concerto de Saint-Saïens, elle craignit que sa petite-fille ne se luxe les doigts. Et en fit grief à Marie :

- Je crains qu'absorbée par les préparatifs artistiques, tu n'aies plus assez d'égards pour cet ange !

Marioira, sais-tu que chaque matin, Auréline donne son goûter aux gosses ? Et qu'elle a offert son cartable avec les livres, pour l'enfant d'un chercheur des céréales ?

Sais-tu qu'elle a enlevé sa robe et l'a donnée par-dessus la clôture à la fille du voisin ? Et que Lionel, qui l'avait aperçue du grenier, m'a dit d'aller couvrir sa sœur, parce que ses camarades arrivent ?

Marie se mit à rire :

- Pour la robe, elle ne me l'a pas encore avoué …

- Mais tu ris, ma fille ? L'enfant est le bonheur des parents, et non pas leur amusement !

- Ne vous en faites pas, mère, pendant mes études au pensionnat, moi aussi je partageais mes colis alimentaires.

- Tu faisais ça, toi ?

- Voyons, mère, c'est vous qui me l'avez appris.

- Bon, d'accord, opina du bonnet la grand-mère. C'est la générosité des Roumains. Mais celle d'Auréline dépasse son instinct de conservation. À son âge, tu étais plus robuste et plus prudente. Je ne t'ai pas raconté qu'avant midi, elle est grimpée sur les plus minces branches, au sommet d'un arbre, pour décrocher le cerf-volant du voisin. Comme l'autre jour, sur le toit de la grange, d'où je l'ai descendue à l'aide d'une échelle.

- Oh, non …

- Oui, ma fille chérie.

- Seigneur ! Ai-je perdu la tête, pour l'arrivée d'Adrien ?

- Disons que tu t'es trop remise à moi.

… Tu sais, Marie, que ton père, avec sa conscience d'instituteur d'antan, aimait découvrir les enfants fort doués du village. Eh bien, il a constaté avec douleur que tous ont péri dans l'anonymat. Ce n'est pas le don spirituel qui nous manque, mais l'environnement favorable.

Tiens à l'œil cet ange. Demain j'irai à Bistrita pour voir les cousines et ceux qui restent en vie de la famille de ton père.

- Ce serait pour une seule semaine, mère …

- Il a suffit de beaucoup moins pour qu'Ilèana nous échappe. N'oublie pas Marie. Auréline se laisse dépouiller, abuser par les autres.

- C'est parce qu'Auréline rêve toujours d'être la bonne fée, mère … Mais Adrien viendra et on va veiller ensemble qu'elle soit une grande musicienne.

- Pourvu qu'Auréline ne devienne pas une petite sainte – si elle continue à brûler la chandelle par les deux bouts.

*

Ce soir, la fillette s'endormit dans les bras de sa mère. Pour ne pas perturber son sommeil, Marie n'osait plus bouger de sa chaise et la mettre au lit. Elle regardait avec tendresse l'enfant désarmée, sur son cœur, lui embrassait délicatement, l'une après l'autre, les mèches blondes. À travers ces petits baisers, toute sa vie aurait voulu s'écouler dans la vie de son enfant, tout son amour. Et l'idéal d'un art, qu'elle se contenta de rêver à son temps.

« Auréline doit sentir son auréole », songea Marie. « C'est pour cela que les autres biens n'ont plus de valeur pour elle. À peu de choses près, même pas son existence. »

*

Penchée sur les schémas de ses programmes, Anne bâtissait en elle une entente si solide avec Lionel, que le garçon parut la ressentir. Il se mit à consulter Anne, sur toute l'organisation de la fête.

Simultanément, Anne suivait Auréline. Mais ce qui l'intriguait chez sa cadette n'était pas l'altruisme ou la simple assiduité, ou l'exubérance. Anne pressentait en Auréline quelque chose d'ineffable qui la dépassait. Une fois, elle lui avoua :

- C'est tellement beau ce que tu joues que j'ai envie de pleurer. Tu aimes ! Tu aimes, Auréline ! Mais qui ?

Chaque matin d'ailleurs, Anne jetait un regard dans le tiroir de la petite fille, pour trouver un griffonnage musical, quelques vers, ou phrases de ce type :

« L'Homme, cet éternel porte-plume, qui se trempe tantôt dans l'encre du rêve, tantôt dans celle du poison, pour écrire sa vie et la vie des autres ! Si je pouvais transformer toute encre en lumière ! » ou bien : « Mon âme est une marée, vers la haute pierre lunaire de l'Idéal. »

« Auréline aime ! Elle aime ! » se répétait Anne. « Elle aussi aime ! »

*

Un soir, Anne partait à la recherche de la fillette que personne n'avait vue. Elle la repéra, couchée dans la rivière de pétunias nocturnes, et belle-de-nuit. Auréline mit le doigt sur ses lèvres comme si elle avait besoin de silence.

- Qu'est-ce que tu guettes ? s'enquit Anne.

Auréline écarta ses longs doigts grêles, dans un mouvement de pétales qui se desserrent et s'entrouvrent. Et s'inclina, pour percevoir encore l'inaudible éclore.

Anne s'en alla dans une perplexité admirative :

« Elle entend les coroles s'ouvrir … Elle est peut-être toujours à l'écoute du Cœur d'Or ? »

Depuis, Anne fut résolue :

« Auréline doit m'expliquer son énigme. En hiver, je me suis fait sa maman, quand je l'ai entendu pleurer au milieu de la nuit. »

Mais Auréline, peu à peu, ne parla plus. Elle se taisait, mélodique. Elle pensait mélodique. Elle répondait aux questions par un arpège, par un trille.

En passant, demeurant debout, assise, la fillette glissait sa main sur les touches, pour vérifier ou pour concrétiser ses propres songes. Ou bien, elle jouait avec les ondes sonores, comme les nageurs avec les vagues. Émoustillée de musique, elle devenait la musique à peine matérialisée. Malgré cette ivresse, Auréline cherchait l'unique interprétation possible, qu'elle fignolait à l'extrême.

Enfant vulnérable, qui s'abandonnait aux bras de sa mère comme si elle n'approchait pas de ses quatorze ans, Auréline avait au piano une soif de perfection mature, comme à la veille d'un instant décisif, inextricable :

Vite ! Encore une fois ! Plus éthéré ! Plus profond ! Sublime !

… C'était le concours de sa vie.

La concurrence avec sa vie.

« Elle court à la mort ! » se dit un jour Anne. Et se mit à sangloter :

« D'où me vient ce pessimisme ? Auréline doit vivre. Elle est ma petite sœur, je devrais le lui dire … »

*

Quand Anne aperçut de loin Auréline à la racine du tilleul, elle n'osa plus faire un pas. Le tilleul poussait entre la cour et le verger – colosse feuillu et puissant – ignoré jusqu'à cette heure suprême de la floraison. Maintenant, les basses ramures de l'arbre s'entrelaçaient avec l'herbe. Ainsi, elles paraissaient fleuries par le foin.

Par-dessus la tête d'Auréline, les branches avaient le mouvement rotatif d'une vaste auréole vivante. Il y avait dans cette auréole un million d'infimes clochettes qui chantaient un hymne parfumé. Il y avait un million d'encensoirs, à la fumée d'or, qui embaumaient d'un saint parfum. Dans un calme totale, Auréline se taisait.

« C'est le silence qu'elle écoute ? » s'interrogeait Anne. « La musique du silence ? Le Cœur d'Or ?

Ou serait-ce un onzième commandement de Dieu ? »

Les rameaux du tilleul frémirent. Une pluie de fleurs se tamisa.

Les fleurs dessinaient en l'air de luisants signes ancestraux. Sigles et symboles étincelants qui tombaient sur les cheveux d'Auréline. Une fillette enneigée de minuscules étoiles. Une fillette étoilée de fleurs métaphoriques.

Auréline s'inscrivait dans le mystérieux perpétuel.

*

Marie s'arrêta derrière Anne avec le groupe d'écoliers venus pour la répétition.

« Seigneur » s'émerveilla Marie en regardant son enfant.

« Mon bonheur n'est-il pas, lui-même, un remerciement ? »

- Elle a l'air d'une petite divinité blonde, commenta un ami de Lionel.

Et, à pas feutrés, l'ensemble se retira vers la pelouse.

Quand la fillette se remit à illuminer l'air de ses accords divins, tous levèrent les yeux comme pour déchiffrer un idéogramme parvenu des cieux.

*

Une seule fois, Marie eut l'intuition du danger : quand elle apprit qu'à la mine des Nains, l'entrée à l'ascenseur était toujours à l'état d'ébauche.

« Si les vigiles sont isolés, un ennemi peut s'introduire au trésor » pensait-elle. « Qui ralentit l'achèvement ?

Il n'y a personne pour se soucier de notre Cœur d'Or ?

Le Bien indécis revitalise la détermination du Mal.

Quel Mal ? … Ce ciel a la couleur de la sérénité divine et enfantine. Ce ciel qui attend des ailes.

Ailes de colombe ?

Ailes de corbeaux ? »

La mère de Marie revenue de leurs proches était repartie chez-elle, rappelée par de mauvaises dépêches. Le soir qui précédait le jour de la fête, Anne scrutait le ciel sans nuage. Un ciel généreux comme l'âme des gens, rempli de toutes les constellations.

Mais soudain, Anne se sentit désarçonnée. Son visage se contracta. Au long de la clôture d'en face, quelques ombres s'insinuaient, tenaces.

Avertie par la même prémonition, Marie sortait sur le perron.

« Les ombres !

Dois-je consulter un occultiste, peut-être … » douta la femme.

Pourtant toute la nuit Marie Dona fut en éveil, d'une fenêtre à l'autre. En même temps, parmi les arbres ténébreux, elle pressentait des corbeaux.

Comme son inquiétude ne la quittait pas, Marie envoya Lionel et André à la gendarmerie pour apprendre si Poignard avait été libéré en même temps qu'Adrien. Elle ne reçut qu'un télégramme, par lequel son mari reculait sa venue de quelques heures.

Juste le temps où la festivité devait se dérouler !

Marie ne pouvait plus battre en retraite. Les trois villages avoisinants s'écoulaient vers les Vallons des Églantines. Professeurs, parents et tous les camarades arrivaient de Bistrita et Rodna. Il y avait aussi des vacanciers d'autres régions. Des touristes.

Quant à madame Nicholson, elle avait transformé son vaste salon en salle de festivité, uniquement pour ce dimanche.

Les gendarmes rassurèrent Marie qu'ils doubleraient la ronde à la mine. Stèlor emprunta une voiture afin de ramener de la gare Dona, le soir. Marie, avec toute la troupe des petits artistes, fut prête à partir.

- Mes enfants, suggéra-t-elle, qu'on fasse la prière.

L'ami de Lionel se permit de riposter :

- Madame Dona, ma conduite n'a pas besoin de religion pour être bonne.

- Pourquoi te mentir à toi-même, poussin ? répondit Marie. Ta conduite n'est que le fruit d'une éducation de tes prédécesseurs, du système éducatif …

- Alors, la conscience ? Nous ne pouvons pas nous fiez à notre conscience ?

- Les religions, expliqua Marie, sont le résultat d'une très longue expérience de la conscience humaine vers la perfection. La vérité religieuse, mon petit, synthétise les élans inspirés des grandes consciences vers le divin.

- Et si l'on effaçait la religion ?

- Annuler la religion, c'est reprendre à l'Homme son équilibre moral, enraciné dans l'Histoire. C'est détruire la mémoire de ses notions supérieures, acquises tout au long de l'existence humaine.

*
* *

La grande enceinte festive de madame Nicholson était si bien remplie, que les paysans, avec leurs enfants, escaladaient les fenêtres ouvertes. Anne, entrée avec le groupe entier par-derrière la scène – un petit salon surélevé – pénétra péniblement dans les rangs pour distribuer les programmes.

- Qui est cette enfant ? demanda quelqu'un.

- Vous ne reconnaissez plus la fille de Léonore ?

- Qu'elle a pu embellir !

- C'est Marie Dona qui l'élève !

*

Ilèana et Auréline devaient se produire après le chœur, poésie et pièce, pour simplifier l'installation du piano Beckstein, transporté de la maison pour ce jour.

Pendant que Lionel avec la troupe d'artistes et le chœur étaient salués avec des « bravos » et « hourras », Ilèana écoutait Marie, derrière la scène :

- Ma petite Ilèana, tu vas te transformer en étoile. Sois certaine que jamais, personne n'a chanté comme toi ! ... Disons que tu es au concours du Conservatoire. Plus ! Que tu te trouves dans la magnifique salle de l'Athénée roumain de Bucarest, au concert des lauréats ... Maintenant, reste assise pour quelques minutes, en totale détente.

*

La courtine se leva. Tout au fond de la scène, costumée en fille des dieux, Ilèana regarda timidement vers Stèlor. Le jeune homme ne se souciait point d'elle. Profilé sur le fond des costumes nationaux, il avait en vue l'affluence des jolies filles aux yeux de braise.

Marie atteignit les touches du piano pour l'introduction orchestrale. Projeta vers la jeune Lakmé son fluide maternel, comme pour ses propres enfants.

Sortie de son trac, Ilèana s'avança comme sur un pont tendu par Marie. Ensuite, commença l'air. Les spectateurs qui l'avaient à peine remarquée, malgré son superbe costume, devinrent attentifs. Arrêtèrent leur souffle. Et restèrent sous le charme.

Le visage de Stèlor s'ouvrit dans un sourire. Le jeune homme ne craignait plus d'être en perte en pontant sur Ilèana.

Du piano, le souffle de Marie anticipait la ligne mélodique sur laquelle se déployait la soliste. Comme dans la salle de l'Athénée roumain, sous l'immense cloche ciselée en corail bleu ciel et or, Ilèana dissipait ses trilles de rossignol. C'était le chant virtuose exalté par le rêve, sublimé par l'amour. La merveilleuse flambée d'une incomparable voix.

Les applaudissements partirent en salves, ainsi que sous le coloris paradisiaque de la coupole de l'Athénée. Debout, le public électrisé acclama, cria, se bouscula devant la scène avec des roses, glaïeuls et gueules de loup, cueillies à toute allure au jardin de l'ancien pensionnat.

Rendue de fatigue, après la transfusion spirituelle faite à Lakmé, Marie put voir néanmoins que cette jeune fille prise d'assaut par le succès, ne cherchait plus des yeux son Stèlor, les siens non plus. Le mirage de la gloire, l'abasourdissait au point de la faire tout rayer – même son amour – de sa mémoire.

Marie aperçut aussi le jeune ingénieur, livide, les mains serrant une balustrade. Auréline sauta au cou de sa mère, l'embrassa et lui accrocha sur la poitrine une rose blanche, en ajoutant :

- Ilèana ne nous a pas oubliés maman, elle est tout simplement émue.

Les ovations continuaient comme une torrentielle pluie sur le toit d'une certaine coupole d'Athénée. Le public aurait voulu faire bisser la cantatrice.

- Elle est notre sœur ! clama Auréline, pour que tout le monde le sache !

Madame Nicholson vint féliciter Marie.

- Quel miracle avez-vous fait, ma chère collègue, de cette voix ! Quant à l'auditoire !

Le village roumain est déconcertant ! Un vrai cœur d'or caché dans la terre ! À part les touristes et les vacanciers, cet enthousiaste public est composé de paysans mineurs et des intellectuels de la campagne qui, dans leur temps libre, chargent le foin dans leurs chariots, ou traient les vaches. Mais ils aiment l'art parce qu'ils sont eux-mêmes des artistes.

La petite Auréline s'alarma :

- Les gens croient que la fête est finie, maman.

Sur le pas de la porte, en effet, les gens se bousculaient pour sortir. Madame Nicholson reprit vite sa place pour ne pas frustrer Auréline et Marie redescendit au deuxième piano, en bas de la scène, pour l'accompagnement orchestral.

Anne mit sur le front d'Auréline une couronne de marguerites, avec le solennel d'une onction princière.

- Tu me dis petite sœur ? demanda Auréline.

- Je te le dirai si tu réussis à capter ce public …

… Mais comment pourrait-elle le faire après l'Air des clochettes ?

« Il n'y a plus de place pour le moderato » se dit Auréline sur le podium. Et grimpée sur la chaise, elle attaqua au piano, sans crier gare, le chœur des beautés : Appassionata, le troisième mouvement. Ceux qui étaient sortis, reculèrent. Les autres comblèrent les portes et restèrent interdits.

Auréline renversait avec ardeur, sur les cascades ardues de l'amour, l'ardent surnaturel d'un créateur saint.

- On dirait les anges du ciel ! chuchotaient les gens.

- Oui, les anges des étoiles et de la lune …

- Chut !

Le silence redevenait profond. Pour écouter. Avec la vie interrompue. Pour écouter. Avec toute l'éternité pieuse. Pour écouter …

Auréline tournait – à la suite – les invisibles partitions de l'immortalité musicale. Des chefs-d'œuvre, à intervalle d'un souffle. Petites féeries de Mozart, embrassades passionnées de Schumann, fragments de rêves choisis de Haendel, Schubert, Rachmaninov, Tchaïkovski, Sibélius, Brahms, Chopin, Bartok, Lalo, Enesco …

De son clavier, la mère suivit l'enfant, dans ce zigzag fantastique, elle-même fascinée jusqu'à l'idolâtrie.

Et l'auditoire ! … Il avait mine de chercher en l'air, le survol étourdissant d'oiseau rare, tantôt éthéré, tantôt foudroyant. Auréline dévoilait sa force mystérieuse. Magnétisante.

L'orage du ciel étoilé, de Saint-Saëns !

Le solo, perlé par l'innocence première, de Grieg !

C'était la course pour l'absolu.

Le récital extatique devant Dieu.

Après, ce fut le délire. Pendant une demi-heure, la multitude scanda des vers populaires dans lesquels « Auréline Cœur d'Or » et « Auréline la fée » rimaient avec des noms de fleurs. Il y avait aussi les acclamations dialectales :

- Elienenn ![*]

- Estello ![**]

- Angel ![***]

Ceux qui purent cueillir dehors les derniers boutons de roses les jetèrent de loin vers le podium. Faute de mieux, certains dégarnissaient à la va-vite les bouquets d'Ilèana pour les offrir à la petite fille.

Transfigurée, dans son costume national blanc à paillettes et à la tiare de marguerites, Auréline tendit les bras vers la foule, ainsi que l'alouette qui grisolle par-dessus les blés.

Puis Auréline s'inclina vers le clavier, debout, et commença l'hymne impétueux « Réveille-toi, Roumain ». Ce que la multitude reprit en chœur. Puissant. Grandiose.

Marie précisa pour madame Nicholson :

- Ce n'est qu'un vieux chant de Transylvanie datant de la révolution de 1848, tout juste un siècle, et qui – à la première guerre mondiale – a soutenu les Roumains pour se battre en héros, à côté des Alliés. Un million de soldats roumains l'ont chanté, avant de tomber, pour notre Transylvanie.

Mais la mise au point de Marie fut insuffisante pour l'acuité d'Auréline. D'un geste ferme, tranchant, la frêle blondinette arrêta le chœur et récita, seule, à haute voix :

- « Réveille-toi, Roumain …

…Maintenant ou jamais

Fraie-toi une autre destinée » !

Pour ajouter en second lieu, sa propre intervention :

« De ta bonté, de ton honnêteté »

---

* Élienenn : étincelle, en Breton

** Estello : étoile, en Provençal

*** Angel : ange, en Catalan

« De ton esprit, de ta grande poésie » !

Puis d'un large mouvement de bras, qui englobait le peuple dans un chœur gigantesque, elle recommença :

« Fraie-toi une autre destinée … »

… « Honnêteté » … « Esprit » … et « Poésie » …

L'effusion fraternelle qui suivit, exhaussa Marie.

Unis à son enfant, les gens du pays lui prouvaient l'affection et le dévouement, lui demandaient l'affection et le dévouement. Mais la démesure d'Auréline lui semblait invraisemblable.

Dans l'entrain général, professeurs et amis encerclèrent Marie Dona :

- Quelle chance d'avoir une telle enfant !

- C'est la chance de l'enfant d'avoir une telle mère !

- Inscrivez-vous aussi Auréline au Conservatoire de Bucarest ?

- Conservatoire ? intervint l'ancienne directrice. Qui peut apprendre quelque chose de plus à cette enfant prodige ? Même pas sa mère, qui nous a pourtant éblouis. Auréline vient d'ouvrir son règne de concertiste !

- Vous devrez sans doute vous établir à Bucarest, madame Dona.

- Partez-vous du Pays d'Or ?

Marie se sentait confondue. Elle n'envisageait point une séparation d'avec Auréline. L'abandon du Pays d'Or, non plus.

C'est ici que ses années brûlèrent. Que ses enfants naquirent. Qu'elle paya le lourd tribut de la souffrance pendant l'Occupation. C'est ici qu'elle tressaillit au milieu de la nuit pour ceux du Pays d'Or, qui mouraient, ou qui venaient au monde.

Avait-elle le droit de tout abandonner ?

Les racines de ses enfants et de son mari poussaient de ces montagnes depuis des millénaires et des millénaires. Du sang de Décébal[*] ! De Gélu, Vlad et Menumorut[**] qui défendirent le cœur d'or de ce terroir !

Aussitôt, Marie fut percée par un éclair :

« Le Cœur d'Or » !

Dans un sursaut, Marie tourna les yeux et vit son enfant descendre dans les bras de la foule. Tout le monde voulait la serrer contre sa

---

[*] Décébal, dernier roi dace vaincu par Trajan, l'empereur romain.

[**] Gelu, Vlad, Menumorut : Premiers princes daco-romains tombés en lutte contre l'occupation de Transylvanie.

poitrine, la caresser, lui toucher au moins les cheveux.

Anne, sur le conseil de ne pas lâcher la main d'Auréline jusqu'à la maison, réussit à la tirer dehors, tout en se laissant elle-même embrasser.

Marie put apercevoir encore, à travers le vide lumineux des fenêtres, et parmi le flottement des écharpes, les enfants du village, comme un essaim folâtre autour des fillettes qui remontaient la serpentine de la forêt vers la maison.

Soudain, la mère eut l'impression qu'on arrachait sa petite Auréline de ses bras. Que sa fillette adorée s'en allait pour toujours, qu'elle ne la reverrait plus jamais ! Saisie par la frayeur, Marie se précipita pour courir après son enfant. Des ailes noires lui couvraient de temps en temps la vue. Mais les montagnards la cernèrent à la sortie avec des embrassades de mains.

Pendant que Marie gémissait en elle-même :

« Je ne la reverrai plus jamais ! »

- Vous êtes exténuée, madame Dona, l'aborda Stèlor, qui avait stoppé la voiture de la mine d'or, pour déposer Ilèana et l'équipement chez-eux.

- Peut-être … admit la femme.

Soucieux, Lionel regarda sa mère.

Mais un crépuscule fastueux dorait les montagnes.

Le ramage, le bruit des petits travaux domestiques, les sonnailles, les buccins des crêtes et leur écho attendrirent un peu le cœur de Marie. La villa érigée en pente sur la pelouse aux ruisseaux de fleurs lui parut un être vivant, dans lequel avait été transplantée une partie d'elle-même.

Elle appela Ilèana, qui s'éloignait en faisant ses adieux à Stèlor :

- Ilèana, chérie, monte s'il te plait au jardin pour héler Anne et Auréline. Les petites devraient être arrivées. Certainement Auréline joue de nouveau à la fée.

Marie jeta un regard en face vers la maison abandonnée de Léonore. Là-bas, les arbres bruissèrent comme un frottement de grosses ailes. Un corbeau surgit brusquement et tournoya dans une large courbe par-dessus la villa de Marie, avec un croassement sinistre. La femme frissonna.

- Ilèana, chérie, vite ! Que les fillettes ne s'attardent plus du côté de la mine des Nains. Vite !

- Oui, madame Dona, oui ! promit avec beaucoup de gracieuseté Ilèana, tout en regardant Stèlor, tout en se laissant regarder.

Mais dès que la voiture avec Stèlor, Lionel et Marie se mit en marche pour accueillir Dona, la jeune fille s'arrêta devant la maison comme sur une autre estrade.

Elle jeta ses fleurs à terre et se mit à danser sur l'air de Carmen, qu'elle chantait dans un fortissimo exalté :

- Amour … Amour ! Amour … Amour !

*

À peine partis, Marie Dona voulut rebrousser chemin.

- Et monsieur Dona ? demanda Stèlor. Qu'est-ce qu'il va croire ?

Lionel se contenta de la regarder, puisque devant toutes les portes, les paysans gardaient leur tenue incomparable de princes charmants et attendaient la venue de son père.

Marie endura le supplice d'un chemin qui n'en finissait plus. Au milieu d'une coudraie, ils aperçurent une voiture neuve. Dans la voiture, deux hommes – en attente – et une femme aux cheveux platinés soutenus par une voilette en forme de fleur noire. Le fard et la ligne excentrique des sourcils ne laissaient pas de doute. Les jeunes hommes s'exclamèrent en sourdine :

- L'Aubergiste ? !

Ce fut comme un aboiement farouche de chien qui signalait l'invasion des loups. La terreur panique se réveillait en Marie. Ses mains se joignaient, se tordaient. Les lignes du front trahissaient un terrible tourment. Sur ses yeux humides, les paupières palpitaient d'agitation.

Les mains de Marie se tordirent pendant plus d'une heure, jusqu'à ce que le train amène, avec beaucoup de retard, Adrien Dona.

*

*   *

Par-dessus les jardins, Auréline menait le cotillon avec Anne et les enfants du village; continuel cache-cache de phosphorescences et d'ombres vertes. À la prairie aux vifs émaux, elle se remit à fendre les hautes herbes, assoiffée, enivrée. Les autres essaimèrent autour d'elle.

- Mais tu vas partir loin, Auréline ?

- Ils vont s'en aller tous …

- Dorénavant tu ne courras plus dans les prés ?

- Plus de culbutes sur nos meules ?

- Qui va chevaucher mon poulain ?

Auréline répondit avec enchantement :

- Je serai toujours avec vous ! …

- Comme l'ange de mon épaule ?

- Comme les fées ?

- Oui, je vais me cacher dans chaque arbre, chaque fleur, chaque fil d'eau, jusqu'à ce que je naisse de nouveau … rima Auréline.

- Les feuilles sèches et la neige vont couvrir tes traces, dit, pensif, un garçon grandelet.

- Alors, je vais passer dans les parfums du printemps.

- Et dans le chant du coucou ?

- Aussi !

- Et dans celui du rossignol?

- Surtout !

Le garçon soupira :

- Les rossignols s'en vont …

- Alors, promit Auréline, je vais signer mon passage avec de la lumière.

Que celui qui lit mes signes soit meilleur ! Les enfants l'encerclèrent, captivés par ses dires.

- Ce sont tes plantes de pieds qui vont laisser des marques lumineuses ?

- Montre-les nous.

Auréline s'assit au milieu de tous et enleva ses sandales. Déchaussée, la fillette eut l'apparence plus fragile encore. Diaphane. Les enfants la contemplèrent sans la toucher.

- Ta robe sera parsemée d'étoiles, et sur la poitrine il y aura la lune et le soleil ?

- La lune et le soleil !

- Tes cheveux d'or vont pousser jusqu'aux chevilles ? …

Le silence rose exultait des étincelles. Auréline tressaillit :

- Vous entendez ?

Les enfants la regardèrent avec étonnement.

- Vous n'entendez rien ? répéta Auréline. Mais c'est le Cœur d'Or !

- Elle entend le Cœur d'Or ! … murmuraient tous.

Anne, qui l'accompagnait en spectatrice amusée, devint inquiète et demanda :

- Est-ce que tu entends de nouveau son battement d'allégresse ?

Auréline prit l'expression d'épouvante :

- J'entends des gémissements. J'entends des plaintes !

Auréline s'élança nu-pieds vers la mine des Nains.

Les sauts d'Auréline parurent un enchainement d'arcs-en-ciel.

Anne eut l'étrange impression que les herbes qui se pliaient devant la fillette restaient éreintées. Que les passereaux s'éloignaient. Que les arbres remuaient comme pour se couvrir le visage.

« Elle court à la mort ! » se dit encore Anne avec angoisse. Et détala sur les traces d'Auréline vers l'entrée initiale des Nains.

- Auréline ! Arrête-toi ! Arrête-toi ! …

Mais la fillette grimpa sur les proéminences boisées de la mine. D'un point culminant, elle put voir le gigantesque autel d'or, comblé par les mottes de métal précieux et sorti à la surface de la terre sur la plate-forme de l'ascenseur.

- Le Cœur d'Or ! cria Auréline.

D'en haut, elle fit un bond vertical sur le trésor. De l'ancienne entrée des Nains, Anne découvrit Auréline sur un trône flamboyant, baigné par le soleil. Presque aveuglée, Anne réussit à fixer les yeux pour mieux voir. Elle resta saisie d'effroi.

La massive racine d'or était ceinte avec soin d'une vraie toile d'araignée : les fils utilisés pour les explosions. Avec un suprême effort, Anne vainquit la contraction de sa bouche et rugit :

- Auréline ! Sauve-toi ! Saute ! Saute ! Fuis !

Du hallier surgit alors Poignard qui ébranla lourdement les rouleaux du support coincé dans l'ascenseur. Accrochée aux jeunes branches, Auréline essaya de toucher de ses orteils la manette pour faire redescendre le Cœur d'Or dans la mine. Mais le Poignard alluma son briquet.

- Auréline ! ! Saute ! Au secours ! Au secours !

Durant une seule seconde, Auréline resplendit projetée en l'air, dans l'auréole des lingots ensoleillée. Comme dans une apothéose ...

- Petite soe ... oe ....oeur !

L'assourdissante détonation secoua la montagne, suivie d'un fort fracas.

Les roches se cassèrent et se renversèrent. La poussière embrouilla le paysage. De la conduite aérienne tranchée en deux, l'eau cascada, vertigineuse. À travers la nébulosité, Anne se jeta sous les flots. L'eau s'écoulait dans le creux soudé par l'explosion, à l'emplacement de l'ascenseur. Anne y entra et chercha au fond – les bras trempés jusqu'au cou – pour trouver Auréline. Mais la masse liquide continuait à tomber d'en haut, remplissait le trou formé.

- Vite ! appelait Anne. Vite ! Pourquoi restez-vous baba, les yeux levés au ciel ?

... Auréline est là !

Les enfants s'approchèrent inhibés, méfiants.

- Vite ! Vite ! répétait Anne avec désespoir. Qu'on enlève l'eau du trou. Avec les mains. Qu'on sorte Auréline avant qu'elle ne se noie. Qu'on la sau ... auve ! se lamentait Anne en retenant ses sanglots.

- Vous, les plus près de chez-vous, courez ! Apportez des seaux, des brocs. Plus vite !

Anne enlevait hâtivement l'eau et les pierres. Les brisures de poutres et de planches.

- Creusez vos mains et jetez l'eau, commandait Anne. Faites-le avec les bouts de bois qui flottent. Pourquoi croupissez-vous ?

Anne sentit à nouveau les sanglots lui monter à la gorge.

Le courant débordait toujours de la conduite, arrivait jusqu'à la poitrine, les glaçait. Les plus frileux se mirent à pleurer.

Soudain, la pensée d'Anne fit un bond. Elle ramassa des lattes et demanda aux plus robustes de joindre leurs mains pour une pyramide, les uns montant sur les bras des autres.

Plusieurs fois, ce fut la culbute sous la violente cascatelle, avant qu'Anne réussisse à garder son équilibre au sommet de la pyramide pour réparer la conduite : une planche d'abord, le long du cuvier, bien retenue par les ceintures des garçons. Puis, de chaque côté, une autre, fixée par les bandes et les cordelettes des petites.

Le débit d'eau reprit son cours au-dessus du creux aux fragments de roche.

*

Les montagnards, qui avaient cru à l'assaut de malfaiteurs, survinrent munis de pelles, râteaux, pioches, barres de fer et grandes fourches. Comme ils ne trouvèrent que les enfants, les gens s'exclamaient sans rien comprendre.

- Que s'est-il passé ?
- Où est Auréline ?
- Elle a sauvé le Cœur d'Or que Poignard voulait prendre !
- Les étoiles brillaient autour d'Auréline !
- Elle était fée !
Les gens étaient de plus en plus désorientés.
- Serait-elle tombée avec le Cœur d'Or, dans le puits ?
- Où sont les gardes ?
- Le Poignard, vous dites ?
- Oui, deux hommes l'emmenaient.
- Trois, corrigea un garçonnet.
- Les connaissez-vous ?
- Non.
- Qui a réparé la conduite ?
- Anne, la sœur d'Auréline …

*

À vue d'œil, les autres habitants du village affluèrent sur la pente. Hommes et jeunes gens, femmes avec les bébés dans les bras et vieux, tous poussèrent des cris effarés qui se transformèrent en funeste clameur.

*

* *

La voiture qui revenait de la gare laissa Marie devant leur sentier. Ensuite, Lionel, son père et Stèlor démarrèrent chercher
de l'aide aux grandes mines. Dès sa descente, les corbeaux d'ombre
envahirent Marie avec des ailes battantes.

Elle s'élança pour gravir le versant de la montagne. L'impression
de corbeaux d'ombre s'y précipitait toujours, volée après volée. Marie
se faisait de la place à travers cette sombre vision, avec ses bras, comme
si elle fendait les impétueux torrents, à contre-courant.

Quand elle arriva là-haut, des incandescentes flèches se mirent à
gicler de ses chevilles vers son cœur. Les corbeaux d'ombre la tenaient
investie de leurs funestes ébats. Les gens moutonnèrent et l'accueillirent d'un regard terrifié.

De l'autre côté du ravin, Anne soulevait de lourds morceaux de
rocs et des poutres qui dépassaient de beaucoup ses forces et « mar-
gellait » l'abord. En soulevait d'autres. La sueur lui dégoulinait sur les
tempes.

Marie ne pouvait pas prononcer un mot. Ni pleurer. Ni penser.
Comme dans un cauchemar atroce dont elle ne pouvait point s'arracher. Seulement les flèches et les lances de ses chevilles montaient vers
le cœur.

Et les corbeaux tournoyaient par-dessus sa tête en énormes nébu-
losités de plumes sombres, prêtes à l'étouffer.

Ilèana fendit la foule en pleurant pour tomber à genoux devant sa protectrice et lui enlaça les pieds.

- Pardonnez-moi ! ma dame chérie. C'est ma faute. Je ne l'ai pas appelée à temps. Pardonnez-moi ma mère ! …

Ilèana se giflait le visage, appuyait ses joues trempées de larmes contre les genoux qu'elle serrait fort. De nouveau sanglotait comme si elle avait voulu vomir sa vie :

- Qu'est-ce que j'ai fait ! Auréline ! Pardonne-moi !

Sans pouvoir sortir un mot de sa bouche, Marie, avec difficulté, fit un signe de ses mains vers Ilèana pour qu'elle se lève. Mais la jeune fille demeurait à genoux et sanglotait.

La nuit froide et sombre inonda parmi les arbres. Marie s'efforça de remuer encore les mains, pour que les enfants soient renvoyés chez eux.

Le nid du Pays d'Or s'immergea dans une onde morne. Sur ce versant, seulement les cierges et les falots s'allumèrent.

Adrien Dona, Stèlor et Lionel arrivèrent avec un excavateur, des perforateurs. La porte principale de la mine parut bloquée de l'intérieur. Le seul lieu à sonder restait l'emplacement de l'ascenseur. À la lumière des phares, les paysans mineurs se dépêchèrent d'obéir aux brèves indications d'Adrien.

L'homme connaissait le labyrinthe de la mine, prêt à s'écrouler. Surtout, il supposait un geyser sous le sanctuaire du Cœur d'Or. L'ébranlement du terrain devenait dangereux. Ils déblayaient donc à la main l'endroit, comme Anne avait commencé à le faire. Mais quand ils butèrent sur les plaques soudées par l'explosion, les appareils se mirent à vrombir.

Pendant ce temps-là, les femmes entouraient Marie, lui touchaient les mains. Puis, à part, toutes murmuraient entre elles :

- Regardez Marie !
- La mère du petit ange !
- De la petite fée !
- La malheureuse a les bras vides !
- … Et ne parle pas !
- … Et ne pleure point !
- Pleurez pour elle, vous, toutes, pleurez !
- Priez … Priez pour elle ! …

Marie ne ressentait que la grêle de flèches remontant des chevilles vers son cœur. Ou, les lances de la mort, qui ne réussissaient pas à la tuer, parce que Marie attendait un miracle.

Une litanie de vers populaires, qui évoquaient Auréline, commença plus loin, avec des cierges allumés à la main :

- « Ses cheveux, épis de blés !

… La lune pleure, sous les nuées … »

Quelqu'un annonçait hâtivement :

- Le Poignard !

En bas des buissons ravagés, plusieurs hommes trimbalaient le monstre de force. Les gens grouillèrent :

- Les complices ont dû l'abandonner, mais il est sain et sauf.

- Maintenant, nous devons le juger.

- Plutôt le pendre à une branche, sans jugement !

- Ce serait profaner les arbres !

- Qu'on le livre aux chiens !

- Les chiens seraient souillés !

- Cherchons des cailloux ! Qu'il soit lapidé !

- Anne, viens et frappe-le la première !

- Que les parents d'Auréline tranchent le sort du Poignard.

- Oncle Adrien !

- Cousin !

- Tante Marie !

Mais Marie ne sortait pas de son immobilité.

Adrien ne s'arrêta pas pour voir ce qui se passait. Derrière l'excavateur, dans le bruyant tourbillon de fumée, d'étincelles et de poussière, Anne continuait à dérocher le creux.

Les gens se mesurèrent les uns les autres, tout en retenant le prisonnier. L'un des plus jeunes proposa :

- C'est à nous d'en finir avec ce blasphème, et de rétablir la justice.

- Qu'on le chasse alors de chez-nous, décréta père-Nistor en patriarche.

- Qu'il s'en aille ! acquiesça un autre.

- Avec les Dragons ! Avec les Furies ! Avec Madame Minuit !

- Que ton nom, Poignard, fasse peur aux enfants méchants !

- Effaçons plutôt son souvenir !

- Exorcisons le village !

- Récitez la Chasse aux démons !

- « Pars de chez-nous, dans le désert, là-bas où les jeunes filles ne sont pas là pour tresser leurs nattes. Où il n'y a pas non plus de jeunes hommes à tourner la ronde ! …

- Va-t-en ! … »

Relâché, Poignard s'enfuit vers les coteaux.

Marie paraissait toujours enfermée dans les cercles de plumes noires. Cependant, elle se mit à parler en elle-même :

« C'est ça, braves gens, laissez-le s'en aller. Qu'il vive et qu'il pullule toute la terre !

… Nos enfants sont anéantis ! Les merveilleux enfants, qui pourraient transmettre de siècle en siècle, une noble pensée !

… Qui manigance la tuerie de nos enfants ! Qui sont ces ombres qui tirent les ficelles à travers les poignes de ce monstre ?

Et que feraient ces ombres, s'il n'y avait plus au monde que le Mal ?

Peut-être que le but des ombres est d'organiser le Mal ? De manœuvrer les monstres.

Les ombres ont de sombres buts ! »

Les songes de Marie pétillaient jusqu'à la révolte :

« Qui donc peut vaincre ce Mal inépuisable ? L'Enfer n'a pas de fond ! Et notre seule arme contre le Mal n'est que le Bien !

… Car nous autres, ne perdons pas de temps pour nous venger. La vie est courte et nous avons mieux à faire : un idéal de beauté, d'où l'Homme pourra renaitre. »

- Attention ! !
- Gare ! !

Quelques mineurs s'agitaient, faisant des gestes désespérés vers Dona, qui avait recommencé avec les techniciens le forage en carotte.

Comme l'éclair, Poignard y lança le bloc de dynamite amorcée d'avance. Et disparut. L'équipe eut à peine le temps de sauter de l'excavateur et de jeter les marteaux-piqueurs qui vibraient toujours. La détonation fut faramineuse.

Le lieu s'effondra. Excavateur, moteurs, amas de pierres et végétation, furent engloutis. Le grondement, les éboulis intérieurs, les entrechoquements s'enchaînèrent – les craquements des poutres et des galeries qui s'affaissaient.

Longtemps la montagne trouée trembla, lourdement tourmentée dans ses viscères. Longtemps les résonances d'un orage interne, épouvanta la multitude éparpillée, qui n'avait pas le cœur de déserter pour autant, la montagne.

Le précipice ouvert sous les pieds de Marie était si profond, que nul homme ne put le mesurer à la lumière des phares, tout jet de flamme à l'intérieur, étant dangereux.

Et de ce tréfonds, parvenait un gargouillis de source. Un torrent souterrain qui montait dans le gouffre, montait ample, mugissant.

Menaçant. Jusqu'au niveau du sol, prêt à déborder. Comme si un frein l'avait brusquement soumise, l'eau en ébullition tourna en rond, puis frémit nerveuse, puis se calma, pareille aux fauves épuisés.

Dona se pencha pour ratisser l'étendue d'eau, avec un vague espoir de cueillir un signe d'Auréline. La surface resta luisante : immense œil mystérieux.

Les gens ne pouvaient pas s'en revenir. Ils se cherchaient les uns les autres, pour s'assurer qu'ils avaient survécu à la catastrophe. S'appelaient. Fourrageaient dans les broussailles. Jusqu'à ce qu'ils découvrent l'un des gardes, un couteau planté dans le dos. Et les gendarmes arrivés, partirent à la recherche du tueur.

*

Quelques hommes fixèrent Dona, interrogatifs.

Adrien comprenait qu'il n'y avait plus rien à faire. Mais il rencontra les yeux de Marie, qui ne voulait pas admettre que tout soit perdu. Et l'homme résolut d'affronter le péril.

Sans veste, ni chemise, il passa la boucle d'une corde autour de sa taille, laissa l'autre extrémité à Lionel et à deux mineurs, et descendit dans l'eau, retenant son souffle, une lanterne étanche à la main.

Vite, il revint à la surface pour reprendre haleine.

Lionel et plusieurs jeunes hommes nageurs, se préparèrent à l'imiter.

Mais Dona interdit toute autre plongée. L'exploration ne demandait pas seulement la précision des mouvements, mais aussi une parfaite connaissance du labyrinthe souterrain.

Il redescendit seul. Pénétra dans les galeries défoncées, parmi les couloirs noyés d'eau. Vérifia les nids rocheux, les cachettes où la petite fille aurait pu se sauver. Par deux fois, il essaya de se glisser jusqu'à la vaste rotonde. Par trois fois, il fut coincé dans les fosses. À huit reprises, il renversa des roches qui obstruaient le chemin, sans apercevoir la fillette, ou le Cœur d'Or.

Il cria dans l'abysse le nom d'Auréline, jusqu'à remplir sa bouche de sang et à perdre momentanément la vue. Sa femme attendait. Debout, les genoux serrés par les bras d'Ilèana.

Un tremblement continu s'empara de Marie. Les lances de la mort jaillissaient sans cesse, remontant de ses chevilles vers le cœur, et ne pouvaient pas la tuer. Parce que Marie sentait qu'Auréline serait vivante. Parce que Marie attendait toujours le miracle.

À chaque apparition d'Adrien, elle lui faisait un signe épuisé, à travers les flots battants des corbeaux, de faire encore son possible. L'impossible.

Car, pour Marie, malgré tout ce qui la liait à son époux, le prix à payer par les parents, pour le bonheur d'avoir des enfants, c'était le sacrifice.

Quand Adrien sortit la douzième fois, il était meurtri, glacé, couvert d'écorchures. Lionel s'empressa d'essuyer son père, de lui passer des vêtements pour le réchauffer.

De quelque part vint aussi Stèlor, qui lui tamponna de son mouchoir les narines saignantes. Plusieurs jeunes gens offrirent à nouveau de prendre la relève. Mais Dona remua la tête, exprimant l'inutilité.

En percevant ce signe, les gens qui fourmillaient s'arrêtèrent. Les soupirs de la forêt se turent.

Lionel contourna le gouffre vers Anne :

- Vite, l'implora-t-il d'une voix étouffée. On doit soutenir maman …

Et il la poussa dans la direction de sa mère, pendant que Stèlor soulevait Ilèana.

Au même instant, du tréfonds des eaux, une puissante pulsation remonta dans de gros bouillons, et de petites vagues tressautèrent.

La foule laissa s'échapper un murmure d'étonnement :

- C'est le Cœur d'Or …

- C'est le cœur d'Auréline …

Et les jeunes gens, et les hommes, et les femmes, et l'herbe, et la forêt, ne furent qu'un corps à l'oreille tendue.

Mais la pulsation cessa.

Et du haut du ciel, une étoile tomba. Une étoile filante, qui parut si proche, que son reflet perçant l'eau, portait à croire à sa chute dans cet abime.

Le murmure émerveillé recommença :

- Une étoile est tombée pour Auréline !

- C'est maintenant que l'ange a prit son âme !

Les hommes enlevèrent leurs chapeaux et restèrent nu-tête en silence. Les femmes éclatèrent en sanglots et se signèrent de larges mouvements. Puis fichèrent leurs cierges au bord de l'eau et se mirent à faire des génuflexions. D'autres se blottirent contre la terre et commencèrent leurs cantiques de pleureuses :

- « Pour la mariée,
Une étoile filait …
Le soleil, la lune … »

Marie regarda Dona hallucinée.

Les corbeaux d'ombre fondirent sur elle. Puissants. Féroces. Ils la frappaient de leur bec, de leurs griffes. Les corbeaux la blessent, l'aveuglent. Les corbeaux la frappent. La déchirent ! Mutilée, le visage raidi, les paupières plissées, Marie leva les bras parmi les serres des corbeaux, parmi les becs des corbeaux. Planta les ongles dans ses cheveux. Puis arracha démentiel, en hurlant :

- Aaaaaah … ! ! !

Le cri troua la nuit, jusqu'au ciel. Tomba comme la foudre dans les vallées. Rebondit jusqu'aux cimes. Contourna les monts. Les grottes, les gorges et les gouffres poussèrent une longue lamentation :

- Aaaaaah … ! ! !

Et mille souffles, de mille poitrines d'arbres mugirent, gémirent, sanglotèrent, avec mille bouches :

- … aaaa … ! ! !

Comme si toute la nature se débattait entre les griffes des corbeaux. Sous les becs des corbeaux.

De longs instants. Des heures. Peut-être des siècles.

*

Les constellations brûlèrent dans le ciel et dans l'eau, jusqu'à fondre, comme les cierges. Le sang dégouliné sur les tempes, sur le front, sur les paupières fermées, Marie serrait toujours les mèches de cheveux arrachées de sa tête. En silence noir.

À droite, son fils lui embrassait les ongles ensanglantés. Sur son épaule gauche, le visage d'Anne avec la bouche comme une plaie béante.

Par-dessus les forêts, s'irisa l'aube. La rosée « argentura » la terre. Les ondulations de brume blanche, montaient de l'herbe et s'étiraient parmi les sapins. Et dans ce silence, un piaulement cristallin de petit passereau se fit entendre, comme un rappel à la pureté première.

Quelques passereaux se précipitèrent pour lui répondre. Un million de petits oiseaux déclenchèrent le ramage. Les arbres bruissèrent. Et des crêtes, les flutes et les buccins reprirent les *doïnas*. Un prélude à la joie de vivre.

La matinée adamantine recommençait. Dans la prairie avoisinante, les enfants du Pays d'Or surgirent, confiants et candides, avec des sons argentins :

- Auréline !

- Auréline !

Et le récital du piano de la veille, envahit prodigieux les oreilles de Marie. Elle décilla ses paupières.

Les gens du terroir étaient là, ainsi que les montagnes de la Sainte Transylvanie.

Au milieu d'eux, Adrien la regardait.

Tous la regardaient, comme dans l'Histoire, et dans la Préhistoire, après les cataclysmes, réunis pour soupeser les pertes. Avec les cataclysmes cristallisés en eux.

Mais aussi avec la décision de continuer à vivre la vérité de Dieu et à faire renaître la beauté de leur cœur d'Or.

Les millénaires passaient à travers ces gens. Ou ces gens traversaient les millénaires.

Dans leurs yeux ouverts, l'Éternité …